Home *is where the heart is.*

生活·讀書·新知 三联书店

Hong Kong Wei Dao 2

香港味道2

街头巷尾民间滋味

修订版

欧阳应霁 著

图书在版编目（CIP）数据

Home 书系／欧阳应霁著．—修订版．—北京：生活 · 读书 · 新知三联书店，2019.1
ISBN 978－7－108－06367－0

Ⅰ.① H…　Ⅱ.①欧…　Ⅲ.①社会科学－文集
Ⅳ.① C53

中国版本图书馆 CIP 数据核字（2018）第 202047 号

修订版总序 好奇再出发

他和她和他，从老远跑过来，笑着跟我腼腆地说：欧阳老师，我们是看你写的书长大的。

这究竟是怎么回事？一个不太愿意长大，也大概只能长大成这样的我，忽然落得个“儿孙满堂”的下场——年龄是个事实，我当然不介意，顺势做个鬼脸回应。

一不小心，跌跌撞撞走到现在，很少刻意回头看。人在行走，既不喜欢打着怀旧的旗号招摇，对倚老卖老的行为更是深感厌恶。世界这么大，未来未知这么多，人还是这么幼稚，有趣好玩多的是，急不可待向前看——

只不过，偶尔累了停停步，才惊觉当年的我胆大心细脸皮厚，意气风发，连续十年八载一口气把在各地奔走记录下来的种种日常生活实践内容，图文并茂地整理编排出版，有幸成为好些小朋友成长期间的参考读本，启发了大家一些想法，刺激影响了一些决定。

最没有资格也最怕成为导师的我，当年并没有计划和野心要完成些什么，只是凭着一种要把好东西跟好朋友分享的冲动——

先是青春浪游纪实《寻常放荡》，再来是现代家居生活实践笔记《两个人住》，记录华人家居空间设计创作和日常生活体验的《回家真好》和《梦·想家》，也有观察分析论述当代设计潮流的《设计私生活》和

《放大意大利》，及至入厨动手，在烹调过程中悟出生活味道的《半饱》《快煮慢食》《天真本色》，历时两年调研搜集家乡本地真味的《香港味道1》《香港味道2》，以及远近来回不同国家城市走访新朋旧友逛菜市、下厨房的《天生是饭人》……

一路走来，坏的瞬间忘掉，好的安然留下，生活中充满惊喜体验。或独自彳亍，或同行相伴，无所谓劳累，实在乐此不疲。

小朋友问，老师当年为什么会一路构思这一个又一个的生活写作（life style writing）出版项目？我怔住想了一下，其实，作为创作人，这不就是生活本身吗？

我相信旅行，同时恋家；我嘴馋贪食，同时紧张健康体态；我好高骛远，但也能草根接地气；我淡定温存，同时也狂躁暴烈——

跨过一道门，推开一扇窗，现实中的一件事连接起、引发出梦想中的一件事，点点连线成面——我们自认对生活有热爱有追求，对细节要通晓要讲究，一厢情愿地以为明天应该会更好的同时，终于发觉理想的明天不一定会来，所以大家都只好退一步活在当下，且匆匆忙忙喝一碗流行热卖的烫嘴的鸡汤，然后又发觉这真不是你我想要的那一杯茶——生活充满矛盾，现实不尽如人意，原来都得在把这当作一回事与不把这当作一回事的边沿上把持拿捏，或者放手。

小朋友再问，那究竟什么是生活写作？我想，这再说下去有点像职业辅导了。但说真的，在计较怎样写、写什么之前，倒真的要问一下自己，一直以来究竟有没有好好过生活？过的是理想的生活还是虚假的生活？

人生享乐，看来理所当然，但为了这享乐要付出的代价和责任，倒没有多少人乐意承担。贪新忘旧，勉强也能理解，但其实面前新的旧的加起来哪怕再乘以十，论质论量都很一般，更叫人难过的是原来处身之地的选择越来越单调贫乏。眼见处处闹哄，人人浮躁，事事投机，大环境如此不济，哪来交流冲击、兼收并蓄？何来可持续的创意育成？理想的生活原来也就是虚假的生活。

作为写作人，因为要与时并进，无论自称内容供应者也好，关键意见领袖（KOL）或者网红大V也好，因为种种众所周知的原因，在记录铺排写作编辑的过程中，描龙绘凤，加盐加醋，事实已经不是事实，骗了人已经可耻，骗了自己更加可悲。

所以思前想后，在并没有更好的应对方法之前，生活得继续——写作这回事，还是得先歇歇。

一别几年，其间主动换了一些创作表达呈现的形式和方法，目的是有朝一日可以再出发的话，能够有一些新的观点、角度和工作技巧。纪录片《原味》五辑，在任长箴老师的亲力策划和执导下，拍摄团队用视频记录了北京郊区好几种食材的原生态生长环境现状，在优酷土豆视频网站播放。《成都厨房》十段，与年轻摄制团队和音乐人合作，用放飞的调性和节奏写下我对成都和厨房的观感，在二〇一六年威尼斯建筑双年展现场首播。《年味有 Fun》是一连十集于春节期间在腾讯视频播放的综艺真人秀，与演艺圈朋友回到各自家乡探亲，寻年味话家常。还有与唯品生活电商平台合作的《不时不食》节令食谱视频，短小精悍，每周两次播放。而音频节目《半饱真好》亦每周两回通过荔枝 FM 频道在电波中跟大家来往，仿佛是我当年大学毕业后进入广播电台长达十年工作生活的一次隔代延伸。

音频节目和视频纪录片以外，在北京星空间画廊设立“半饱厨房”，先后筹划“春分”煎饼馃子宴、“密林”私宴、“我混酱”周年宴，还有在南京四方美术馆开幕的“南京小吃宴”，银川当代美术馆的“蓝色西北宴”，北京长城脚下公社竹屋的“古今热·自然凉”小暑纳凉宴。

同时，我在香港 PMQ 元创方筹建营运有“味道图书馆”（Taste Library），把多年私藏的数千册饮食文化书刊向大众公开，结合专业厨房中各种饮食相关内容的集体交流分享活动，多年梦想终于实现。

几年来未敢怠惰，种种跨界实践尝试，于我来说其实都是写作的延伸，只希望为大家提供更多元更直接的饮食文化“阅读”体验。

如是边做边学，无论是跟创意园区、文化机构还是商业单位合作，都有对体验内容和创作形式的各种讨论、争辩、协调，比一己放肆的写作模式来得复杂，也更加踏实。

因此，也更能看清所谓“新媒体”“自媒体”，得看你对本来就存在的内容有没有新的理解和演绎，有没有自主自在的观点与角度。所谓莫忘“初心”，也得看你本初是否天真，用的是什么心。至于都被大家说滥了的“匠心”和“匠人精神”，如果发觉自己根本就不是也不想做一个匠人，又或者这个社会根本就成就不了匠人匠心，那瞎谈什么精神？！尽眼望去，生活中太多假象，大家又喜好包装，到最后连自己需要什么不需要什么，喜欢什么不喜欢什么都不太清楚，这又该是谁的责任？！

跟合作多年的老东家三联书店的并不老的副总编谈起在这里从二〇〇三年开始陆续出版的一连十多本“Home”系列丛书，觉得是时候该做修订、再版发行了。

作为著作者，我很清楚地知道自己在此刻根本没可能写出当年的这好些文章，得直面自己一路以来的进退变化，但同时也对新旧读者会在此时如何看待这一系列作品颇感兴趣。在对“阅读”的形式和方法有更多层次的理解和演绎，对“写作”有更多的技术要求和发挥可能性的今天，“古老”的纸本形式出版物是否可以因为在不同场景中完成阅读，而带来新的感官体验？这个体验又是否可以进一步成为更丰富多元的创作本身？这是既是作者又是读者的我的一个天大的好奇。

作为天生射手，自知这辈子根本没有真正可以停下来的一天。我将带着好奇再出发，怀抱悲观的积极上路——重新启动的“写作”计划应该不再是一种个人思路纠缠和自我感觉满足，现实的不堪刺激起奋然格斗的心力，拳来脚往其实是真正的交流沟通。

应霁

二〇一八年四月

『香港味道』总序 未来的味道

总是一直不断地问自己，是什么驱使我要在此时此刻花好些时间和精神，不自量力地去完成这个关于食物、关于味道、关于香港的写作项目。

不是怀旧，这个我倒很清楚。因为一切过去了的，意义都只在提醒我们生活原来曾经可以有这样的选择、那样的决定。来龙去脉，本来有根有据，也许是我们的匆忙疏忽，好端端的活生生的都散失遗忘得七零八落。仅剩的二三分，说不定就藏在这一只虾饺一碗云吞面那一杯奶茶一口蛋挞当中。

味道是一种神奇而又实在的东西，香港也是。也正因为不是什么具体的东西，很难科学地、准确地说清楚，介乎一种感情与理智之间，十分主观。所以我的香港味道跟你的香港味道不尽相同，其实也肯定不一样，这才有趣。

甜酸苦咸鲜，就是因为压阵的一个“鲜”字，让味道不是一种结论，而是一种开放的诠释，一种活的方法，活在现在的危机里，活在对未来的想象冀盼中。

如此说来，味道也是一种载体、一个平台，一次个人与集体、过去与未来的沟通对话的机会。要参与投入，很容易，只要你愿意保持一个愉快的心境、一个年轻的胃口，只要你肯吃。

更好的，或者更坏的味道，在前面。

应雾

二〇〇七年四月

序　岁月杂货

走进去，有如走进一档连美术指导张叔平也没法仿制再现的电影布景，岁月磨人且磨出浓重颜色，叫来人染得一身一心，心多的更一脚踏进魔幻历史现实。

日日路过这幢楼龄一百一十九年的“危楼”，就是下不定决心走进去，也好像找不着借口跟经常一脸笑容的老板打交道——其实简单不过，从半打农场鸡蛋、两斤丝苗白米、一元几角的面豉酱开始，我们的祖父母辈当年就是在街头巷尾成行成市的粮油杂货铺，货真价实地购得日常生活所需。只是辗转到了我们这一代，捧着“超级”两个大字当宝，所谓市场是必然灯火通明且有空调的，超市大军一朝压境，淘汰走多少几十年刻苦经营的杂货老铺，砸破了多少敬业乐业的老板、老伙计的饭碗。时代进步了，历史没有了，面对硕果仅存的现实，我们竟又怯生生地成为过门不入的路人。

老店招牌金漆大字“永和”源远流长，分明是表达良好愿望。不难想象开铺七十五年来在这高楼底木制横梁底下，人来人往、鼎盛热闹的一盘生意又岂止是斤斤计较的营生——家和万事兴，一切都必须从柴米油盐酱醋开始。此间精挑细选的好货最得坊众信赖，升斗小民终日营役，为的也是一餐半餐安乐茶饭，走进来，从日常花的一元几角到年节时候办货用的一千几百块，得到的是信心和安心。

爽朗健谈的钊叔是永和的第二代传人，上世纪四十年代钊叔的父亲及叔叔从广东新会来港，入股这家在中环威灵顿街唯一的粮油杂货店。当年十四岁的钊叔自一九四九年来港后一直留守驻店，少东家也就是小伙计，日夕浸淫沾身的是油盐酱醋、面粉白米，晚上就睡在收银柜台，外面的风风雨雨、时局变化，钊叔身处店堂，却也清楚旁观洞悉——

“这些红豆、绿豆、眉豆、花生在六十年代经常卖断市，当年家家户户都喜欢煲糖水——”

“这些口感较硬的增城丝苗和天字丝苗当年十分流行，现在的人都惯食超市口感软滑的货色——”

“这些孟加拉来的生插入盐的马友咸鱼，鱼味浓香又不会过咸，用手剁成咸鱼肉饼或者直接放在饭面蒸熟，最最和味——”

看来细眉细眼的生活琐碎，偏偏就有钊叔这些守门大将为街坊打点。作为零售店铺，如何与优质老牌批发供应商建立起稳实的伙伴关系（当中包括咸鱼栏永兴、巨利、同德兴、余均益的酱油和面豉，增城的蔗糖，甚至钊叔老弟在新会自家晒存的陈皮……），保证食材来源安全可靠，当中有的是一辈子累积的人际关系、经营学问。依然神清气爽的钊叔坚持每早八时就开铺营业，与老伴守住这一家由父亲传下来的老店。当年全盛期雇有十四个伙计，门口常排长龙，一天到晚忙得不可开交的风光不再，生意也大不如前，笑言挨打吊命。在被子女都劝退的情况下钊叔却还是有一日做一日，抬头看着在幽暗中偶尔还闪亮的金漆大字，未能永续却有缘永和，该是无悔一生。

应霁
二〇〇七年四月

目录

Contents

一杯好喝的奶茶跟一杯不好喝的奶茶有什么差别？
差，也差在喝茶的你的心情与状态——
其实能够偷空喝杯茶，
已经算是不错，已经可以笑笑口。

073 恋恋挂杯

奶茶全天候

三点三十分，奶茶时间。

可是得提醒一下，今回不是下午三点三十分，是凌晨三点三十分；不是在你家附近熟悉的茶餐厅、大排档，而是在旺角、在钵兰街。当作自己拍戏也好，是主角是配角都无所谓，甚至企图临时加入某某社团以求突破一贯乖仔形象也无妨，坐下来，既然睡眼惺忪不如气定神闲，喝一杯奶茶，对，加一声“茶走”。

茶自己不会走，走的是糖，三更半夜也坚持不下糖，真健康。环顾四周，三山五岳以及五湖四海，各有各的要事不要事在交易进行中，其实与下午三点三十分无异，都是一个“乐在此，爱在此”的市井地道动感之都。而水滚茶靓奶滑之外，刚出炉（！）的菠萝包还是一样夹进厚切牛油放进口，水准保持全天候。

一杯好喝的奶茶跟一杯不好喝的奶茶有什么差别？一般人会在意茶的香浓度，奶的香滑度，刁钻的会八卦一下师傅如何

兰芳园

香港中环结志街 2 号
电话：2544 3895
营业时间：7:00am – 6:00pm

奶茶处处有，且各有浓淡轻重口味，但来到港式丝袜奶茶的创始地兰芳园，亲眼看着师傅提起手壶和茶袋来回对冲，一尝茶浓奶香的正宗口味，饮茶同时是一种学养。

一　二　三　四　五
六　七　八　九　十

一　一杯热、香、醇、滑的奶茶，当年出世的时候怎样也想不到自己有朝一日会得到香港市民的认同，成为七百万人的集体回忆。

二、三、四、五、六
见证一杯正宗丝袜奶茶的诞生：首先按自家冰室茶餐厅的要求比例，将茶叶搭配好，俗称“沟茶”。一般会用一至两种杂茶做胆以取茶色茶味，再配入较高级的红茶取其茶香，这个沟茶的步骤可以加强茶的整体层次。茶叶沟好放进用棉布缝成的茶袋中，置于取名“手壶”的壶里，冲进近一百摄氏度的热水，然后盖上壶盖焗约五分钟（用旧的茶袋像丝袜，故得“丝袜奶茶”之名）。茶焗出第一泡后得倒入空壶中，又由空壶撞回盛有茶叶的壶里，来回撞击八九次，冲出一壶合格的茶胆。客人光顾时，先将浓淡得宜的淡奶置于杯中，再冲进一直在炉上壶中预热中的丝袜奶茶胆，一杯正宗丝袜奶茶就成功面世。

七　丝袜奶茶发源地兰芳园本来是街头大排档，现已有两家迁入室内的固定店铺。

八　店内牌匾见证小店发迹历史。

九　午后的兰芳园，高朋满座、人气鼎盛。

十　奶茶以外，还有同样有身份地位、以同样制法混合奶茶和咖啡而成的鸳鸯奶茶。

把几种粗细不同、牌子不同的茶叶“沟”在一起，也会看一下师傅用的是什么奶，平价的就明显不够香滑且有膻味。再来就是用白棉布“丝袜”冲茶、焗茶、撞茶的步骤和手法，最后就是奶和茶的一比三配比，以及用厚瓷杯碟还是用坑纹玻璃杯盛茶。当这些已经成为港式丝袜奶茶的既定制作动作，十家中有六七家的水准其实都差不多，差就差在时间差，奶茶要趁热或者趁冰冻喝，凉了都变味，都不香不滑、不好亲近。差，也差在喝茶的你的心情与状态——其实能够偷空喝杯茶，已经算是不错，已经可以笑笑口。

有人大把道理把港式丝袜奶茶视作香港一大演绎发明，是本地意识定位的一大象征代表。我看这倒是言重了，难道喝完一口香浓奶茶，杯内出现奶茶在内壁“挂杯”的情况，就代表香港人对过去的依依眷恋？

— 有说港式大排档丝袜奶茶源起自英国殖民统治时期的英式下午茶，加糖、加奶有别于传统中国茶的饮法。此种说法表面成立，但细想一下，英式茶并没有如大排档奶茶般把几种茶按各自喜好比例混合使用，亦没有在泡开焗好茶后用手壶和手制茶袋来回撞茶、冲好茶胆，然后再加淡奶成奶茶的做法。可见这些招式都是在大排档经营过程中自发衍生的，做出一杯香浓扑鼻、细滑如丝的奶茶，既解决了生计问题，又提升了口舌享受度，香港制造的精神旨意尽在此。

— 不同时间不同人等到茶餐厅有不同目的：偷闲喝杯奶茶；匆匆解决早午晚三餐；谈生意、谈情、谈判、无所事事；或者可以看看伙计白唐装上衣两个口袋上的圆珠笔痕，留意谁一进门就上了楼上雅座（如果有的话），抬头看看有没有吊扇，墙上有没有禁止随地吐痰的告示，还有坐的是不是如火车卡位一样的硬板凳厢座，墙身和地板铺的是不是绝版纸皮石，还有面前那个茶杯，是不是又肥又矮又厚，保温力强散香快，饮茶不会烫伤嘴唇的版本。

金凤茶餐厅

香港湾仔春园街 41 号
电话：2572 0526
营业时间：6:45am – 7:00pm

即使湾仔区有数不清的茶餐厅，但每次到金凤还是水泄不通，为了喝到这里严谨制作的一杯奶茶。细想一下，当中有的是原则态度，诸如比例、协调、先后顺序、层次、取舍、时间差等大道理，一杯茶不只是一杯茶。

十一、十二、十三、十四

开业超过半个世纪的上环海安冰室，狭小的店堂内火红的卡座和装饰图案是众多老店中最大胆奔放的。

十五、十六、十七

几代中环上班族的偷闲加油站，昵称“蛇窦”的乐香园咖啡室是“蛇王”现身处。

十八、十九、二十

隐身屋村民居的钻石冰室亦有四十年以上的历史，以其口碑载道的“挂杯”被奶茶痴奉为朝圣地。恋恋挂杯，可会是对生活的某种冀盼、某种遗憾？

茶走岁月

资料搜集撰稿员 谢家骥

当谢家骥（KK）的老爸开始转饮醇滑普洱，并且提醒儿子少喝一点又甜又浓的奶茶时，他只能笑着回应：“二十年前不就是你教我喝奶茶的吗？”

世易时移，说不定再过几十年，KK也会跟儿子、孙子说同样的话，也正因如此，奶茶及其亲戚鸳鸯竟就成了我对青春无悔的一种公开的密码。趁青春还可以，就再来一杯，热的，还是冰的？

跟KK认识是因为当年替电视台拍摄一系列有关香港地道食物的节目，他是资料搜集撰稿员，自然要对这类食材那种食物有认识有研究。拍摄到奶茶这一辑，对这位奶茶痴来说根本没难度——看来他已经走遍且尝遍港九新界所有值得推介的精彩奶茶档，公私两忙地喝过了一杯又一杯“茶走”。

老一辈认为奶茶里放的砂糖惹痰动风，对身体没益处，改下一点炼乳然后再放茶和淡奶，这个绝对香港特色的奶茶调制方法唤作“茶走”，望文生义自行联想，一走便走到当年他学会喝奶茶而且渐渐上瘾的日子。

在元朗长大的KK，打从小学二三年级就跟着在纱厂工作的爸爸每个早上去茶餐厅吃早餐，本来只准喝好立克和鲜奶的他，总是好奇为什么父亲每早都要喝那黄黄啡啡的一杯奶茶。终于有一天父亲拿个杯子给他倒了一点奶茶试着喝，果然自此一发不可收拾。如果他早上不来一杯，午饭后的两节课简直就魂游太虚，平日睡晚了来不及在午餐时分喝一杯奶茶，整天都不自在。工作需要出差外地，没有地道港式奶茶支持，真比翻山越岭取景还要辛苦一万倍。

路上芸芸一众有缓走的有疾走的，唉，这一杯“茶走”，怎样走也走不过它。

乐香园咖啡室

香港中环机利文新街8－12号地下
电话：2522 1377
营业时间：7:00am － 7:00pm

身边友人每回经过中环都坚持到乐香园，甚至坦言不是因为那杯其实不俗的奶茶，而是因为这里有着“蛇窦”的大名。三点三十分以及其他可以躲一躲懒的时候，在这个匆匆忙忙的都市，我们着实需要更多可以蛇一下的“窦”。

没有人会刻意去计算在家里跟在外头喝阿华田的价钱分别，太谨慎太执着，生活也就没有什么趣味了。

不知是否因为她的焦虑烦躁磁场微波实在厉害，我正在喝的那杯热好立克捧在手中好像一直都是那么滚烫，简直无法小喝一口。

074

净饮男女

华田立克滚水蛋

她把面前刚叫来的一杯冻柠檬可乐中的三片厚切柠檬用细长不锈钢羹匙戳得面目模糊，叫我差点要开口提醒看起来心神恍惚的她不要再继续这个无意识的猛烈动作，否则那个看来本就磨损得有点残旧的塑料杯子说不定会不胜刺激当场爆裂。也不知是否因为她的焦虑烦躁磁场微波实在厉害（说来真的很不科学），我正在喝的那杯热好立克捧在手中好像一直都是那么滚烫，简直无法小喝一口。

终于等到她把那杯冻柠檬可乐喝了一大半，冰块也溶得差不多，我的那杯热好立克也降温些许可以舒缓入口，她才幽幽地告诉我她决定要跟与她同居七载的男友（也是我的中学、大学旧同学）分手，这位同学现在是广告行内叱咤风云、有口皆碑的创意总监，他的花名叫“阿华田”。

为什么叫他“阿华田”？看来只有我们这些相识于小时的老同学才知晓。原因其实也很简

澳洲牛奶公司

香港九龙佐敦白加士街 47 － 49 号地下
电话：2730 1356
营业时间：7:30am － 11:00pm

因为这里的炖蛋、炖蛋白、煎双蛋和鸡蛋三明治都是那么有名，所以简单如滚水蛋都一定有水准。

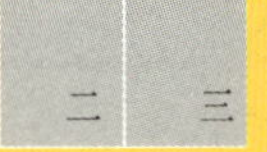

二　喝着面前的一杯味道始终如一的好立克，我忽然想到为什么我从来没有把好立克跟阿华田混在一起喝？

三　简单不过的滚水蛋，曾几何时被视作补身食品。

— 好立克（Horlicks）于1871年由一对英国兄弟詹姆斯和威廉（James & William Horlicks）研创而成，修读营养学的 James专门研究喂食婴儿牛奶时的消化问题，其间发展出一种由小麦及燕麦制成的浓缩混合液，以作为牛奶的改良剂，经过多年的精心改良，终于在美国首创推出好立克麦芽奶粉。

— 阿华田（Ovomaltine），是瑞士温德公司（Wander AG）出品的一种乳剂品，后以“Ovaltine”的名字推出发行。阿华田的主要成分包括巧克力粉及麦芽粉，可用冷或热牛奶冲泡成为可口营养饮品。在英国，阿华田以两种配方出售：一是原味配方，须用牛奶冲泡；二是已配好奶粉，须用热水冲泡。在瑞士，阿华田发展有巧克力棒、阿华田面包酱、早餐谷片等多种食法。在香港，阿华田与维记鲜奶携手推出维记阿华田营养麦芽雪糕以及维记阿华田纸包奶。

— 姑且抄下一串老牌冰室茶餐厅的名字，单是名字本身也很说明问题：中国冰室、东方冰室、钻石冰室，白宫冰室、银都冰室、奇香冰室、雪山茶餐厅、星座冰室、永香冰室、祥利冰室……

单，就是他一年三百六十五日每天至少要喝一杯阿华田。我目睹有天下午茶时间有位同学替他买阿华田的时候，刻意偷偷换上一杯美禄，他一喝脸色一沉，一手连杯带水扔进垃圾桶，然后直奔洗手间又吐又漱口。像我们这些根本分不清阿华田与美禄其实有什么差异的同窗，真不知该尊敬他的专注长情还是视他为怪物小王子。

话说回来，分手原因竟然是“阿华田”的女友在半年前开始发觉她的男友忽然不再喝阿华田，更开始把家里二三十年来喝阿华田的痕迹，包括那些已做储物用途的旧罐一一取替扔掉，他也不做任何合理解释，更叫女友心生疑团、十分困惑，继而争执吵闹，继而决定分手——听到这里我明白了，原来真真正正喜欢阿华田的，是她，不是他。

兰芳园

香港中环结志街 2 号
电话：2544 3895
营业时间：7:00am – 6:00pm

本来一杯阿华田或一杯好立克什么地方喝都应该差不多，但走进这里就是为了一种气氛、一种熟悉感觉，然后对比之下发觉这里的阿华田与好立克真的味浓一点、奶香一点，或许是心理作用。

四 同台也好搭台也好，匆匆吃喝，各忙各的。

五 柠檬加七喜汽水的冻饮，其实有一个改用咸柠檬的选择。

六 叫一杯热辣柠檬可乐煲姜，端上来的杯子比里头的饮料有功夫有气派。

七 细心的店家会先把姜捣成姜蓉，更入味出色。

童装滋味

作家 迈克

胆大包天的我竟然敢向迈克“迫供”：为什么是阿华田？！为什么不是美禄？！本来什么都会有个答案（至少也有个借口）的这位尊敬的前辈，看来没有准备要回答这个无聊问题。其实说来只要他回答“我喜欢阿华田铁皮罐的橙红多于美禄铁皮罐的彩绿”，我已经很满足很高兴。

但原来真相是童年迈克每晚临睡前都会被家里大人强迫着喝完一整杯阿华田——天晓得他们是相信喝了便会睡得好还是喝了便会快快长大，反正喝了就是喝了，直到有天再没有严格指令喝喝喝，少年迈克忽然自觉已经长大成人。

虽然是被迫喝呀喝的，但相对于同期也一定要喝的鱼肝油，甜美的阿华田已经是好得多了。经过好一段时间没有与阿华田产生关系，迈克有天在巴黎居所附近的超市竟然发现小瓶塑胶樽装的即冲阿华田，一时冲动买回去搞搞搞，可是怎样也搞不出、喝不到童年的味道——

首先我们假设阿华田的配方这么多年都没有变，也就是说后下的淡奶或者炼乳以及砂糖在起决定的作用。但大家到了这个年纪似乎又不太适宜经常喝得太甜，还是随便趁回港公干探亲之际在老字号茶餐厅偶然喝一杯半杯阿华田，企图回到从前。

在迈克的热饮名册里排名首位的，其实是法国的极浓极香极稠的热巧克力，是当场放一只羹匙在杯里也会自行直立的那种。其次就是坚持用透明塑胶袋装的国产即冲即溶菊花晶和竹蔗茅根晶。一法一中都是他认知里理想中的成人饮品，至于大家喝得煞有介事的茶，又是另一个世界、另一类。而阿华田、美禄以至好立克，却永远穿着“童装”，永远吸引小朋友。

胜香园

香港中环美轮街 2 号排
电话：2544 8368
营业时间：8:00am – 5:00pm

柠檬可乐煲姜，没病没痛也心痒痒来胜香园喝一杯，艾琳（Irene）姐先用木棍把切片柠檬压过，又用可乐樽底拍姜成蓉，保证出味。

回想起来说不定是人生第一回对想象力的不自觉训练，对快慢时机的虚虚实实的领悟，就是因为这一杯刨冰。

075 冰山再现

冒险吃冰之旅

问心，无论叫的是红豆冰、加了莲子的鸳鸯红豆冰，或者是菠萝冰甚至是凉粉冰，其实都是为了那个高高瘦瘦、有花瓣浮凸纹理的满载冰品的玻璃杯。

这其实是普通不过的一个玻璃杯，勉勉强强算是略沾一点二十世纪二三十年代装饰艺术（Art Deco）流线风格，略为特别的是它的脚（应该叫作底座），稳妥的半圆球状，保证可以承担杯中的花巧浮沉。如果碰上哪一家冰室、茶餐厅在送上冰品时，弃用这修长版本而改用一般喝水的玻璃杯，又或者是用更普通的便宜轻巧的塑料货色，杯口、杯底磨得花白，杯身花纹繁杂散乱，呷冰情趣顿时大打折扣。说真的，杯里的冰也好像特别易融成水。

在还未懂得刁钻评尝什么地方产的红豆如何烹煮才会保持原粒饱满、入口酥软绵滑的童年时候，爱吃红豆冰原来是为了呷冰过

美都餐室

香港九龙油麻地庙街63号
电话：2384 6402
营业时间：9:00am - 9:00pm

无论是盛夏还是隆冬，走进美都都像换了一个时空，管它外面是冷是暖，咔嚓一声入口是刨冰机刨出的纤细冰屑，然后是一口淡奶香，一啖同样松化的天津红豆与优质湘莲……

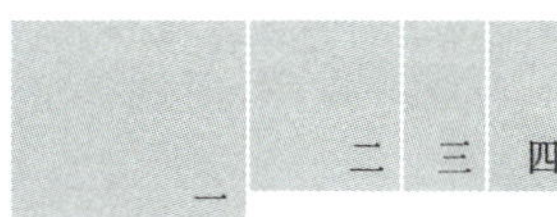

一　看着淡奶徐徐注入那层通透刨冰，然后从那层红豆再渗落莲子层中。

二　堆得有如小山高的红豆、绿豆、百合和西米，一口料一口冰沙，四季皆宜。

三　看着用古老刨冰器人手刨出的冰山在菠萝冰杯里慢慢融化，想象自己是泰坦尼克号上的某一位逃生者？还是另一座正在融化的冰山？

四　每日可以卖出过百杯红豆冰，除了红豆冰本身货真价实，还该有对人工、对时间的一种尊重。

程中的虚拟冒险——那是浮沉于某个不知名海域的一座冰山，海里漂满乳白的淡奶，勘探下去发掘出来的宝藏有粒粒红豆，再来的惊喜是早已拔去苦涩莲心的原颗湘莲。作为潜水员的我如何能摆脱这些美味的诱惑，在冰山倒塌之前，在海水被啜啜有声地吸干之前，完成要完成的任务。任务是什么其实不知道，也许光看着杯身沾满“冷汗”，汗水成珠徐徐流下，在玻璃桌面成湖成泊，再看冰山竟已半塌……回想起来说不定是人生第一回对想象力的不自觉训练，对快慢时机的虚虚实实的领悟，就是因为这一杯刨冰。

透明玻璃杯身让大家明明白白，内里层层叠叠的各式甜美材料一览无遗——糖水、淡奶，咬来咔嚓有声的手刨或机刨的冰花，甚至贪心挤进来的雪糕球。印象中不必太努力、不必考试默书得满分也应该可以吃到的这杯刨冰，也因为某些冰室茶餐厅的粗糙处理，特别是为省时而用上大颗冰粒填充取代细雪的，好长时间已经不是我的夏日首选。那种情侣分用两支吸管共吸一杯的浪漫得打战的情形我也从来没试过，只是有天忽然想重温那提气一吸红豆塞住吸管的不上不下的尴尬，赶忙找一家还在坚持用高瘦玻璃花杯的冰室来让冰山再现。

— 二十世纪四十年代，战后的香港更开放、更迅速地受西方文化和生活习惯影响，出现了供应便宜西式食物的冰室。当时冰室跟提供日常饭餐的餐室不同，主要贩售咖啡、奶茶、三明治、吐司等西式饮品小食，顾名思义也提供红豆冰、雪糕等冰品，后来冰室与餐室合流，衍生出现时的茶餐厅。

— 一般人以为冰食多为西方口味，但其实早在《诗经·豳风·七月》中就有“二之日凿冰冲冲，三之日纳于凌阴”的诗句，译过来是“十二月把冰凿得通通响，正月把冰藏进冰窖”，藏冰为何？当然就是冰镇食物。所谓夏天饮“六清”，包括薄荷水、嫩藜、糯米、甜酒、梅汁、桃滥（当中的桃滥便由寒粥与冰屑拌和而成）。唐宋时的著名冰食有雪泡梅花酒、凉水荔枝膏、冰调雪藕丝和冰镇珍珠汁。及至清代，京师什刹海更流行热卖什锦冰盘，以果藕、菱角、鸡头米、莲子、杏仁、香瓜、蜜桃等切成薄片，盛于冰中，消暑至爱。

广成冰室

香港新界上水石湖墟新成路 10 号
电话：2670 4501
营业时间：6:15am - 5:00pm

老远跑到上水，就是为了一尝那由全香港仅存的瑞典产人工刨冰器刨出来的冰沙，放在满满一杯用糖煲好的天津红豆上，还舀上一层淡奶，红白分明，视觉强烈。

五 六 七

五、六、七

一下子像回到了一个也说不出是什么年代的朴素时空，进来吃喝一点什么都不在吃喝本身，埋单付账时想一下其实我们的日常也可以简单如此。

红豆冰妈妈

设计学系课程主任 Grace Lau

Grace 连跑带跳其实算是冲进来，一千个对不起地说迟到了，我赶忙说没事没事。在这个人车赶路的黄昏，在庙街街头美都餐室居高临下的有利战略位置，过来坐，先歇一会儿，还可以向窗外路过的双层巴士上举着摄像机拍个不停的日本游客打个招呼，活在此刻这里，我们各自都成为对方的风景。

Grace 的风景里有她两个聪明活泼的小儿子，有支持她继续放肆嘻哈的挚爱丈夫，当然也有她的“死党”——一杯咬落松软香甜同时咔嚓有声的红豆冰，夸张一点更会请红豆莲子冰或者雪糕红豆冰出场。

日理不止万机的 Grace，在她繁忙的教学统筹工作外，还和两个小儿子一起画画、开画展，向大家展示家庭日常生活创意澎湃的一面。笑说只要贪玩就不顾后果的她，在儿子面前当然还得经常严肃一下，但一有空当开小差，她就会去跟她的红豆冰幽会。

当年引领少女 Grace 接触红豆冰的是 Grace 的妈妈，绝少在茶餐厅出现的她唯一在茶餐厅吃喝的就是红豆冰。Grace 有点不好意思地说，其实她一直都对红豆冰的亲戚红豆沙有成见，嫌它老土，但对放在高脚厚身玻璃杯里浮浮沉沉的红豆冰很有童话式的浪漫想象。开心不开心，一杯红豆冰放在面前都像老朋友，最好是一人独吃，但如果要结伴，就一定跟女伴去，一边咬着红豆吃着冰，一边互诉心事。

毫无疑问，红豆冰是 Grace 的安慰食物，看来我要秘密地培训她两个小儿子亲手做最好的红豆冰慰劳这位忙碌妈妈，那杯红豆冰一定最香、最甜、最美。

合成糖水

香港九龙九龙城龙岗道 9 号

电话：2383 3026

营业时间：12:30pm – 1:00am

合成以莲子系糖水为特色主打，其实它的冰点也很有看头，红豆、绿豆加上百合和西米铺于冰上，向台式冰点致敬。

蛋液在将熟未熟之间那一种香滑细致，
把从来性急、企图一啖入口的贪食人烫得呼叫连声。

有人一味盯着那一盘又一盘刚出炉的依然烫手得很的蛋挞。我却有意偷窥饼房里的制作过程，进行中的感觉说不定比完成要兴奋要好。

076

热辣真理

蛋挞就是蛋挞

不必经过长达数十个小时不眠不休地又传召证人又闭门陪审团商议，我们坐下来当面一说就清楚，只要是刚出炉的烫烫的蛋挞，怎样都不会难吃。

尤其当你吃过那在热闹抢掠、满足饱尝之后被冷落在饼盒垫纸上竟然被剩下的蛋挞，其时酥皮不酥已经向外泛油染得四野油渍，鲜黄蛋挞面收缩龟裂破开，你为了不浪费还是勇敢地一口咬下去——腥、冷、软、碎，回天乏力。因此你更明白感激以猪油搓成的酥皮新鲜出炉那种无可抵挡的扑鼻油香，而蛋液在将熟未熟之间那一种香滑细致，把从来性急、企图一啖入口的贪食人烫得呼叫连声。好吃，真好吃！大家不吝盛赞，就这么简单直接。

所以也不必因为是“肥彭”还是瘦马爱吃这家那家蛋挞而蜂拥到现场，名牌效应也得有真材实料，过誉的杀伤力比你想象的来得恐怖。请

檀岛咖啡饼店

香港湾仔轩尼诗道 176 - 178 号地下
电话：2575 1823
营业时间：6:00am - 12:00am

“檀香未及咖啡香，岛国今成蛋挞国”，巧制蛋挞的一套配方程序一用就用上半个世纪，老少顾客捧场依旧，足以证明其高超水准和江湖地位。

二	三	四
五	六	七

二　一叠蓄势待发、即将进入高温境界的不锈钢挞模。

三　泰昌老板天润叔研究十多种酒店、曲奇饼店的产品后总结发明出的牛油挞皮，是否就是“肥彭”喜爱此家蛋挞的主因？

四　不只有大排长龙的顾客，更有定时定刻的订单。

五　泰昌旧铺的收银机，长赚长有好生意。

六　常常觉得师傅们都快要变成武林至尊，徒手把热辣蛋挞从钢模移至纸托，简直神乎其技。

七　一盘蛋挞四十二个，出场不到十分钟便被一扫而光。

用心用口发掘品评自家家居或办公室方圆几里的蛋挞出品，校正出炉时间准时恭迎目睹一盘蛋挞的诞生，在期待的目光和满足的笑容中，好味自在人心。

猪油酥皮也好，牛油皮也好，买一个即时入口或者买一打回公司勾引那些一天到晚嚷着减肥其实最嘴馋贪吃的小女生。至于那些企图变种更新的蛋挞异形，例如蛋白挞、双皮奶挞、红豆蛋挞、玉米蛋挞就不必了，烤焦了的葡挞还是等下一回去葡萄牙再亲尝细品。简单自在，留得住热腾腾的一刹那，就留得住人心。

— 蛋挞是百分之百香港土产，源自英国殖民统治时期英式下午茶其中一项甜点蛋奶馅饼（custard tart），唯是此物比现在的蛋挞大两至三倍，用的是牛油挞底，做好挞底再倒入蛋浆放进烤箱烘焙。

— 分明就是中西“夹”“硬”结合，“蛋”是中文，“挞”却是英文“tart”的音译。而牛油皮却用上面粉、芝士粉、牛油和糖霜混好，口感比酥皮结实细致，各有喜好，不分高下。

— 一九五〇年开业的檀岛咖啡饼店，其蛋挞酥皮据说有惊人的一百九十二层，因为作为蛋挞灵魂的酥皮内有一层以猪油为主的“油皮”及一层以鸡蛋为主的“水皮”，比其他饼店的单一层讲究得多，而将两层皮反复对折碾压就制成一百九十二层，烘出来自然酥香松化，叫人感动。

金凤茶餐厅

香港湾仔春园街 41 号
电话：2572 0526
营业时间：6:45am - 7:00pm

同样是猪油造的酥皮蛋挞，金凤老铺的出炉热蛋挞配上这里最为人乐道的冻奶茶，一冷一热简直一绝。两口吃罢蛋挞还得试试这里的鸡派！

八　有买趁热，赶快赶快。

九　即做即用的蛋挞皮也得保持最佳状态。

十　师傅工多艺熟水准如一，换了新手如我，恐怕会招惹顾客投诉。

十一　每回把蛋挞连盘托上托下，该叫作大只佬蛋挞。

十二　站在为人民饮食服务的最前线，师傅有功有劳。

十三　一边吆喝一边把出炉蛋挞经过店堂捧到外卖部，恐怕是一盘蛋挞短短一生中最光辉的时刻。

越吃越红

演员　林嘉欣

和嘉欣约好在湾仔旧区茶餐厅老铺吃蛋挞、喝奶茶。星期六下午，本来已经拥挤的狭小店堂里更像一个水烧开了的锅。单独的、成对的、成群的邻座茶客都兴高采烈地先后走过来，有礼貌地问她可不可以一起合照，可见她的观众缘的确很好，亲和力真的很强。我跟她打趣说，看来今天你把这店里本来的主角——那一直现做现卖、新鲜出炉的蛋挞——的风头都要抢过去了。

难得有这么清楚确定的理想目标，也小心谨慎而且准确地逐步实践，这短短几年间嘉欣在影艺圈里的骄人成绩大家有目共睹，我坦白地跟她说："大家真心觉得你可亲可爱，是因为你有点胖，而且不怕胖。"

嘉欣哈哈大笑，也直言说之前有次胖了十八斤，可是片约一部接一部，看来真的越肥越红，当然因为工作角色需要，她也可以说瘦就瘦，要忍得住口不乱吃，是一种严格的自律。

所以我今天扮演的就是魔鬼了。我跟她说，这里的蛋挞、鸡派、奶茶、咖啡，热辣辣、冻冰冰都是来自天堂的诱惑。这个她当然清楚，自从她回港接拍第一部电影《男人四十》开始，每逢开工她宁愿不吃午餐也等着下午三点那一盒（！！）蛋挞。她可能比我们当中任何一个都清楚全香港十八区大街小巷哪一家的蛋挞酥皮最酥、牛油皮不粘牙、蛋液最滑而且不过甜——"最重要的是有选择，不要刻薄亏待自己。"她忽然语重心长、认真地说，叫我赶快再咬一口手中的蛋挞、喝一口奶茶。然后她告诉我，她在加拿大念书生活的时期因为太想念香传千里的港式蛋挞，经常自己尝试做来吃：三只蛋、一杯鲜奶、三匙糖、现成的饼皮、二百二十摄氏度、十五分钟。我相信她做的蛋挞是成功的，只要肯亲手尝试且不断总结经验，我们目睹一位能吃、会吃、爱吃而且不怕胖的星星正在诞生。

泰昌饼家

香港中环摆花街 35 号地下
电话：2544 3475
营业时间：7:30am – 9:00pm

堪称全香港见报率最高的泰昌饼家，提供牛油曲奇皮的选择，不妨一试，看看你是否跟末代港督口味一样。

077

不是王子

爱恨菠萝油

只能用想象去推测他（或者她）的身世——

在大半个世纪前的一个午后，下午的那一轮菠萝包、鸡尾包和猪仔包刚出炉不久，学校还未下课，面包店内还未挤满那群喧哗多嘴的中小学生（以及他们更吵闹的母亲），一直在店后饼台面包炉旁跟着师傅团团转的小伙计，勉强有那么十多二十分钟的空闲。平日午饭吃得早，下午三点未到肚已经开始饿了，当然在面包店工作也不愁没吃的，师傅做的、自己亲手烘的，好吃的、不好吃的都有，未入行之前最爱吃的菠萝包，现在因为朝夕相对，也真的不怎么想吃。

但今天有点异样。饭后一会儿就开始肚饿了，随手拿了个早上卖剩的鸡尾包，一口咬下去觉得有点太甜；后来菠萝包刚

檀岛咖啡饼店

香港湾仔轩尼诗道 176 – 178 号地下
电话：2575 1823
营业时间：6:00am – 12:00am

跟菠萝油初次邂逅就是在这家人“烟”稠密的餐厅里，那天贪新鲜不吃蛋挞改吃菠萝油，惊为天人，从此踏上重量级不归路。

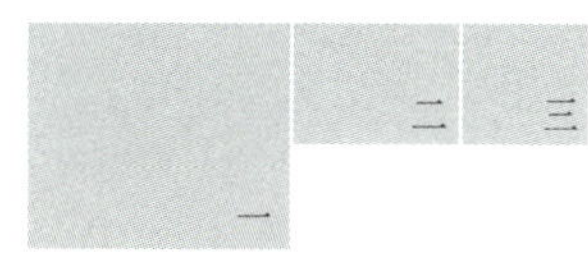

一　新鲜热辣的菠萝包本身已经够吸引人，再致命地夹进一块大方得体的五毫米厚的冰冻鲜牛油，一热一冷、一甜一咸、一酥一滑，口感复杂细致，叫我如何是好？

二、三　每日重复这个简单的“犯罪”动作不知多少次，可见菠萝油的受欢迎程度。

出炉，老板、老板娘都在，不好意思马上吃。待到一整盘菠萝包迅速卖到剩三两个，新的一盘又出炉了，退下的那一盘刚巧有个长相歪歪的，已经有点凉，拿来就一咬。唔——慢着，该加点什么变变花样？顺手拉开身边冰柜，把做蛋糕用的牛油厚厚切来一块，撕开菠萝包塞进去，大口贪婪一咬——

同一时间，在隔几条街外的一家冰室里，有一个小伙计在做同样的事，只不过他切的那一块牛油是带盐的咸牛油，切的不是六毫米而是三毫米，而菠萝包还是烫手的。那边厢师傅大声寻人，他赶忙把这菠萝包连牛油迅速解决。

其实在同一天同一时间，在港九新界大小面包店、茶餐厅、冰室以及住家厨房饭厅，都在上演着如此平凡普通的菠萝包和牛油的故事，没有人想到这关于厚薄、软硬、冷热的关系会演化衍生成一个民间的传奇：菠萝油其实不是王子，他是邻家男孩，或者，她是一个不怕胖的女孩。

— 看到那位忙得不可开交的伙计在听到我点了一杯奶茶、一个菠萝油的时候，在手头纸单上写上“T”字和“-”符号，叫人对这个自成生态系统的茶餐厅密码十分好奇感兴趣。

— 早于二十世纪六七十年代，冰室或茶餐厅伙计下单及结账，都会大声喊叫。为了准确快捷，就出现好些有趣术语：靓仔——白饭，吉水——清汤，和尚跳海——滚水蛋，三茶两檬、“甩”色——三杯饮品分别是奶茶、柠檬茶和柠檬水，孖茶“侵”——两杯饮品一是奶茶一是鸳鸯。

后来由口述演变成下单，衍生的独特记法包括：

先——鲜牛油餐包、T——奶茶、

CT——冻奶茶、F——咖啡、

CF——冻咖啡、OT——热柠檬茶、

COT——冻柠檬茶、CO6——冻柠檬可乐、

206——热柠檬可乐、

306——热柠檬可乐加姜……

金华冰厅

香港九龙旺角弼街 47 号地下
电话：2392 6830
营业时间：6:30am - 12:00am

酥脆外皮制作时弃本地猪油而用上荷兰品牌，软绵包身用上顶级本地面粉，牛油用上油性较低却仍有膻香的澳大利亚牧童牌，金华的菠萝油从清早到傍晚排队登场。

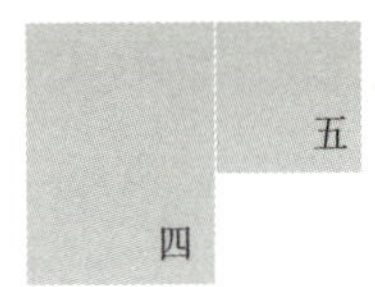

四　不知是谁发明这一个放纵的玩意儿，应该追封此君为香港之子。

五　菠萝油配上香浓奶茶，最佳拍档。

迷路得着

前光华新闻文化中心主任　平路

说起来，在香港已经转眼三年的平路应该算是半个湾仔街坊，但下午三点三十分约她在檀岛喝咖啡吃菠萝油的时候发觉，她还是得叫同事指点一下，因为她怕迷路。

永远人多车多闹哄哄，平路迷路也是可以理解的。再想一下甚至迷路也是必需的，尤其我们这些自以为熟悉香港的土生土长的人，也许更需要在迷路的当儿才有警觉，才能找到出路，才更加认定自己的立足方位。

我们都觉得菜单上写着的柠檬咖啡实在匪夷所思，所以都没有胆量去试去点。义无反顾的还是奶茶咖啡与绝配的菠萝油。平路的菠萝包经验，一下子剪接回到早年还在台北念女子中学的时候。高三准备考大学够紧张认真，晚上还会和好友一道留在校内温书，饿了就一起从学校出来，走到沅陵街去买现烤出炉的菠萝包。那种香味那份温暖，是人生中最甜美的记忆。

后来到了美国生活工作，与菠萝包隔别了好些时日，但当很想念家、很想念亚洲之际，还是会跑到纽约唐人街的茶餐厅去品尝一下厚切牛油夹在出炉热辣菠萝包里的搭配，也就是那时见识到的加料品种。

作为光华新闻文化中心的主任，平路三年前来到港式奶茶、咖啡与菠萝油的“发源地”，在大排档的折椅中坐下来呷一口咬一口，竟然泛出了一种十分吸引人的异乡情调。就咖啡而言，相对于东南亚的又黏又稠又浓的下了炼乳的以对抗辛辣大环境的版本，以及台湾地区及日本的私人化的精致呈现，香港的咖啡、奶茶是属于庶民大众的，连带菠萝油也是一种不顾后果的享乐至上的极致。如此这般，原来都有根有据——

港式食物在台湾人心目中有无一个位置？台湾食物如何为或者不为香港人所认同？下午三点五十八分，平路和我在这个分明需要很多资源投入的文化研究大题目面前，都若有所思、都未能说出个所以然。或许我们都得走出茶餐厅继续迷路下半场，在这个依然可以穿一件单衣的冬季。

一 下午四点，忙乱得头昏脑涨，走到街角大排档坐下来，根本也没有任何主见，档主艾琳姐见我这副模样，建议来一客奶油果酱厚片麦吐司，香酥甜软，味味俱全，此谓安慰食物之首。

在这个人事都求花哨讲包装
标榜进步向前的时世里，
这简单不过的几片白面包原来也在表态。

078 只能活两天

方方正正新鲜出炉

这位看来一年三百六十五日都穿着同款式白色圆领汗衫，衫的下摆早已松弛发黄且沾着或干或湿面粉和些许蛋浆的面包店老板，指着我手中纸袋里的那一叠厚切的刚刚新鲜出炉的方包，一脸诚恳地告诉我："今天马上吃就最好，明天还可以，否则就得放进冰箱，吃时再烘一下——"

这听来简单直接不过的常识，大抵经他亲口告知熟客生客，二三十年来应该不下千万次。我算是这家店的老主顾了，因为儿时旧居就在街角，从三岁到十三岁的发育期间，我该吃了不少这里的连皮方包吧！但我也不算是长期主顾，因为十三岁后就搬离了旧居，偶尔回来走一转，眼见几乎面目全非，陌生得尴尬。只是不知怎的，这家面包老店还奇迹似的存在，从店堂装潢到面包出品的样式都没有怎样变过，仿佛在这位老板的字典里没有创新或者突破这种紧张兮兮的字眼。

胜香园

香港中环美轮街2号排
电话：2544 8368
营业时间：8:00am - 5:00pm

为下午三点三十分的下午茶重新下定义的这家真正大排档，除了已在早餐、午餐时候分别吃过的猪排脆脆和鲜茄牛肉通粉，此时此刻可以选择的是奶油蘸酱麦多或者牛油柠蜜脆脆。

二 三 四
五 六 七

二　采用面包老店香香提供的特大麦皮方包，用时才即场厚切。

三　厚切版本当然得用上大型吐司炉。

四　花生酱、果酱、牛油、炼乳一应俱全。

五、六、七
艾琳姐的另一发明——烘得香脆的方包，先涂上牛油和蜜糖，还亲手现榨点点柠檬汁，丰美清新，唤作牛油柠蜜脆脆。

也就是碰巧经过，被这一阵久违了的面包新鲜出炉的香暖团团包围住，本来不需要买面包做早餐的我也忍不住买厚切四片。我想老板一定认不出我曾几何时也在这一带出没，他只是以一向待客的礼貌提点关照，也没有隐瞒衰老疲乏地继续日常动作。

这里的方包算得上组织严密、口感细致，放在室内翌日再吃也真的还可以，并没有变得太硬。但这不错也就是说并没有太好，真的要比它好吃的肯定不少——但任何刻意的比较和批评都未免有点残酷，我们也许该留一点空间给这些老老实实的店主和心血成品，存在不是为了接受赞美而只是为了让人饱肚，也很清楚保鲜期限就那么两天——在这个人事都求花哨讲包装标榜进步向前的时世里，这简单不过的几片白面包原来也在表态。本来心多的我还在想是否该买罐阔别已久的鹰唛炼奶浇进去？还是切一片牛油撒上白砂糖？甚至是学老父秘方涂腐乳或学外婆和老管家做地道椰浆咖央？如此一切看来都显得有点多余了。

— 如果说欧式面包讲究坚实有嚼劲，日式面包轻柔如风，港式面包就在两者之间，维持松软口感又实在组织细致，够筋道够饱肚，其中以方包最有代表性。以两次甚至三次的发酵过程，在方包模里、恒温房中，经酵母作用快速长大，然后在烤炉里烤成方方正正厚条方包，或直接零售，或供应全香港大小连锁独立的茶餐厅、大排档。

— 史前时代人类已懂得以石头捣碎植物的种子和根，混合水分搅拌成较易消化的粥糊。公元前九千年，波斯湾畔中东的古代民族更晓得把小麦、大麦的麦粒以石磨碾磨，除去硬壳后筛出粉末以水调糊，再铺在被太阳晒热的石块上烤成圆饼，相传这便是简单面包之始。

— 三明治（Sandwich）这种以面包夹有冻肉及蔬菜馅料的吃法，源起自英国同名小镇的一位伯爵约翰·蒙塔古（John Montagu）。这个伯爵是位疯狂赌徒，为了节省时间不离赌桌，吩咐他的用人将食物夹到面包中当场进食，想不到一代赌徒就成了快餐便食之父。

香港九龙佐敦白加士街 47 － 49 号地下
电话：2730 1356
营业时间：7:30am － 11:00pm

全天候被动或主动地在这永远匆忙的店堂里，拼凑出放满一桌的火腿蛋三明治、火腿通粉、叉烧汤意、煎双蛋、奶茶、咖啡等，方包烤与不烤，一样好味，特意推介绝对有惊喜的鲜油吐司。

八　午后近黄昏，依然当作一天开始地吃一个有煎蛋、有吐司、有火腿通粉的茶餐。

九　加了奶油的蛋液，炒来细嫩香滑，与方包的柔软绝配。

十　以咸牛肉做馅的三明治，不必烘底，更吃出方包的质感与牛肉的咸香。

十一　刚在这边饱了肚，又想起那边的厚片烤吐司。

风中吐司

摄影师　梁咏珊

梁咏珊（Topaz）说每次一吃吐司，她就想起刮台风。

小时候的她住在竹园南村，跟所有上学的小朋友、上班的大朋友一样，一到台风天出现八号风球以上就暗暗叫好。天意弄人也弄出额外假期，哥姐们在帮忙做好防风措施之际，她就跟着妈妈到楼下黄文记杂货铺买面包，即使家里冰箱还是满满的，还总得买些干粮储备起来，意思意思。

不知怎的在窗外风急雨劲的台风天，Topaz 一家就有围炉烘吐司的习惯。记忆中的吐司烤炉很小，所以面包买回来之前已经“飞边”，烤得香脆的面包也只是涂抹炼奶、牛油，再撒点砂糖而已，并没有果酱与芝士之类。年纪小小的 Topaz 一吃就吃三块，转眼面包就吃光了，黄文记也关门避风了。

爱吃吐司的她还记起当年班中有位富贵同学，会吩咐司机专程开车把“一批”在家里用“飞碟”烤箱烤好的“芝士飞碟”送回校分赠全班同学。咬着那一口依然暖滑的美味，Topaz 应该在盘算将来一人自住该不该也买一个烤炉。

到如今，作为记者飞来飞去报道设计潮流、创意新晋，公私两忙之余，Topaz 还只在收集杯碟刀叉等餐具的初级阶段，还未考虑为家居小厨房添置厨具，加上住处楼下不远就有大排档，花五元硬币便有香酥松软的奶酱吐司一份，方便，也就是叫人有躲懒的借口。

顺兴茶档

香港大坑安庶庇街 24 号地下
电话：2576 6577
营业时间：7:00am – 4:00pm

一众居于铜锣湾大坑的好友都会推荐这家平实稳重、几十年不变的大排档，只要你想得出，现烤多士混上什么酱都可以。

他正提起那三十年不变的印花玻璃瓶，推开活门把半流体金黄糖浆浇在同样煎炸得金黄的多士表面。

079 金黄岁月

南北东西多士

下午三点三十分，人家的下午茶时间，我还未吃午饭。

走进街角茶餐厅，人声鼎沸、有来有往。环顾四周食客，有在喝奶茶、喝鸳鸯、吃烘底多士的，有三扒两拨吃碟头饭的，也有睡眼惺忪在吃全日都供应的常餐 A 或者 B 的，一下子叫我时空错乱起来。廿四小时都可以在外头方便吃喝的城市，香港若随便认了第二，恐怕没有其他地方的人敢大胆挑战。

还未拿定主意吃什么，一阵熟悉的蛋香、油香扑鼻，不用问，这是邻座阿叔点的西多士。转头望他正提起那三十年不变的印花玻璃瓶，推开活门把半流体金黄糖浆浇在同样煎炸得金黄的多士表面，由于糖浆经常过稠，半空中总有两三秒的空当，然后又出现一注倾情不可收拾的过分场面，这是大家都熟悉不过的经历。当然你

维记咖啡粉面

香港九龙深水埗福荣街 62 号及 66 号地下
电话：2387 6515
营业时间：6:30am – 8:30pm

以猪膶牛肉公仔面驰名的深水埗老字号维记，镇店另一宝是咖央西多士，叫嘴馋如我每次走进去都要做人生重大抉择：是咸还是甜？是中还是西？

二三四五六七
一 八 九 十

一　蘸满蛋浆煎得金黄的多士，薄薄两片里早已涂满自家制的咖央。深水埗老字号维记的咖央西多士是宠一下自己的最佳选择。

二、三、四、五、六、七
按部就班，欢迎自学。

八、九、十
用上鸡蛋、鸭蛋、牛油、白糖和椰浆自制的东南亚甜食咖央，慢火炖煮，香浓甜美，搽抹香脆吐司已经很好，放入西多士里更是极品。

可以刁钻地争论该是先浇糖浆再把多士切小片还是先切小片再浇糖浆，然后又有人会理直气壮地说，吃西多士只需放一片牛油在热腾腾、香喷喷的面包上让它融掉涂匀，根本不用加糖浆。更进一步的是不知坊间何时开始出现了有果酱、花生酱甚至罐头咖央做馅的双层西多士，茶餐厅老板更骄傲地说如此一来便不用糖浆才是正确吃法了，嗜甜的你偏要的话当然也有，糖浆上来加点不屑脸色罢了。

早在我的茶餐厅西多士经验开始之前，印象深刻的是家里早餐时间会出现的其中一种受欢迎小吃，就是早已切成小方块的面包蘸了蛋浆煎香后再蘸白砂糖或者炼奶吃，我一口气可以吃它十件八件——随外公外婆走遍大江南北的老管家瑞婆直称这是鸡蛋煎面包，并没有如西多士般的官方称谓。

事到如今心痒痒犯贱，常常一时瘾起怀念起自家金黄甜美岁月，还是跑回茶餐厅结结实实来份本地街坊版西多士，哪管它是不是太厚、太油、太甜……很多时候，我们就是偏偏需要这一份额外的热量。

一　早已移形换影成为港式寻常百姓下午茶热卖的西多士，大名法兰西吐司，法文原来称呼是“pain perdu”，直译就是“剩下的面包”。原装正版的法兰西吐司蘸的不是纯粹蛋汁，而是由蛋黄、牛奶、细砂糖拌成的蛋奶浆。蘸好后下锅煎成金黄，再撒上糖粉放进烤箱，烤好后伴以杏桃酱加入冰淇淋共食。这个繁复版本抵港后当然被简化，并以“西多”两字称之，其实并没有多、反之少了一点什么。

美都餐室

香港九龙油麻地庙街 63 号
电话：2384 6402
营业时间：9:00am - 9:00pm

到美都吃焗猪排饭，到美都吃莲子红豆冰，到美都吃锦卤云吞，当然还得到美都吃西多士。室内室外，天光云影、月换星移……

十一 美都餐室的西多士是暴烈与温柔的组合，多花三两分钟让面包完全蘸满蛋浆，以烫油炸之，然后又配上牛油和糖浆，一刚一柔真性情。

十二、十三、十四、十五
说时迟那时快，金黄香脆的西多士件件起锅都有上乘品质，趁热吃！

有眼不识

摄影师、咖啡人 沈嘉豪

沈嘉豪（波比）是我大学时代的同窗，除了同一课室那扇不是经常拭抹的可以看树、看天、看马路、看车、看人的窗，还有同居一室的正向昏暗天井的后窗——有段时间我搬到他家人已经迁出的空置的家里住，过一种自以为独立于规矩以外的生活。波比比我大两三岁，当年视他为兄长，现在如果我都被称作阿叔的话，他就是阿伯。

他从少年时代开始生活和工作节奏已经有点慢，所以也常常成为我们这些习惯快节奏的朋友的戏弄调笑对象。但波比还是以他的速度行进，慢条斯理地拍他的针孔照相，挑他的、烘焙他的、研磨他的咖啡豆，喝他的咖啡，然后慢慢地把至爱音响器材搬来搬去，指定我要在某个位置坐下来好好聆听——

然而波比要做选择做决定还是很果断的。和他在茶餐厅里坐下来，在他点了奶茶西多士我点了奶茶菠萝油之后，他告诉我他决定要到北京去一段时间，他要开始他的咖啡事业。其实从来心思缜密的他，决定了要做什么都会全情投进去，旁人不必担心费神，因此当他点的吃喝一端上来，我们的话题竟然又转到西多士。

波比吃的第一份西多士是在他的七岁（年代久远，忘了，见谅）生日当天，老爸带他去冰室尝新。给他点了一份煎得香脆、涂了牛油、下了糖浆的好吃的，满足高兴地吃完，老爸也没有跟他说这叫什么。所以第二趟他心痒痒要吃这东西，却怎样也解释不清楚其实该怎样叫，叫来的三明治、吐司，外形都像却不是，到最后几乎要寻遍整个店堂找到别人正在吃的才指出“真凶”，往后就是大家耳闻目睹的他与西多士的数十载长情了。

“如果有天你的咖啡生意弄大了，”我跟波比说，“请安排小弟驻京，一天到晚煎西多士，保证好吃。”

兰芳园

香港中环结志街2号
电话：2544 3895
营业时间：7:00am – 6:00pm

坐下来叫了一客西多士、一杯奶茶，然后和少东家业哥天南地北地聊，聊得高兴一不留神几乎茶跟西多士都凉了，手机又正响……

闻名不如见面，其实见面之前又已经先闻其香，旺角街坊无人不晓的金华冰厅，菠萝包从早上七时至傍晚七时都长做长卖长有，那一抹金黄、那一层酥脆、那一份温软是庶民生活的甜美象征。

从打包菠萝包、鸡尾包或者墨西哥包边走边吃的轻松学生时代，发展到准时下午三点三十分走进茶餐厅吃菠萝油、喝鸳鸯或者奶茶，那是一种年龄和身份位置的潜移变换。

080

菠萝鸡尾墨西哥 包包饱

我没有到过墨西哥，但很相信到了墨西哥应该找不到叫作墨西哥包的这种面包。

实不相瞒，相对于极负盛名的菠萝包和不相伯仲的鸡尾包，那甚至不是紧随其后排名第三的墨西哥包，长期以来是我的首选至爱。

不像菠萝包有核桃酥皮做盖面表层，新鲜出炉时那格格突出的“菠萝钉”松脆焦香尽得人心，也不像鸡尾包有椰蓉、砂糖、牛油和奶粉做馅，且在包面撒上芝麻和髹上牛油糖蛋液做横纹，墨西哥包可算是误打误撞的偷懒（或称简约！）代表，只以稠稠的一层牛油糖蛋液盖在包面，现烤出炉一个最光滑明亮的长相。因为有牛油的关系，酥皮烤成时入口别有一种咸香，这就跟其他两位的一味嗜甜有明显区别。

从来笨手笨脚，不知如何完整地把菠萝包和墨西哥包表面的一层酥皮几口吃完，不至于散落一身一地，竟然是种学问。沿着上学的路多吃了几家，终于开始了解到其实错未必在我：有的店酥皮做得过硬，不会散碎但根本就与松软的面包不相称；有的店酥皮做得太软，放

金华冰厅

香港九龙旺角弼街 47 号地下
电话：2392 6830
营业时间：6:30am – 12:00am

从早到晚店外店内闹哄哄，川流不息的顾客，灵活勤劳的店东、店员，叫这小店除了弥漫面包香气还有超强人气！

二	三	四	五
	六	七	
八	九	十	

二、三
已经发酵过两次的面团搓得滚圆，放烤盘上备用。

四　用上顶级面粉、菜油、奶粉、蛋黄、植物白猪油、牛油，还有苏打粉和臭粉搓出的菠萝包皮面，压扁放在面团上定型。

五　再涂上蛋液就可放入烤箱。

六　新鲜出炉的菠萝包原盘送店堂门口外卖部。

七　另一经典墨西哥包也相继出场。

八、九
有椰丝、奶粉、砂糖和牛油混成馅的鸡尾包，制作工序就是多了藏馅这一招。

十　金华出品的鸡尾包略有别于坊间瘦长模样，长成圆圆一团是肥鸡尾？

— 菠萝包之所以被称作“菠萝”，是因为菠萝包面世初期的确有用菱形饼模在包面压印出有若菠萝钉的纹样，只是日久慵懒，香脆酥皮略有裂纹已经过关，菠萝基因早已被改造了。

— 菠萝包跟菠萝还算勉强形似，但鸡尾包与鸡尾，就的确一点也不像。战后出现的这个面包品种，取的是英文“cocktail”的意思，初期是将用剩的面包料加上糖和椰丝混打成馅，推出亦广受欢迎，是第一代环保型可持续发展面包。

— 港式面包强调新鲜出炉热卖，但为了多卖多赚就得缩短面团发酵制作时间。就以菠萝包为例，有的店铺会将已经二次发酵的粉团搓成面包形，先放入蒸汽炉以水蒸，再放入烤炉微烤十五分钟，既缩短发酵时间也令面包口感较湿润。然后再盖上以面粉、牛油及蛋汁拌匀制成的皮，入烤炉以高温烤成上脆下软的菠萝包。

进纸袋、胶袋里马上酥皮与面包分家，分明一包两吃。可惜的是面包店面通常寸土尺金，不然的话该有一种堂吃的习惯，现烤现买现吃，好滋味的同时当场验证酥皮的成功率。

从打包菠萝包、鸡尾包或者墨西哥包边走边吃的轻松学生时代，发展到准时下午三点三十分走进茶餐厅吃菠萝油、喝鸳鸯或者奶茶，那是一种年龄和身份位置的潜移变换。

随着全球化铺天盖地的攻势，此时此刻要在香港街头巷尾面包店找一条也颇像样的法国长面包（baguette）或者日式甜番薯面包，说不定比碰上一个墨西哥包更容易——说到墨西哥，还记得二十世纪六十年代乐坛前辈邓寄尘以粤语与回音乐队（The Fabulous Echoes）用英语演唱的开混合音乐（crossover）先河的《墨西哥女郎》吗？

快乐饼店

香港湾仔皇后大道东106号地下
电话：2528 1391
营业时间：6:00am - 8:00pm

叫得了“快乐”的街坊饼店，实在叫路过的非顾客也感受到那种工作的收成快乐，不由得停下来买个包，一口菠萝包一口鸡尾包，百分之百港式，热烫烫就更快乐。

十一 真人露相，有经典鸡尾包出场，包面的芝麻绝不可缺。

十二 椰丝奶油包曾几何时是万千宠爱，现在人人强调健康饮食就把它遗弃了。

十三 如果一家面包饼店有用心去做好简单项目如一个葡萄干麦包，那不仅是店主坚持，也是顾客的福分。

十四 面包店门口的人龙最能说明一切。

十五 不能否认这是日复一日、年复一年、重复又重复的经营动作，能够保持水准甚至不断创新变化就真正了不起。

拉丁美想象

杂志总编辑 邱立本

忘了问邱立本有没有到过墨西哥，但可以肯定的是，当他在小学二三年级上学的路上，吃到第一口墨西哥包的时候，根本不知道墨西哥在哪里。

如此这般的例子着实不少：鸡仔饼里面没有鸡仔，核桃酥跟核桃拉不上关系，还未娶老婆的手执老婆饼吃得好有滋味——借来的名字、借来的时空甚至连集体回忆也互相转借，只有胃口是真实的，味道是真实的，吃多了会肚痛也是真实的。

邱立本比我年长一点点，否则的话我们早在四十年前就该在深水埗南昌街和长沙湾道交界处碰过面，甚至该在同一家茶餐厅里分享过同一盘墨西哥包，一口咬住那种对拉丁美洲的想象。他记性好，记得这家店的墨西哥包卖得特别便宜，当时一毛半就可以买到两个，他和姐姐两人口袋有点钱的话就一人吃两个，没钱的时候只好勉强一人吃一个——吃着吃着，究竟对墨西哥有没有增添任何认识？

一个地方误会另一个地方，造成几十万几百万人的误打误撞、不明不白地吃了几十年“墨西哥”包。只是这个本就是错手造成的美味，却真的与菠萝包、鸡尾包成为早餐铁三角，在三个男主角不争排名先后的情况下，胃口奇佳的他不知有没有尝试过把这三角关系一口气吃光？

皇后饼店

香港湾仔茂萝街 1 - 11 号 1 楼
电话：2116 1910
营业时间：11:30pm - 9:00pm

老牌饼店且是俄式海派，由山东人经营，叫顾客有多一点执着的期待。那天在面包架上看到久违了的十字包……

管他会不会吃得一手沾满白砂糖又掉得满身满桌皆是，早午任何时候都容得下这心血来潮的小放肆。

081 一口一手

沙翁蛋球与他的亲戚

即使你没有看过这用新鲜鸡蛋与高筋面粉在热水中拌和，然后用手捏成一团一团放在暖油中“爆发”的兴奋情景，单单在饼铺面包店里看到这满满一盘沥干了油、撒上砂糖的好嚣张、好快乐的炸蛋球，你会和其他目不转睛、专心一意排队等买等吃的顾客一样，好想马上一口两个。

不知怎的，这种炸蛋球又叫作“沙翁”，也没有什么特别考证这是源自哪国哪乡的玩意儿，或许是日久自行衍生的里通番邦的杂种变异，也就自成沙翁一名，因为着实又便宜又好吃也就在粤港地区历久不衰。

简单不过的糕点原料，并无太大难度的制作过程，但我们都怕麻烦，似乎都只乐于在外头买一个沙翁趁热吃，管他会不会吃得一手沾满白砂糖又掉得满身满桌皆

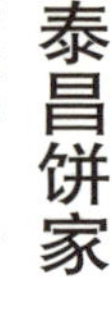

泰昌饼家

香港中环摆花街35号地下　电话：2544 3475
香港北角4号　电话：2887 0132
营业时间：7:30am - 9:00pm

因为末代港督彭定康义无反顾地捧场，泰昌的蛋挞过去经常是新闻头条。其实蛋挞以外不要忘了这家店更出色的沙翁，新鲜现做、香甜入口，排队又何妨。

	二	三
一	四	五

一　刚炸起的沙翁饱满如拳，外皮脆薄，按下去松软若棉。蘸上砂糖之后，雪白与金黄绝配，咬下去蛋香加上油香，甜美满口。

二　沙翁的用料简单不过，高筋面粉和发酵粉、鸡蛋、清水、食用碱水、白糖和糖粉。

三　面粉和发酵粉和匀筛好后，用热水开粉，若用冷水就难保持松化。

四、五
谨记逐次打入两个蛋，与粉浆拌匀再打蛋。若一次将所有蛋打下，蛋浆难以与粉浆搅匀。蛋浆拌好应该黏手，若太软便容易抢火炸焦。

是，早午任何时候都容得下这心血来潮的小放肆，只是一般晚上不出炉，不然的话也会变成夜宵。

因为无可避免地在街头巷尾有名无名茶餐厅、面包店吃过不是太硬就是太冷，不是太油就是太甜的沙翁，所以一旦碰上真正酥软细滑、蛋香浓郁、入口几乎融化的沙翁，你会明白为什么末代港督彭定康会在离任之后三番四次找借口重临故地，不吃不吃还须吃，积少成多，心广体胖。

如果要给沙翁攀亲认戚，第一时间想起的是同样以蛋液拌面粉更有馅有料的高力豆沙，只是常常因为一顿京川沪大龙凤下来已经饱肚百分之二百，从来无法很认真专注地把这长相奇佳的高贵甜点高力豆沙好好品尝。接着想到的是一边读村上春树短篇小说一边吃的甜甜圈，当然那是面粉比例远高于蛋液的一种自成系统的炸面包，但无馅料无外"壳"的原味版本也是沾满糖粉，算是大表哥。至于来自西班牙的又长又瘦的拉丁果（churros），其实更像布满了砂糖的鸡蛋油条，用来蘸稠稠的热巧克力最正点，算是远房亲戚的朋友。忽发奇想如果有天午后把这砂糖一族都集合起来一次消费，那该是多么高兴高热量的手口并用的一个盛会。

— 各方考证，大多以为沙翁与西方的甜甜圈（donut）是表兄弟，与泡芙（puff）又是一焗一炸的亲戚，又或者跟法国甜甜圈（beignets，又称 french fritters）沾上砂糖关系，只是为什么如此这般一个炸蛋球来到香港会被唤作沙翁？有人勉强就把一身糖粉造型如老翁白发之说合理化，其实都很难说服人。

— 后来有人从明末清初《广东新语》中找出一段记载："以糯粉杂合白糖沙，入猪油脂煮之，名曰沙壅。"此说提供了沙翁身世源起的另一个可能。探源溯流殊不容易，真的耐人寻味。

顺兴茶餐厅

香港九龙九龙城衙前围道 56 – 58 号
电话：2382 1550
营业时间：7:00am – 1:00am

繁华潮退的九龙城茶餐厅老店，每早九时就会有一轮新鲜沙翁出场，偶尔来份高热量早餐，沙翁加樽仔冰奶茶是老板的强力推介。

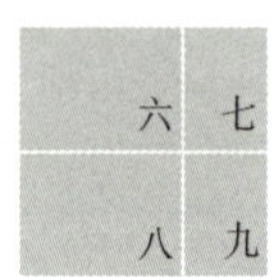

六　徒手将分量适当的蛋浆挤进暖油中。

七　沙翁在油锅旋即膨胀，色转金黄。

八　炸好的沙翁要先沥干油。

九　撒上糖粉便大功告成，赶快登场以应付门外

沙翁欲望

广告导演　张健伟

那个色泽金黄、外脆内软、沾满一身雪白糖粉的沙翁，曾经被张健伟（牛牛）家人列为十大违禁品之一，少年牛牛碰也不能碰。

唯一的理由是因为他自小体弱，经常咳嗽，所以凡有糖的甜的如沙翁、巧克力、雪糕、汽水都被拒绝在日常生活范围之外，唯一可以间或配给到的是几粒瑞士糖，（为什么不是大白兔糖？）所以少年的他一方面培养出与甜食绝缘的“表面”形象，另一方面又形成对压抑对禁忌的暗地追求。比方说回到老家大屿山探爷爷，就可以放肆地大吃糖果、大喝可乐，他更在长洲一所老茶居里发现有新鲜出炉沙翁跟其他甜食点心同盘叫卖，吃呀吃的他把失去的糖分都一次补吃回来。

到了十岁左右他的身体开始好了，而且更偶然发现他的体弱元凶不是糖而是萝卜——青红萝卜煲猪蹄之类的汤是要害。但对糖的戒严令一旦撤销，又不见得他有多么疯狂地建立一个吃糖的网络习惯，甚至可以说，他对一般食物的水准要求并不特别严格，也算不上是个嘴馋贪吃的。他真在意的倒是跟什么人好好地去吃一顿饭，很不能接受那些嘈吵混杂又自以为普天同庆的饮宴派对场面。加上他在这几年间先后开始不吃牛肉、乳鸽、蛇等肉食，原因在自觉无力去消化这些那些肉。

偶然碰上沙翁，牛牛还是会买一个来尝尝，只是怎样也没有当年因为压抑而刺激起的欲望和追求。

永合成餐厅饼店

香港西环西营盘德辅道西 360 号地铺
电话：2850 5723
营业时间：7:00am - 4:00pm

贪食一众每趟在永合成坐下来就点煲仔饭，几乎把它同样精彩的沙翁和蛋挞给遗忘了。不能不提老板本是西饼师傅出身，几十年真功夫不是说笑。

一口咬下，其酥香松脆足以将日常忙碌烦闷都暂且抛开，翩然而至的是幸福指数极高的蝴蝶酥。

不知何时这只蝴蝶远道从欧洲的糕饼店一飞就飞入粤港地区的下午茶时间，化蝶之后，东南西北心属何处，是否依然酥在心里？

082

酥由心生

飞来飞去蝴蝶酥

因为受两年一度由慢食协会主办的国际美食博览会（Salone Internationale del Gusto）的召唤，抛下身边本来抛不下的一切繁杂事务，现身意大利都灵（Torino）。千里迢迢因为吃也不是第一次，但鲜有和十万八万真正疯狂、认真和严肃地对待食物的同好在一起，那就不是贪吃那么简单了。

早到一天预先感受一下都灵的山明水秀、人杰地灵，走在几条主要大街那些十八、十九世纪建成的宽阔回廊骑楼底下，三步五步就被那些保留着十九世纪装饰风格的咖啡店、糕饼店和肉食店、乳酪店吸引进去，刚把那满布糖霜的水果挞放进口，不小心呛了一下，转头马上又发现了一盘金黄酥脆的美味。咦，这不正是我们的蝴蝶酥？

不知怎的，大家习惯把这烘烤得甘香松脆、表面糖粒半融半现地嵌混在层层酥皮内外的小点心唤作蝴蝶酥？是因为它长得像一只蝴蝶？但根据我们执着的美术专业素描写生训练，把这唤作蝴蝶实在太简化太

百事吉饼店

香港湾仔湾仔道 67 号地下
电话：2838 2718
营业时间：6:30am – 7:30pm

在湾仔道街市开业十多年的街坊饼店百事吉，新鲜出炉的蝴蝶酥有正经成人版和迷你小童版，各取所需，精彩西饼要买赶快。

二	三	四
	五	

二　看来已经层层叠叠不简单的蝴蝶酥，其制作过程的确复杂。两层面团，其一是用高筋面粉和水搓成的外层，其二是用低筋面粉和牛油搓成的内层，两层叠好先冷冻五个小时，取出压薄又再冷冻五个小时，然后才开始在工作桌面撒上砂糖并放上由面团压薄而成的面粉皮。

三　面粉皮上撒糖然后对折，再撒糖又再压薄，然后开始从两末端向中心翻卷折叠成条状。放入冷冻库静待硬身。

四　取出面粉条切成小片。

五　将切好的小片放入烤盘，在烤箱中烤约二十分钟，出炉后少安毋躁待凉约一个小时，蝴蝶酥入口会更松脆。

一　源自欧陆饼食系统的蝴蝶酥、椰丝挞、曲奇饼，都在这个中西杂处的社会里找到市场出路。近年掀起一浪又一浪入厨热潮中，专业烘焙饼师开设糕饼课程授徒也很受欢迎，一门专业手艺加上心意创意，是社会大众追求更高生活品质的一个反映。

概念化，既然如是我会想，为什么不把它叫作心酥？这不更像一个随手就画成的心吗？仔细再想，恐怕是一般人受不了把好端端一片心就此一瓣一瓣地剥下来放进口，实在儿童不宜。而且心酥心酥地乱叫，也太让人想入非非，也是儿童不宜。也许因此，天终于降大任于蝴蝶，任重而道远。

不知何时这只蝴蝶也就远道从欧洲的糕饼店一飞就飞入粤港地区的下午茶时间，随着年月时世变化也从一只手掌大的大蝴蝶演变成只有四分之一大小的蝴蝶一口酥，和其他同样从西飞向东的蛋挞、椰丝挞、鸡肉派、十字包和瑞士卷一起融入港式饮食口味习惯。面前这入口依然酥脆松化的“蝴蝶”，不知是否认得出它那远在彼岸如都灵如巴黎如维也纳的前身？化蝶之后，东南西北心属何处，是否依然酥在心里？

皇后饼店

香港湾仔茂萝街 1 - 11 号 1 楼
电话：2116 1910
营业时间：11:30pm - 9:00pm

皇后饼店零售众多，小蝴蝶酥长相娇小、糖色较浅，比较安静地待在一旁。

六　街坊名店百事吉除了以曲奇饼为主打，蝴蝶酥、杏仁酥也是长期热卖。

七　杏仁酥的表兄弟换了一身花生碎。

八　几乎脱离曲奇系统的牛油薄片，一字曰薄！

九　转头又见迷你椰丝挞的出现，一口不止一个。

十、十一、十二、十三、十四、十五

热卖的杏仁酥的制作看来没有蝴蝶酥那么复杂，看图按部就班，不知可否自学成功？

蝴蝶效应

元创方总干事 陶威廉

那是个太阳即将下山、夜色随时登场的神奇时刻，有那么半分钟光景，本来喧闹的市声忽然如潮水退去，一种意料之外的宁静悄然浮现，就在这么珍贵的一瞬，少年陶威廉（William）遇上了蝴蝶——酥。

一个浪漫的贪食故事发生在二十世纪六十年代末的尖沙咀，来自典型上海家庭的 William 家居金巴利道与天文台道交界的一幢典雅房子，室内还是复式结构的宽阔格局。刚下班的父亲当然也是嘴馋而且讲究，经常吩咐 William 跑到弥敦道上的老牌饼店车厘哥夫总店买面包。每回碰上有蝴蝶酥新鲜出炉，William 都会不怕烫手黏手地把酥脆香甜的蝴蝶酥一环一环地掰开，在回家路上已经消灭掉一两个。他最爱的是烘得焦糖外溢的足斤两特大版本，所以颇对现在坊间流行的轻糖淡黄姿态的迷你蝴蝶酥不以为然。

当年还是小学生的 William，记忆中的尖沙咀那一隅，满布洪长兴、杜三珍、远东饭店等名牌北方餐馆，亦有南来的山东人开设的西饼店、西餐厅如车厘哥夫。William 自幼就有幸在这个社区里接受高级训练，吃出一种氛围、一种格调。之后离港在美国、加拿大的念书生活，忽地断了与蝴蝶酥的情缘（我跟他再一次肯定蝴蝶酥来自欧洲系统），直至回港工作有独立经济能力，才开始逐一把儿时朝思暮想希望一尝的食品再寻回入口，蝴蝶酥当然就是首选。

据说世上有几千几万个蝴蝶的品种，也有十万九千里外蝴蝶拍翼或你这边打个喷嚏会引发海啸的蝴蝶效应理论，但 William 心中最甜最美的那一片蝴蝶酥，始终属于那个下午那个奇妙时刻（magic hour）。

快乐饼店

香港湾仔皇后大道东 106 号地下
电话：2528 1391
营业时间：6:00am – 8:00pm

快乐饼店其实也该别名老实饼店：老老实实地烘出松松脆脆的原装大型蝴蝶酥，咬下去粒粒砂糖，堪称古远口味。

这么多年了，
你大抵已经吃过很多很多很多千变万化的蛋糕，
也完全没有把我没有履行的承诺记挂在心，
又或者，我已经完全在你的记忆中消失。

083 说谎蛋糕

蛋糕的轻重有无

我说要给你做一个蛋糕，你问我是蒸的还是焗的，我说都行，只是要稍等一会儿，等我多练习一下，合格了成功了就拿来送你——怎知一等就让你等了二十年。

其实我的确是有坐言起行的。无论是超重量级的牛油蛋糕（pound cake，古老分量真的是一磅面粉、一磅牛油、一磅糖和一磅蛋混在一起，真惊人也真美味！），或者是组织松软的加了水和发粉的戚风蛋糕（chiffon cake），以及传统中式做法的只有鸡蛋、砂糖和面粉的手工清蛋糕，我都曾经兴致勃勃地做过。胆大包天做出来其实也不错，至少下糖的时候没有错下盐。也因为要试食，转眼就把做好的蛋糕自顾自吃了一半，剩下的一半也不好意思拿去送你。然后日复一日等下一回“有空”再做蛋糕，然后又答应要给另外一个人做曲奇饼，当然，做好的曲奇饼还是被自己吃

坤记士多

香港九龙深水埗福华街 115 － 117 号
电话：2360 0328
营业时间：8:00am － 10:00pm

坤记的蒸蛋糕常常被钵仔糕、白糖糕抢去风头，下回要替它争回应有席位。

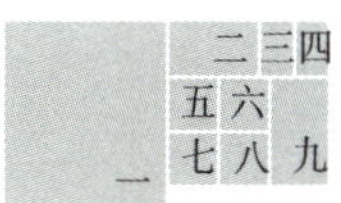

一　拿在手里轻巧松软如棉，入口却又吃得出细密层次，坤记以贩售白糖糕、钵仔糕闻名，想不到清蒸蛋糕也是拿手一绝。

二、三、四、五、六、七、八、九
坤记老板傅先生坦言蒸蛋糕并没有什么技巧，鸡蛋、面粉、水、少许砂糖，的确就此而已。但走入工场看着阿姐的娴熟手法，又充分体会到简单材料以外还得有专注和投入。

光了，从来也没有送出去。

这么多年了，你大抵已经吃过很多很多很多千变万化的蛋糕，我的迟到（其实是始终没有到），不晓得会否让你每当面对这些简单原始的蛋糕都有哪怕是那么一丁点儿的情绪起伏？也许只是我太小男人心思，你早就开怀大啖面前的所有，也完全没有把我没有履行的承诺记挂在心，又或者，我已经完全在你的记忆中消失。

究竟有谁会把牛油蛋糕、戚风蛋糕或者清蛋糕当作正餐呢？蛋糕作为点心，是举足轻重还是可有可无的呢？手执一件从美心饼店买来的轻如空气的纸包蛋糕，一口咬下去，永恒的芳香松软感觉不真实——其实人家倒是用心经营制作、货真价实从没说谎的，说谎的，是我。

— 作为西方日常美食，西式面包糕点自香港开埠以来已经慢慢与香港民众的传统饮食习惯巧妙结合，吃罢钵仔糕再来一件奶油蛋糕的情况并不稀奇。

— 二十世纪五十年代，大批原居上海的西式糕点烘焙师傅移居香港，糕饼店的出现令烘焙业一下子出现小阳春的蓬勃局面。粤派、港派、海派与酒店欧陆派鼎足而立。著名饼店如告罗士打、车厘哥夫、皇后、雄鸡、红宝石等纷纷出现。其后于一九六六年创建的超群饼店，是七八十年代糕饼界的翘楚，及后美心集团的西饼部门亦因得到地铁全线站内的有利位置，令西饼零售的格局进入崭新阶段。

檀岛咖啡饼店

香港湾仔轩尼诗道 176 - 178 号地下
电话：2575 1823
营业时间：6:00am - 12:00pm

檀岛的菠萝油、蛋挞和奶茶咖啡早已得宠，是让它的核桃蛋糕也封圣的时候了。

十一
十 十二
十三 十四 十五

十　核桃蛋糕杯装饼，你会先吃蛋糕还是先吃核桃？

十一　切成三角形的奶油蛋糕，当中若有若无一层薄奶油，你又可以把蛋糕掰开先尝奶油？

十二　这家有趣的美食园林餐厅把这款蛋糕叫作“大蛋糕”，沉沉的有别于纸包蛋糕的空气感。

十三　习惯唤作“纸包蛋糕”的牛油蛋糕应该是戚风蛋糕的一种，轻飘如棉絮。

十四　中式焗蛋糕除了做成那个花托状的造型，还得撒上松子仁以增香添美，作为喜饼系列的成员之一，实在也欢迎零售散卖即食。

十五　核桃蛋糕的切片版，虽说造型简单且制作过程并不复杂，但要吃到不松散、不干身又不过硬的版本却不容易。

合该补脑

创意总监 苏绮甜

当我知道我的台北挚友前些时候搬进去的房子，正正就是苏绮甜（Edith）离开台北前的旧居，我们都惊诧这样的巧合：人与人、人与环境和物件，来来往往就有这样那样的安排。有被发现没被发现，都在一声呼叹与不动声色间过渡。

跟 Edith 碰面的机会不多，一旦碰面也就尽量争取机会相互报告动向消息，再一次得知原来某月某日大家都同在一个地方，先后吃喝点什么，却是擦身而过。

像她这样一个自由人，涉猎的工作范围之广，从形象指导到服装设计到专案策划，事事尽心尽责，经历辉煌灿烂，也甘心安静恬淡。趁她过境会友有些许空当，坐下喝杯茶，这趟的话题从她最喜爱的核桃蛋糕开始。

只要有核桃，无论那个蛋糕是圆是方，是厚切还是薄片，她都忍不住买来一试。即使在茶餐厅这样匆忙嘈杂的地方，她也有本事让伙计阿叔乖乖地挑一件有最多核桃的切片蛋糕给她。近年勾留广州工作，也积极努力地查访并编制出一幅私家核桃觅食路线图，诸如核桃糊、核桃仁，除了那个其实跟核桃没有什么直接关系的核桃酥，其他都在她的搜集研究之列。她的最新发现是广州东站广九直通车候车室那看来不怎么样的咖啡室里的核桃蛋糕竟然有点水准。而每趟从香港回广州也都争取多买几件茶餐厅出炉的核桃蛋糕回去吃。

看来我们都不怕见笑地把小吃一桩当作隆而重之的人生家国大事，相信专心地、认真地、仔细地吃也是一种人格培养，更相信多吃核桃可补脑，头脑灵活便能找到更好吃的。

大同饼家

香港新界元朗阜财街 57 号地下
电话：2476 2630
营业时间：7:30am － 7:00pm
香港湾仔皇后大道东 200 号利东街 B 楼 B02 － 03 号铺
电话：2887 0132
营业时间：10:00am － 7:00pm

元朗老店大同饼家的月饼和喜饼在捧场顾客心中地位崇高，每口新鲜出炉的中式焗蛋糕都给人一种温厚实在的好感。

一 不止一次在永乐园吃完了一份双肠热狗仍然意犹未尽：“再来份双肠，谢谢！”

084 热狗中环

此时此地此狗

时空剪接，有回约了前辈苏丝黄在中环见面聊天。正值午饭时分，我实在拿不定主意要挤到哪家餐馆，阿苏在电话那一端气定神闲地叫我少安毋躁，只问我要一份、两份还是三份——我一听不禁哑然失笑，我们这些念旧的当然知道在兵荒马乱的时候有什么最叫人安心、吃来最有品质保证。即使在中环匆忙的脚步不停的人流中，当你看到有人不顾仪态地边走边啖那熟悉的永乐园热狗，你会知道这肯定是三分亲的同道中人。

热狗当然不是土产，但演变到今时今日却肯定是自有香港特色的小吃。就以手中的永乐园经典热狗为例，自家秘方调制的酱汁（混入了牛油、芥末、蛋黄、糖、盐、醋、腌青瓜末），配上烤香肠（我当然是吃双肠的版本），夹在那用仅存的如摩天轮一般的烤面包机现烤的小面包里，不用加什么生菜丝什么番茄片。每回拿起急着放入口前都要先伸伸舌头舔去那流溢而出的酱汁，然后松软柔滑一口接一口，一个接一个，贪心如我

永乐园餐厅

香港中环昭隆街 19 号地下
电话：2522 0965
营业时间：7:30am - 7:30pm（周日 / 公众假期休息）

曾几何时附近有第一代热狗王安乐园，今日的永乐园已经后起成为大哥大。在中环区众多原装正版美国热狗当道的今天，仍然提供百分之百港式演绎，不能不提的还有这里的超浓超热罗宋汤。

二 在如摩天轮一样的老式面包烤箱里被烤得温热香软的小号热狗包，列队受命。

三 用上牛油、芥末、蛋黄、糖、盐、醋和腌青瓜末每日新鲜调制成的酱汁，分量、比例是独家秘方。每日早上造好两桶，下午再做两桶，足够应付一天超过一千五百份热狗的销量。

四 专门由荷兰订来的香肠，最传统的软滑肉质，毫不花哨却甚得人心。

五 小小制作专柜里师傅不停手地掰开面包放进热狗肠涂上蛋黄酱，然后用纸巾一卷就登场到你手。

六 称得上热狗王，的确有无可取代的王者风范。

七 满满的一罐又一罐热狗肠列队备用。

八 七彩单据是店内自成一派的营运系统。

当然会再配一碗鲜甜热辣的罗宋汤。不得了，好饱好满足！

自小被这香港版热狗宠坏了，以致有天到了德国熏肠（frankfurter）的发源地法兰克福，竟然有点不知所措。严格来说，在德国街头小吃摊吃的是香肠而不是热狗！不同馅料填充的香肠或煎或焓，都是独立一条一条出售，配的炸薯条或者硬面包都只是配角，甚至要另外付款，更不用期待有那些撒满芝麻的、松软的、先剖一刀方便放进香肠的“热狗包”。

那回在纽约大都会博物馆前的热狗摊子前，把那和洋葱一起煎得有点太焦太油的香肠夹进硬面包中，迫不及待地挤入随时满溢的芥末、茄汁和蛋黄酱（mayonnaise），还加了厚厚两片腌青瓜，一口咬下去哎呀一声，不知怎的竟然把嘴皮都磨损出血了，而且酱汁流泻一手满身。

说到底，自家土产热狗始终最温柔，依然是最爱。

— 热狗（hot dog）的源起故事版本众多，但都跟欧洲到美洲的移民潮有关。不是什么经典名菜，却是价廉物美、十分庶民的街头热卖。热狗中的口味繁多的香肠当然是主角，一众酱料配菜如蛋黄酱、芥末、番茄酱、辣椒酱、腌青瓜、酸椰菜、番茄、生菜等是大配角，面包扮演的只是盛器而已。

— 二十世纪五十年代中期，位于皇后大道中的安乐园分店，在正面做玻璃橱窗，首设自动热狗制造机，引来路人围观、排队购食。当年安乐园出品的热狗与今日永乐园的版本相去不远，也是港式变种热狗的始祖。

— 九十年代末，澳门猪排包忽然大热，叫一众贪食群众以为猪排包为澳门独创。但其实港式大排档一向有售猪排包，只是多以软猪仔包夹上带骨猪排，跟澳门的硬猪仔包夹上无骨猪排有别。由于新口味新噱头，猪排包在港澳江湖中地位急升。

香港中环结志街 2 号
电话：2544 3895
营业时间：7:00am - 6:00pm

本来只想来喝一杯丝袜奶茶躲躲懒、定定神，怎知看到旁边客人吃的牛脷包足够吸引人，再多坐一会恐怕要再吃葱油鸡排捞丁——

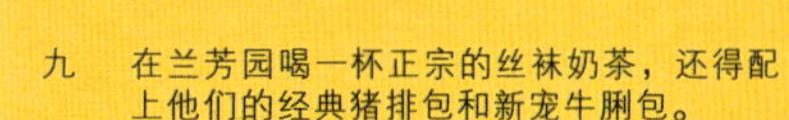

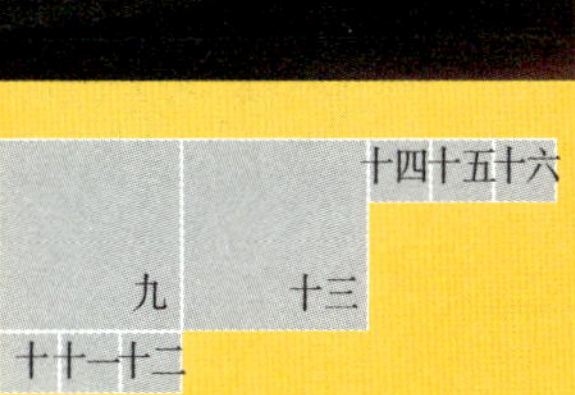

九　在兰芳园喝一杯正宗的丝袜奶茶，还得配上他们的经典猪排包和新宠牛脷包。

十、十一、十二
把牛脷煎香，面包烤脆涂上牛油，再夹一片鲜番茄，四位一体准备上场。

十三　面包烤好，涂上澳大利亚牛油和卡夫沙拉酱，放上现炸猪排，再切一刀方便大啖入口——连面包屑也舍不得浪费。

十四　胜香园的猪排包叫作猪排脆脆，用上的硬猪仔包要先烤两分钟。

十五　肉厚汁多的北京牛茄是猪排脆脆的大配角。

十六　用上沙姜粉、蒜粉、糖油味料腌上一夜，待冷藏猪排的冰味尽除，先用槌捶，再以滚油炸熟后仍保存鲜嫩多汁。

热狗时空

设计系导师 邱伟文

每回心血来潮想重新回学校做学生，总会想起在不同年代循循善诱、教我育我的各位老师。也许深知为人师长的确责任重大，我总是不够有勇气和信心当全职老师，顶多只是偶然经过客串一下，所以我更佩服身边比我年轻的小朋友胆色过人地投身教育事业——这些绝对有资格当我老师的小朋友中，邱伟文（Raymond）是当中佼佼者。

还记得认识 Raymond 不久他就到纽约念设计去了，那个时候不算熟，只是很好奇这位浓眉大眼、沉默害羞的小朋友会在他乡异地如何追寻实现自己的理想，当然也包括是否能够一下子适应这么不同的饮食习惯。

几年后一个成熟了一点稳重了一点的 Raymond 学成回来。有幸邀请他加入当年工作的机构共事，近距离再接触，才进一步知道他虽然不像我这样嘴馋但其实也很嘴刁，对某些食物还特别关注、特别有要求，比如热狗。

Raymond 很清楚地告诉我在纽约怎样才能找到又好又便宜又热的热狗。关于酱料、关于配菜、关于面包质感还有关于热狗肠，千变万化之后选择回归基本。至于香港版本，自成一派的轻烤一下的超软面包，夹进薄皮香肠，浇上大量甜酸芥末奶油，是有别于一般菠萝包、鸡尾包的另类高级选择。或者我们都无法也不必要求本地快餐店做出一份地道的纽约热狗，留一点空间想象，在不同的地方做不同的事。

在这里提醒一下在设计系里受教于 Raymond 的学生，请仔细留意领受体会这位老师尽心尽力的言传身教，用他传过来的设计实践功力应该可以做出超好吃的热狗。

胜香园

香港中环美轮街 2 号排档（歌赋街 18 号侧）
电话：2544 8368
营业时间：8:00am – 5:30pm（周日 / 公众假期休息）

档主艾琳姐是女中豪杰，有天我先吃了鲜茄牛肉通粉再来一个猪排脆脆，吃了一半吃不下，她轻微怒目一视，我赶忙乖乖地把余下一半都吃了。

这些流亡海外的俄式上海西餐和土生土长的粤港豉油西餐，不必计较正不正宗，也不必刻意沾上融合潮流的边，更无惧被矮化、边缘化。

085 别无分店

港式西餐自在流

面前是一块果冻状的横二直三切开、四方为厚切片的透明物，里面有清晰可见的杂肉和蔬菜、香草，也是以生物课横切面的知识型状态呈现，端上餐桌时是冷的，也得冷吃下去。我的外祖父坐在旁边教我该如何正确使用刀叉去解决去享受这一块后来我才知道可以叫作肉冻的东西。老实说，自小先入为主觉得果冻以及大菜糕都是甜的，要我吃下这感觉怪怪的又滑又冷的而且是咸的肉冻，一边吃一边挣扎，而结论是，不好吃。

当时我六岁，地点是早已灰飞烟灭的位处旺角道弥敦道交界的爱皮西大饭店。依稀记得店内装潢是明亮简洁的浅粉调子，并不像王家卫电影中老餐室的浓艳重彩，也许童年的我注意力只集中在食物滋味上，还未察觉食和色的关系，更未知情为何物。

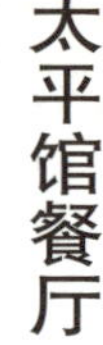

太平馆餐厅

香港中环士丹利街 60 号
电话：2899 2780
营业时间：11:00am － 12:00am

作为中国第一家由华人经营的西餐馆，创始于一八六〇年的太平馆于一九三七年由广州迁到香港，几十年来以优良菜式和服务水平擦亮老字号金漆招牌。瑞士鸡翅、瑞士汁炒牛河、牛尾汤、烧乳鸽、烟熏鲳鱼、甜品舒芙蕾，都是家喻户晓的经典菜。

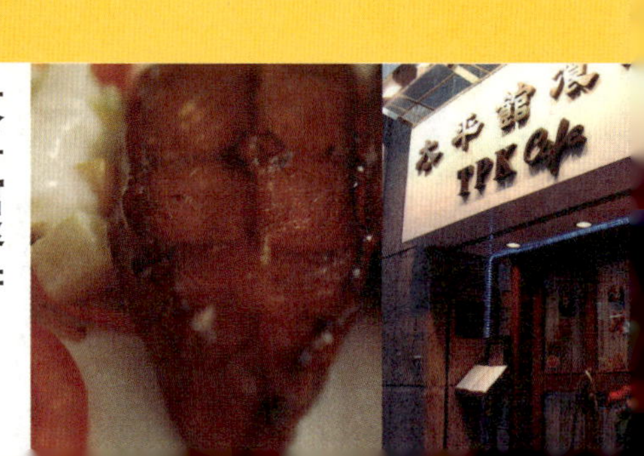

一　一只又一只与瑞士无关的瑞士鸡翅，作为一百四十多年老店太平馆的招牌菜，由粤至港风靡了几代人。

二　瑞士鸡翅的甜豉油——瑞士汁里，以牛腩、猪骨、鸡骨熬汁后混调了头抽、老抽、冰糖、绍酒、瑶柱、香草、姜、黑胡椒等调味料，鲜甜浓香，有色有味。

三、四
每天由指定买手在市场精挑细选的肥美新鲜鸡翅，放进瑞士汁中浸熟，全靠师傅经验决定何时做好离锅。

五　每回必吃的烟熏鲳鱼，选用每条重约四五斤的新鲜鹰鲳，切片后先用瑞士汁料浸约六个小时，再放进有斯里兰卡红茶的熏炉中熏好，豉油甜茶叶香，肉质结实兼留肉汁！

六、七、八、九、十、十一、十二、十三、十四、十五、十六
精彩主食在前，但一定要留肚给这巨人版甜品舒芙蕾（souffle），以一份蛋黄九份蛋白的比例人工手打，保证蛋浆稠密度合适得宜，才发得起如天高的奇观。

九龙的爱皮西、车厘哥夫、雄鸡饭店，竟都是我十岁以前曾经光顾的西餐厅，之后间或会去的应该就是中环的安乐园、兰香室以及红宝石。至于现今依然“健在”而且生意兴隆的皇后饭店和太平馆，都是大学时期自力更生后有点经济能力才敢推门进去的。也从那个时候我才重新开始认识有俄国菜基因的上海式西餐和有粤菜神韵的港式豉油西餐（豉油：台湾称酱油），特别对那些与本地口味已经调校融合为一体的烟熏鲳鱼、芝士焗蟹盖、瑞士汁鸡翅、瑞士汁炒牛河情有独钟。

也许就是那么一点固执，人在香港的我怎么也提不起很大兴趣去光顾正经八百的号称正宗的西餐厅。无论这家那家的食材真的每天从意大利、从法国空运到香港，即使掌门大厨也是地道的意大利人或法国人，我还是觉得要吃最好的意大利菜就得到意大利去。也正如这些流亡海外的俄式上海西餐和土生土长的粤港豉油西餐，不必计较正不正宗，也不必刻意沾上融合潮流的边，更无惧被矮化、边缘化，味道香港独家，别无分店。

— 最早接触西餐的华人，据说是最早开放与洋人做生意的广州十三行商人。清嘉庆年间，已有“饱啖大餐齐脱帽，烟波回首十三行”的诗句，其中“大餐”便是当时广州人对西餐的叫法，后来西餐传至上海，被称为“大菜”或“番菜”。

— 关于甜豉油被称作“瑞士汁”的来源，经太平馆店主亲自解释，源自广州太平馆创立初期，有老外吃过甜豉油后大叫“sweet, sweet”，服务生外语水平有限，向人查问何解，以讹传讹“sweet”就变了“Swiss”，甜豉油瑞士汁得以正名。

— 导演王家卫向来对港式西餐情有独钟，先是在《阿飞正传》中到皇后饭店取景，再来是《花样年华》及《2046》都看中金雀餐厅，叫这些老牌餐厅忽然成了中外影迷的朝圣之所。

皇后饭店

香港湾仔茂萝街 1 – 11 号 1 楼
电话：2116 1910
营业时间：12:00pm – 10:00pm

一度结业又重生，开枝散叶越见风范，皇后饭店是上海俄式西餐口味南下香港的最后堡垒。从罗宋汤、腰子汤、马铃薯沙拉、红烩牛仔肉、各式串烧以至饼房的曲奇饼、鸟结糖（牛轧糖）、巧克力花生，都是一众老饕的至爱。

十七 先是皇后饭店本身的经典俄式西餐口味，再是王家卫《阿飞正传》取景助兴，皇后饭店传奇在迁铺后得以延续并且发扬光大。一进门，那深棕色的木制字母招牌是饭店一九五二年在英皇道开业时特制的，沿用至今本身就是不离不弃的标记。

十八 有别于任何一家西餐厅的马铃薯沙拉，除了新鲜马铃薯，还有红萝卜、青豆和鲜鸡蛋，沙拉酱中还加有腌制过的小黄瓜，吃来有鲜脆口感，与马铃薯的绵软对比匹配！

十九 就是为了这碗罗宋汤，其以牛肉、椰菜、番茄、红萝卜、洋葱、甜菜头等熬成，料多味浓，配上热腾小餐包，涂上牛油——

二十 平生第一次吃到鸡皇饭（chicken a la king）就是在皇后饭店，简直就有做皇帝的感觉。

廿一 刻意怀旧的装饰陈设，是一出时空之旅，值得调节一个闲适心情来细细品味。

廿二 昏黄壁灯打造最佳气氛，滋味熟悉不过的食物随意乱点都好吃。

廿三 以往在旧店墙上的神仙鱼如今游移到水磨石地。

十七 十九 廿一 廿二 十八 二十 廿三

铁板食肉兽

传媒人 宣柏健

想不到年纪轻轻、个子小小的宣柏健（Patrick）竟然是食肉兽，他有可能是我认识的朋友中吃遍全香港高低档次铁板餐的民意代表。

那一块雕有牛头而牛身化作盛器的漆黑铁板，在厨房里加热得极烫，然后放上一件至多件按客人要求的生熟程度加工的牛排、羊排以及猪排、鸡排、鱼排、香肠、火腿甚至鸵鸟排，嗞嗞作响地从厨房行进到你面前，还要让你亲自浇下你指定的酱汁——Patrick 最喜欢的是黑椒汁，大家可以想象少年 Patrick 又兴奋又谨慎地提着那一方保安护身用的白餐巾，两眼发亮地看着面前正在铁板中牛排旁弹跳的酱汁，正在一室弥漫的是诱人肉香与醒胃黑椒香——那是叫 Patrick 自觉忽然变成男主角的一刻，即使不是来自什么富贵人家，难得一次家里大人总是鼓励你点菜单里面最贵的，然后提起刀叉开始切割，方方正正蘸满香浓酱汁的一小块嫩肉入口，些微带血的鲜美肉汁正在渗滴……说不定这也是个少年转化为成人的仪式。

Patrick 清楚记得他的启蒙铁板餐厅是佐敦西贡街大华戏院旁的适香园，作为影迷的他自小学二三年级起被同样是影迷的父亲带着看尽八九十年代所有港产片（当中包括有忽然被父亲用手遮掩住他视线的光脱脱情欲场面），看电影的前后空当当然就是锯排吃肉的好时机。怎么说他还是对那些保持着七八十年代风格情调的轻微过时破旧的餐厅有好感，面对那些称王称霸、斗便宜硬销的新一代排屋不敢恭维。Patrick 也清楚记得一九九三年中学会考放榜后和一众同学在湾仔的餐厅锯排之际，忽然在电视画面上看到偶像 Beyond 乐队的黄家驹的意外死讯，大家只懂得震惊失落，那块不知什么排怎样也再吃不下去。

差点忘了问这位因为喜欢韩国电影、韩国文化而努力练得一口流利韩语的小朋友，下回到首尔该去吃哪家地道的烤肉？

花园餐厅

香港九龙尖沙咀亚士厘道 29 号九龙中心地铺
电话：2736 0803
营业时间：7:00am - 12:00am

即使不是铁板排餐始祖也是风行几十年屹立至今，原汁原味的班代表，本来坐在卡位里要加个坐垫的小朋友，如今大抵也儿女成群、几乎有孙。

给自己留至少三数小时，坐下来吃一个经典英式下午茶（high tea），总不能匆匆地辜负了好茶好点心，还有那沉沉的银器茶壶、骨瓷白茶杯，那在搅拌时发出清脆轻巧碰击声的调羹。

毕竟下午茶该是忙里偷闲甚至无所事事的，
不必承担太多历史的包袱，
茶杯里无波无浪，又近黄昏。

086

无所事事

High tea 有多 high？

一手掰开那个依然微烫的外硬内软的司康饼（scone），粉香、蛋香、牛油香扑鼻而来。用银匙挑起白瓷盛器里的手工制玫瑰草莓酱，噢，你今天想涂的是甜中带涩的橙皮果酱（marmalade）？都好。果酱涂好再加上香滑的凝脂奶油（devonshire cream），迫不及待一小口咬下去，吃罢才再涂果酱再加奶油——一直在旁的一壶用八十摄氏度热水冲泡的伯爵茶泡好，印花的骨瓷茶杯搁上纯银镂花茶隔，色泽醇厚澄明的带着兰花香气的茶源源注入杯中——我的习惯是提杯先闻香，不加糖先呷一口，再下一点红糖，喝茶时候什么也不用说什么也不去想，哪怕也只是这三五分钟。

下午茶，尤其是高档酒店大厅里提供的英式下午茶，得到一个其实有点谬误的俗称“High Tea”。这个由贝德福德公爵夫人（Duchess of Bedford）“发明”的玩意儿，源自她和闺中密友分享东家长西家短的八卦时间。夫人准备好精致

文华东方酒店 Clipper Lounge

香港中环干诺道 5 号
电话：2522 0111
下午茶时间：3:00pm – 6:00pm

二〇〇六年年底装修完毕重开的文华东方酒店的快船廊（Clipper Lounge）风采依然，仍是城中显赫聚首、游人朝圣的热点。如果香港还有所谓英式传统，恐怕就是保留在这一杯茶和一个松饼里面。巧克力迷得留意只在周六、周日推出的特色美点巧克力蛋糕（chocolate indulgence）。

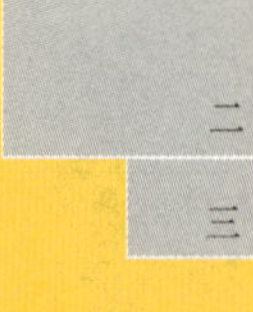

二、各有喜好执着，我始终偏爱格雷伯爵茶，加糖不加奶，所以也没有先奶后茶（milk in first）或者先茶后奶（milk in after）的烦恼争论。

三、装修重开的文华东方酒店贵气依然。喝茶的快船廊椅子较从前尺寸小了一点，桌子也调高了点，移走了窗纱引进自然光，坐得更方便舒服，感觉更明亮。

— 无论喝的是由安徽祁门红茶制成的格雷伯爵茶，原产斯里兰卡的阿萨姆茶（assam tea），还是有“茶中香槟”之称、产于喜马拉雅山腰大吉岭（Darjeeling）的大吉岭茶，喜浓爱淡都得自家调配，都得多给时间让茶叶浸泡舒展。也就是说，慢下来，放松心情，尽管谈天说地八卦一番。

— 看与被看，是五星级酒店英式下午茶时间附设的一种无伤大雅的游戏。有人依然高贵端庄、一丝不苟、全力以赴，有人彻底慵懒、不拘小节、真人露相。

糕饼和面包，配上上好的大吉岭、伯爵茶与锡兰红茶，边吃边聊不致饿着肚子。但这下午四时左右的茶聚其实叫作“low tea”，真正的“high tea”是五点至六点回家晚餐前的有肉食冷盘的正式茶点时间。如此这般又“low”又“high”的称呼叫人很混乱，而酒店餐厅总不能“低”调营生，所以“high tea”的称呼就流行起来。

亦有一说是点心银盘层层叠起谓之“high”——其实这三层间格究竟哪层放蛋糕和果挞？哪层放司康饼、哪层放咸点和小青瓜三明治？也早已乱了套，由下至上由咸到甜的规矩也没有多少人会跟随。毕竟下午茶该是忙里偷闲甚至无所事事的，不必承担太多历史的包袱，茶杯里无波无浪，又近黄昏。

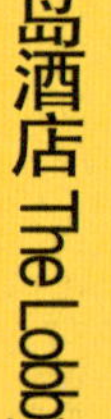

香港尖沙咀梳士巴利道
电话：2920 2888
下午茶时间：2:00pm - 7:00pm

雕花梁柱，水晶吊灯，楼顶很高，完全是叫人时空错乱的欧洲宫殿贵族气派。在这个无敌环境氛围里，喝着半岛自家生产的名茶，无论配什么茶点也都更放松随意。

四　为了不辜负糕点主厨的细密心意、灵巧手工，每回准备要喝下午茶，午餐都得尽量轻巧。从烧茄子、烟熏鲈鱼和腌青瓜三明治，到英式松饼配玫瑰花果酱及奶油，还有巧克力慕斯、橙香脆饼等，从咸点到甜食，都得一口一口细尝。

五、六、七

小巧的葡萄烘松饼还是暖暖的，掰开来先涂上奶油，再放一点闻名中外的自家秘方玫瑰花酱。

八　从含蓄内敛的传统腌青瓜三明治到现在的开放式张扬版本，毕竟时代真的变了。

九　叫巧克力迷一定举手投降然后一啖入口的巧克力果仁慕斯（chocolate praline mousse）。

某种忘记

项目总监 Lily Kwai

城中最有格调、最有江湖地位的酒店翻新装潢重开已经好一阵子，我们这群当年跳级越界流连于其咖啡厅和休息室的小客人，竟然都一直忙得未能抽空重访。直到一个淫雨霏霏的有点凉意亦有点睡意的周日午后，心血来潮马上相约回旧地喝茶。

二人份下午茶套餐（hightea set）三层不同糕点在眼前，我喝我的格雷伯爵茶，她喝的是英国早餐茶（English breakfast tea）。对号入座不自觉重回老好日子，殖民后殖民的议题不是周日午后该承担的，但Lily很清楚她对下午茶的钟情并非始于英国，而是当年在法国勾留念书的时候。

一头闯进法国郊外庄园的寄宿家庭（home stay），起初的确不适应法国人习惯晚上九十点才吃晚饭，所以下午三四点Lily常独自走到镇上糕饼店打算买点吃的带走，也因此认识了那有如一堆珠宝首饰的糕点。做客也好、住家也好，总不能独食，把小糕点买回去跟大家共享，竟也慢慢地叫众人培养出喝下午茶的习惯。

一群女生在布置得典雅的饭厅里，一边吃喝一边八卦，大抵也没有刻意优雅，但那种闲情逸致却从此点滴累积。后来Lily学成回港，一不小心马上开始紧张的工作和生活，也很快就自觉需要有一个特别的空间、心情和动作去忘记身边种种浮躁匆忙。下午茶，尤其是酒店里有水准有规矩的下午茶，就提供了某种忘记的机会。

话说回来，Lily还是觉得下午茶最好是在家里，那种过来我家喝茶的邀请最最窝心。如果碰巧外头有好阳光，就带上茶和点心往外跑。最叫她骄傲的一回，是一位在英国长大、深懂下午茶之道的朋友有回在喝茶时惊讶地问她，为什么她在杯中搅拌糖时竟然懂得不发出任何声音，她回答说，噢，这是礼貌。

置地文华东方酒店地下Mo Bar

香港中环皇后大道中15号
电话：2132 0188
下午茶时间：3:00pm – 5:30pm

作为城中精品酒店（boutique hotel）之首、潮人大本营，传统英式下午茶得到非常后现代的演绎。老式点心银架变成简约流线型座地的版本，茶点用心巧制，含热带水果的意式奶冻（panna cotta）是另类至爱，茶可配功夫红茶和香片……

087

点红点绿

沙的终极质感

红豆沙与绿豆沙之所以永远吸引人，微妙之处就在那一个“沙”字。

我要吃的不是红豆或绿豆“粥”，不是要吃到结结实实有嚼劲而且瞬即饱肚的原颗豆豆；我要喝的也不是红豆“水”或绿豆“汤”，那些稀稀浑浑的一锅汤水喝得肚胀；我要的是“沙”——水滚烧开放豆，慢慢搅拌直至那一刻豆皮熟破，随即猛火一滚使豆身绵软解散、马上“起沙”。不稀不稠、不糊不黏，就是我追求的终极质感。

红豆香，绿豆香，各领风骚也各有随身超级配角。天津顶级红豆和广东新会陈皮是同一阵营，间或加入饱满湘莲助阵。绿豆也与陈皮合拍，但与海带和臭草就更是分头拍档或者共同出场。如果没有你，日子怎么过，相信红豆、绿豆都深明此理。

玉叶甜品

香港中环伊利近街 2 号
营业时间：12:00pm – 11:00pm

无论午后或者深宵，小斜坡上的玉叶都是路过歇脚的好地方。保证起沙的香草绿豆沙、海带绿豆沙以及陈皮红豆沙最受欢迎。手磨芝麻糊和手搓糖不甩亦是众人心头所好。

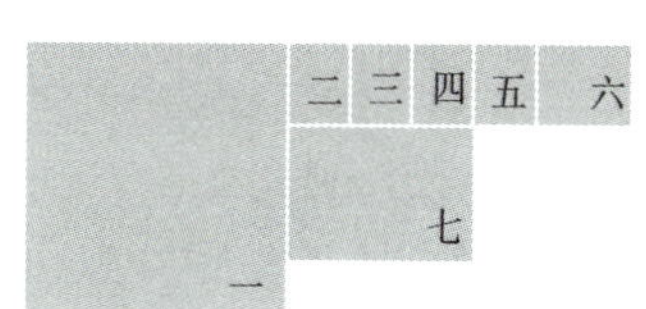

一　光天化日，中环伊利近街斜坡上硕果仅存的大排档，透明度高，通风好。玉叶甜品掌门人沅菁姐笑眯眯公开做香草两米绿豆沙的秘技，叫一直爱吃绿豆沙又怕寒凉的一众从此放心。

二、三、四、五、六

用上柬埔寨的大粒绿豆，加上一撮泰国香米以及些许薏米，既有嚼劲又没有那么寒凉。无论是加进芸香（臭草）的版本还是加进北海道海带的另一版本，沅菁姐都会在煲煮绿豆途中细心地把绿豆壳捞起，令成品更加细滑“起沙”。白糖用上榴花牌粗砂糖——有些时候我会跟沅菁姐说今天这碗绿豆沙有点太甜了，她一脸不好意思却笑呵呵说，甜品嘛，当然是甜——

七　天时暑热，来一碗香草绿豆沙清热解毒，爱吃滑溜溜海带的更可顺道清理肝火。

所以从来敬老，十分尊重那些货真价实的二三十年的陈皮。一个新会柑在果皮还未完全成熟、依然带青时小心地一开三瓣，在大好艳阳天下连续晒上十天八天，晒透后入箱贮藏在通风地方，每年小心拿出来晒一次太阳，年复一年皮色渐深，内层皮囊开始剥落，果皮开始清香温醇，存上二十年的陈皮薄如纸，香味浓郁迷人。

小时候在家里吃红豆沙竟然不愿吃碗中这片宝，被老管家骂了好几回才开始识货，从此以后没有陈皮的红豆沙碰也不碰。至于绿豆沙里的臭草，其实正名芸香，本作驱虫用，竟又引来嘴馋好事的，小小一束放进去就叫普通的绿豆沙香飘四处，而海带的滑溜又与起沙的绿豆口感奇配。每回煮绿豆沙都多买一点臭草在家里到处放，完全挑战什么是香什么是臭的一般世俗。

很难说究竟爱红豆沙多一点还是爱绿豆沙多一点，嘴馋起来甚至把红的绿的再加湘莲再加百合混在一起，管它什么寒什么热，好吃就是好吃。

— 真的不明白为什么有人会把加在绿豆沙里的芸香称作“臭草”。找一把新鲜的芸香揉一揉、嗅一嗅，那种独特的香气性格十足无法替代，可见香与臭真的是一个相对的论争。学名*Ruta gravelolens*，叶形漂亮秀丽的芸香有一个有趣的英文名“common rue”——街道当然是属于大家的。

— 家里老人家传授煲绿豆沙秘技：要煲得起沙就得先把浸透的绿豆放砂盆里擂擦去豆衣，然后用布袋把豆衣装好一起煲，才会保留多一点绿豆的清香味道。

强记美食

香港湾仔骆克道 382 号庄士企业大厦地下
电话：2572 5207
营业时间：12:00pm – 1:00am（周日休息）

湾仔街头强记除了有它的招牌糯米饭，还有那一定要留肚吃一碗的绿豆沙和再来一碗的喳咋。

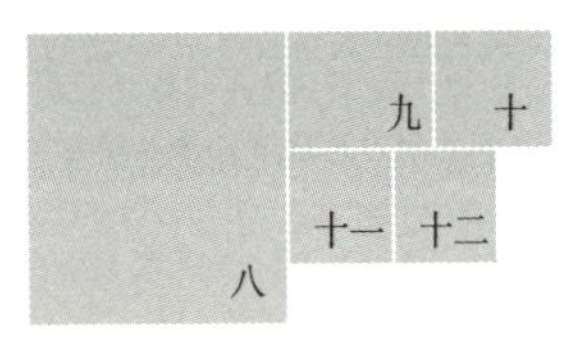

八、九、十

常常跟吕仔记掌门人贤豪哥认真地开玩笑说，吃过这一碗椰香喳咋就不用吃饭了。用上红豆、三角豆、眉豆、红腰豆、西米、芋头等丰足材料，还加入椰肉做汤底，椰奶后下增香添滑，先后有序明火煲足四个小时。吕仔还根据他父亲的经验，把冬天的版本煲得稠一点，而夏天的版本少下一点豆，处理得清淡一点，难怪这里的喳咋一年四季热卖。

十一 从前在家里常吃到的花生糯米麦粥现在几成绝响，只在大良八记才吃得到这香糯有嚼劲的平实版本。

十二 东南亚风味的黑糯米粥也是坊间餐馆近年流行的糖水款式。

再世红豆冰

财务顾问 陈茂威

问陈茂威（Brian）应该怎样称呼他，Brian想了大概四十八秒，然后幽幽地吐出一句："叫我做黄金时代的末期人版吧。"

老兄，言重了！虽然大家心知肚明，但我们这些后青年前中年，耳闻目睹、亲身经历这个都市的起飞与转型，好爽同时好累，虽说曾经的黄金时代好像风光不再，但天晓得还有什么更贵重更保值的金属在面前呢？

其实把Brian叫作"目击证人"也许比较贴切，甚至既是控方的又是辩方的——在公共屋村长大的他少年时代是个典型的街童，既被欺负同时又欺负人，呈堂证物是一碗红豆沙变身的红豆冰。

那时大家家里都穷，一日三餐之外基本上父母没有给孩子什么余钱买零食，偶尔有一锅红豆沙或者红豆绿豆粥就是最好的饭后甜品。Brian家里人口众多，每一碗红豆沙都得严格配给，保证人人有份，而仅余的一碗半碗就会被隆而重之地放进花纹小杯，放进冰箱自家制作红豆冰。

DIY红豆冰一般比较粗糙，糖水形成的表面冰层比较脆弱，很快就被刮落吞吃掉，而豆沙沉淀到底成为如沉层岩一般坚实的板块，吃时需要动用九牛二虎之力才可以挪移挖掘，颇需要一点技巧。正在专心一意破冰入口的他，冷不防被兄长和其他伙伴偷袭，一失手红豆冰与杯分离，冰堕杯破，不得其食，而促狭者笑着胜利逃离现场，地上留下一摊红豆冰水，不知谁人收拾。

无谓硬说我们现在面对的正是如此一个残局，天下喜欢吃红豆沙或者红豆冰的兄弟们：

革命尚未成冰，仍需努力！

吕仔记

香港筲箕湾东大街121号A地铺
电话：2885 8590
营业时间：2:00pm - 12:00am

刻意坐地铁到这里吃一碗碗仔翅和一串鱼肉烧卖的大有人在，但不要忘了掌门人吕仔的爸爸是卖椰汁和喳咋起家的，不断研究改良的喳咋椰香四溢，同是镇店之宝！

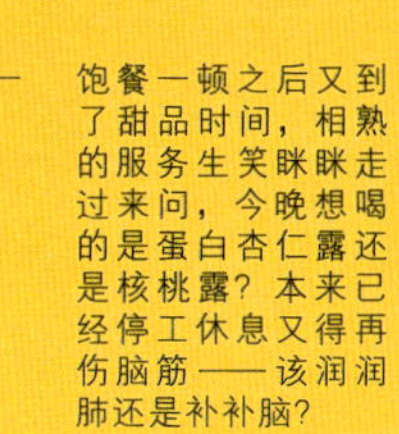

饱餐一顿之后又到了甜品时间，相熟的服务生笑眯眯走过来问，今晚想喝的是蛋白杏仁露还是核桃露？本来已经停工休息又得再伤脑筋——该润润肺还是补补脑？

芝麻润燥补肾，杏仁润肺化痰，核桃补肾健脑，栗子厚肠补气……这些放得进砂盆耐得磨的平凡食物，内藏原来都是天地精华，只要心细用功，多磨自有好事好滋味。

088

好事多磨

仁者滋润无极

从来好胜，但想来想去也没有什么可以胜过身边那一群厉害的家伙，唯一可以跟他们比拼的，就是我比这群益友、损友更早睡早起。

起得早，自然骄傲地炫耀当我神清气爽、快手快脚地在中午前已经完成了大半天的工作时，那群家伙还在梦中纠缠，迟迟未起床。但反过来他们也会故意气我说前天半夜里大伙去吃芝麻糊、杏仁茶、核桃糊有多美味多开心，昨天凌晨四点扭开电视还看到有梁醒波主演的粤语长片《审乌盆》——

乌盆呀乌盆，真的好久没有看这出百看不厌的改编自民间传奇的电影了，而每次看到波叔所饰演角色的“冤魂”在那个乌盆里苦着脸浮沉申冤，我其实都忍不住笑，但同时也记起老家里厨房中那个用来磨芝麻、杏仁以及黏米、糯米的重量级砂盆，当然还有那根仿佛自己早已练就一身好武功的用番石榴木造的擂浆棍，以及那个偶尔

兰苑饎馆

香港九龙西洋菜北街集贤楼地铺（港铁太子站A出口）
电话：2397 7788
营业时间：12:00pm - 10:30pm

不同的客人来到这家街坊小铺的确各有目的，有人为了这里的龟苓膏，有人为了蒸蛋、蒸排骨，我总挑午后傍晚人稀时，静静喝碗真材实料芝麻糊或者陈皮红豆沙。

二 三 四 五 六 七

八

二、三、四、五、六、七
用上南北杏、蛋白、花奶和白砂糖做材料，先将杏仁浸水至少三个小时，去衣的同时把有小毒的杏尖除走，然后放搅拌机中加水打成杏浆，随即再用箕隔渣留杏汁（亦有放白布袋中手挤杏汁，再把原渣放回加水搅拌，重复挤尽杏汁），食用时将杏汁下锅以中火烧开，一边转小火搅拌一边将蛋白和花奶徐徐倒下，并同时以砂糖调味，至杏汁稠身便关火，准备盛碗上桌。

八　吃了白其实还想吃黑，吃的是更花功夫，又焙芝麻又浸水过夜后沥干又搅拌成浆才可以下锅再搅拌的芝麻糊——请多到几处吃吃，你就能分辨出手磨、机磨与用即食芝麻糊粉加开水煮成的几种不同档次级数的分别了。

— 同样是稠稠厚厚的，杏仁茶为什么叫茶？芝麻糊为什么叫糊而不叫芝麻茶？核桃糊为什么有些时候又叫核桃露？北方更有叫核桃酪的——茶、糊、露、酪，该是在浓淡稀稠上各有些许微调变化，只是匆匆忙忙到了我们这一代，已经难再讲究细节，也就茶、糊、露、酪不分了。

— 光看样子，就直觉核桃补脑。《本草纲目》说核桃“补肾通脑，有益智能”。《食疗本草》更说核桃“令人骨肉细腻”，补脑以外还润肤，可多靠那层微苦的皱皱的核桃衣！

出场的沉默寡言的黑石磨。

那是一个家用电动搅拌机还未普及的年代，即使后来贪新鲜添了一个，老管家瑞婆还是固执手磨，坚持认为这样用时间用人工才会磨出最细致最细滑的极品，机器再先进还是粗糙疏忽。不到五岁的我站上木凳看大人在锅里炒香黑芝麻、白芝麻，再放进砂盆中逐渐加水磨呀磨的。也曾帮忙把热水烫过的龙皇杏慢慢去衣，还要把有小毒的杏尖顺手除去。向来坐不定的我从此领会到慢工出细活的不变道理。

芝麻润燥补肾、杏仁润肺化痰、核桃补肾健脑、栗子厚肠补气……这些放得进砂盆耐得磨的平凡食物，内藏原来都是天地精华，只要心细用功，多磨自有好事好滋味。

香港大学校友会

香港中环德己笠街 2 号业丰大厦 1 楼 101 室 （只招待会员）
电话：2522 7968
营业时间：12:00pm – 2:30pm / 6:00pm – 10:00pm

为一顿饱餐画出完美句号，杏仁露和核桃糊都不可少，
也就是说，同时有两个句号。

		十一	十二
		十三	十四
	十	十五	十六
九			

九　自觉用脑过度（用坏了脑也说不定），所以无论如何也得多喝核桃糊补补脑。

十、十一、十二、十三、十四、十五、十六　煮核桃糊的程序方法跟煮杏仁糊大同小异，只是核桃本身缺乏黏性，须加入淀粉、米浆或黏米粉和玉米粉才可变稠成糊。港大校友会的主厨助手一显身手的时候，用上“推”这个动词来形容在锅中搅拌的动作，酷毙！

幸福音色

古典吉他演奏家周启良

还未开口问这位古典吉他高手在这甜品店要吃喝点什么，我已经先猜测应该是杏仁茶。因为先听其乐声后见其人，周启良（Stephen）给我的感觉就是那种温润、细致、正气，一如杏仁茶。

甜品上桌稍稍待凉，Stephen 在喝了两口这里的杏仁茶之后，很礼貌亦很准确地说这杏仁茶够香，但是有点太甜，而且比较稀，不是他理想中的稠一点的粗磨版本。

大家眼中的好好先生当然不会因此挥袖而去，但也肯定他不是那种一味说好的无要求无主见的随便敷衍的人。当我们开放自己的味蕾和胃口去尝新试旧，最重要的还是有个人的评审喜恶标准，无论是一口气吃品尝菜单（tasting menu）上的十几道菜，还是简单如餐后的一碗糖水。

多嘴一句问 Stephen，糖水在他日常生活中占一个什么位置？幸福！他答得直接爽快。

就是因为追求这种幸福的感觉，Stephen 和家人、好友会在晚饭后特地从居处屯门跑到元朗去吃糖水，而说起来他跟音乐、跟古典吉他的缠绵关系，也就是一种幸福的追求。追求，是因为精神必需。

从他那碗过稀的杏仁茶和我那碗过稠的核桃糊，我们谈到节奏和音色。Stephen 微笑着说烹调的节奏，就是如何安排处理不同熟透程度的食材在烹调过程中先后出现，一如炖汤熬药的先下后下，必须凭经验累积掌握。而当我们有了那看来巨细无遗、规规矩矩的乐谱和食谱，每个厨师、乐手以及厨具、乐器就得发挥各自不同的独特音色，这也是为什么同一食材按同一步骤在各人手里会呈现变化出不同滋味和不同口感。

差点忘了告诉 Stephen，我实在很喜欢前些时候买的一张他的独奏专辑。为了让幸福感觉深刻清晰，大家可不要一边喝糖水一边听音乐——音乐在这里是主角，不该变成背景。

江湖行走极目远望，
总算有一家甜品店、糖水铺在视线范围之内，
可以充电托付，可以依赖，
可以加油打气，可以叫散乱的心绪归位。

089 不止充电

上善糖水

高有时，低有时，软有时，硬有时……一个人面对自己的情绪状态，奇奇怪怪，真的也不知该从什么地方开始检查，如何着手修理。

就用一个最原始的方法：找个安静地方，最好是室外，最好面前有树有木或者有海，找出一个自己可以接受的缓慢节奏深呼吸，然后闭上眼——因为基因早种，我一闭上眼脑海里浮起的总是可以吃的，而此时此刻，面前是一碗糖水。

一碗腐竹白果糖水、一碗番薯糖水、一碗桑寄生蛋茶、一碗莲子银耳百合，一碗变四碗变六碗变八碗，都好，都爱吃。慢慢来，一碗吃完休息一下再来一碗。

本来在家里可以吃到的种种糖水，因为一千几百个懒的累的嫌麻烦的原因，纵

合成糖水

香港九龙九龙城龙岗道 9 号
电话：2383 3026
营业时间：12:30pm - 1:00am

从深水埗年代到九龙城时期，作为合成糖水的老顾客，喜看他们多元发展出不同糖水系列的同时始终保持一贯高品质水准。

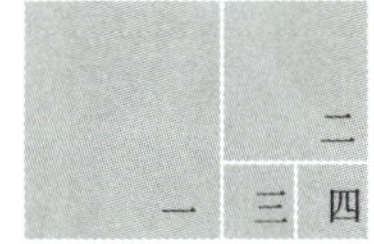

一　桑寄生蛋茶可算是一众嘴甜舌滑糖水当中最有个人性格的。首先是它的茶色，棕棕黑黑的，不刻意讨好；然后就是入口的略带苦涩的本来味道，要加上冰糖才算是糖水。但也正因这样，与普洱一起焗出茶香的这种药性平和的枝枝叶叶桑寄生，自成一派。无论是单独冻饮热喝，还是加上莲子或者焓熟的鸡蛋，喝来都是一种温暖醇和安心的感觉。

二、三

腐竹白果鸡蛋糖水也是火候到家的家常妙品，讲究的店家会用上豆香纯正的头轮腐竹（煮豆浆时表面遇冷凝固的第一层薄衣），也必须趁滚水把腐竹下锅以便可以溶似豆乳，还有加入甚有嚼劲的薏米和柔糯的白果，口感极好。

四　以竹升云吞面而著名的永华面家，桑寄生蛋茶也深受拥护。师傅将普洱和桑寄生以二比一的比例配搭并焗水，既增茶色又有茶香。莲子是先出水再煲至软脸，加冰糖调味，鸡蛋是一级靓蛋，焓好后浸在茶汤里上色兼渗香。

未成绝响也真的十年不逢一“润”——润喉润肺，滋阴养颜，本来可以自己照顾自己的，现在也贪方便地交给坊间店家来处理。这也好，江湖行走极目远望，总算有一家甜品店、糖水铺在视线范围之内，可以充电托付，可以依赖，可以加油打气，可以叫散乱的心绪归位。

无论是腐竹已经溶成豆乳一般再加上人手细剥白果慢煮的腐竹白果糖水；湿软大块黄心番薯在老姜汤中腾腾冒烟的番薯糖水；那用普洱和桑寄生搭配熬煮，入口清甜甘香，加上茶色浓厚的一颗鸡蛋的桑寄生蛋茶；还是那清心补肾的莲子银耳炖百合，又或者秋冬出场再高一个档次的川贝莲子银耳炖木瓜、海底椰莲子炖雪梨、红枣炖雪蛤……反正当你心烦气躁、忐忑不安，你该知道又是糖水时间，尤其现在稍有心思的店家都会重新调节合适的糖水甜度，不致一股脑儿死甜，这里头就多了一点关心、一种暖意——对，糖水还得吃热的，冰冰的入口总不对劲。

一　细读前辈唯灵叔的饮食作品，才得知平日我辈只要求一味够有姜味够辣、番薯够软脸的番薯糖水，背后有更刁钻的烹煮学问。有说古法精制番薯糖水，先得将削了皮的原个番薯浸水四五个小时，其间得换水数次，拭干切块后还得曝晒半天至半干（？！）或风干一夜。此初步加工的工序是令番薯煮来口感不会太软而保持柔韧的方法。而最震撼的莫如以少量猪油起锅爆香拍裂的姜和番薯，再加水下锅共煮，这与前人煲香草陈皮绿豆沙会下猪网油以使糖水更滑腻的用意同出一辙。

一　既嘴馋又懒惰，连简单的番薯糖水也难得自己动手，更不要说那要挑走莲心的莲子蛋茶了。莲心是莲子中间的青色幼苗，从前误以为有毒，其实也只是味奇苦难下咽而已。莲心亦称作莲薏，性寒，加甘草煲汤饮服，可以清心安神，也是吃得苦中苦的另一例证。

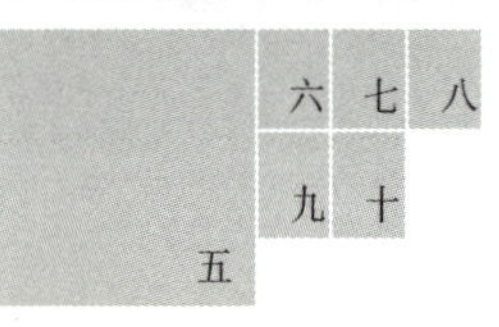

五　简单不过的番薯糖水，除了要严选黄糖番薯之外，还得用上姜味十足的老姜，切片后用白锅烘干再下锅熬出姜水，水沸几回后，再下黄片糖，以此够有姜味够辣的糖水配上粉软入心的番薯，才是极品。

六、七、八
吃过腐竹白果糖水加鸡蛋，合成糖水的方老板继续一脸笑容地向顾客推荐他店中主打的莲子白果薏米糖水和其他莲子系列。每日亲手用牙签处理莲子、挑走莲心，上百斤莲子总会被络绎不绝的捧场客吃喝一光。

九、十
秋冬时分，怎能不以川贝莲子银耳炖木瓜和莲子银耳圆肉炖百合等甜品滋润一下。

与时并进？

素食店管理者 伍成邦

跟伍成邦（Simon）约在西环老区这一家甜品老店见面，我比较早到，店里空荡荡的，只有三两桌客人。我点了一碗净桑寄生糖水，叫了一块清蛋糕。糖水入口，对，是糖水，而且是稀释了的半温不热的糖水。至于桑寄生，既没有那种强悍鲜明的日晒干叶浸焗后的独特气味，就连那该有的稍微苦涩亦完全失踪。如果这叫作温醇的话又完全不够浓、不够厚——我还是礼貌地喝着，然后 Simon 就到了。

坐下来话匣一开，几乎忘了点他要点的糖水，连服务生都站在一旁瞪着我们，这才发觉从这刻开始及至接着的三十分钟，店内人潮汹涌，街坊以及慕名而来的人进进出出，只有我们这桌这两个不识趣的在占着很勉强才坐得下四个人的卡座。

Simon 还是决定点一碗桑寄生莲子糖水，以求对证。我也把面前吃了一口就吃不下去的清蛋糕推到他面前叫他一尝：干、碎，只有微弱蛋香，一味地甜。他跟我意见完全一样，相视只能苦笑。然后他的糖水来了，喝得他脸色一沉，一向讲究的他还指出碗中莲子怎么一碰即碎，弄得糖水一片混浊。

基于对老店的情结，我还是再点了一碗炖蛋——蛋还是够滑的，还有一点姜汁的香。但 Simon 一勺进口，马上摇头，果然吃到半碗，碗中除了黄澄澄的炖蛋，还泛出了水，分明就是蛋液与水分的比例不妥。

话虽如此，店里的热闹拥挤无减，大家还是兴致勃勃的。先后进来两个政府高官，又进来一家老外，亦有一家大小回香港度假模样的……难道大家真的没发觉老店食品素质失守、水准滑落吗？爱护的同时可以严厉地提意见吗？对方又愿意担当又承受得起吗？一方不能与时并进，一方依然盲目“嗜甜”，离开这家甜品老店，Simon 和我无疑是叙了旧，但都有所思有所失。

本来清白，
就该坚持清白，
庆幸当年的第一口豆腐花
是从这最最平淡无奇的版本开始。

— 回到童年旧居邻近街坊老铺公和豆品，就凭这一口嫩滑细致的豆腐花，竟然错觉一切（除了价钱）都是四十年不变。

090 正气修心

还我清白豆花

白瓷方砖铺墙，湖水绿漆阁楼天花，隶书红色大字招牌“公和”的挑高楼底下，好好坐下吃一碗热腾腾的健康正气的豆腐花，也许有点拨乱反正、修心养性的暗示。

当年三五岁的我，大抵不会像现在这么拘谨仔细，吃豆腐花的时候不懂得先闻闻扑鼻豆香，更不会计较下多少勺黄糖才够甜，只是三扒两拨一骨碌把豆花滑进口，当年甚至还未有冰库冰镇，豆花都是吃热的。而豆花就是豆花，以为到处都是一样，当然也不懂身旁那个盛满豆花的外头雕龙里面碧绿的大瓦缸竟成了时至今日一种坚持传统的标志。

当外头的另一些豆品老铺在扩充“革新”的大潮流下，给宠坏了的顾客有杏仁豆花、椰汁豆花、花奶豆花，甚至巧克力豆花、杂果豆花、黑糯米豆花和凉粉豆花的选择，我只能理解这叫作“迫不得已”，也只肯让自己在“无甚选择”的

公和豆品厂

香港九龙深水埗北河街 118 号
电话：2386 6871
营业时间：7:00am - 9:00pm

早已告诉自己不应感情用事，但实在忍不住每隔一段日子就专程跑一趟儿时旧居旧区这几条老街，吃这喝那又怎少得了这一碗豆花、一杯豆浆。

二、三、四
器皿、家具、装潢、环境，气氛依旧，更难得的是那种街坊邻里的人情来往对答，竟都还保留有一种率真爽直。

五、六、七、八、九、十
每日凌晨三时，公和的师傅便开始一天的工作。先将浸了至少六个小时的黄豆放进一部用了超过五十年的石磨内磨成豆浆，石磨的好处是磨豆时产生热量较低，能够保持较多豆味。磨好的豆浆倒进打浆机隔渣后，再进大锅内煮沸，然后再以高密度布袋多隔一次渣，随即将豆浆和食用石膏浆同时“撞”入瓦瓮，静待二十分钟让豆浆凝固，细心除去浮面的泡沫，便成为豆香扑鼻的嫩滑豆腐花。

十一
老板苏先生特意端上的一杯特浓原味豆浆，喝下去稠稠的，叫人拍案叫绝。

买少见少的老店里，安心地吃一碗只加一两勺黄糖粉的热的豆腐花——本来清白，就该坚持清白，庆幸当年的第一口豆腐花是从这最最平淡无奇的版本开始。

此刻一勺豆花进口，没有滥情地吃出百般滋味，只是记得当年也花了好一段时间才勉强接受加了酱油、麻油和葱花的咸吃的豆腐花，另外加点姜汁加点糖的还可以，至于机制的用上葡萄糖内脂凝固的盒装豆花豆腐以及日系的玉子豆腐，就一直嗤之以鼻。

一直以来有说每到一个新地方要想尽快适应当地水土，就该吃一顿豆花豆腐，而革命家瞿秋白的狱中遗言也有说“中国的豆腐也是很好吃的东西，世界第一”。但话说回来，在水质控制越发困难和基因改造黄豆充斥市面的今天，清白是否真的清白，就真的很难说了。

天天鲜豆浆

香港北角书局街 27C 建邦大厦 3B 地铺
电话：3119 3484
营业时间：5:00am - 8:00pm

只有街坊小铺才能提供的安全卫生贴心服务，不含防腐剂的鲜制豆浆不能久存，咕噜一口喝光当然最好、最有益、最健康。

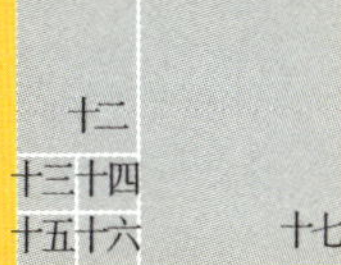

十二 位于北角旧区小街却享有盛名的天天鲜豆浆，小店经营坚持现做现卖鲜甜豆浆。

十三、十四、十五、十六
开放式小工场内，用上成本较贵但品质最好的非转基因的加拿大黄豆，利用机械化程序磨豆隔渣煮豆浆，在客人面前入瓶包装，保证新鲜安全卫生。

十七 小小一瓶豆浆也有低糖和无糖的分别，有冷、暖和热三种温度选择，亦有黄豆和黑豆两种不同口味，难怪每日上班时候和傍晚下班之际，店面都挤满顾客。

转运豆花

创作歌手、舞台剧演员 陈浩峰

宁可信其有，不可信其无——当然这不是什么怪力乱神的难以下咽的东西，这只是简单普通不过的豆腐花。

认识陈浩峰早在他大开金口成为风靡一众的另类歌王之前，说起来他还是我的设计系同门师弟，专攻摄影，那一辑拍出家居陈迹旧物的照片叫我印象深刻。

然后他不断又演又编、又唱又跳，变身再变身，在台后台前以种种实验力求突破既定审美观赏标准，叫观众一次又一次地惊讶，原来这样也行。

但话说回来，陈先生一直爱喝柠檬茶，直至他的一个对佛学和阴阳五行理论有研究的朋友告诉他，这样一直喝柠檬茶其实会火气太重对他不好，因为他的命格中金很重，且不应近火，反之要近水近湿土——所以豆腐，特别是冻豆腐花，倒是可以多吃。

本来半信半疑的他开始只是停喝了几天柠檬茶，不知是什么缘故发觉周围的人都在对他笑（听来有点恐怖！），但后来他也决定乖乖听话从每天正午开始吃豆腐花，特别是排练演出期间容易心神恍惚，一吃豆腐花就心平气和，头脑清醒，就连吃便利店的盒装豆花也能奏效——当然我不忍心他这样“糟蹋”自己，马上介绍他去吃豆品老字号——位于深水埗北河街的公和——的嫩滑香甜的豆花极品，一吃果然与别家不同。作为他的忠实歌迷与观众，愿他继续皮光肉滑、人靓歌甜，继续玩转那个一不小心就很保守很沉闷的舞台。

义香豆品店

香港九龙九龙城衙前塱道 74 号地下
电话：2382 5006
营业时间：1:00pm – 8:00pm

一家胼手胝足经营的小小豆品店，老板新哥笑着说他们用油渣炉大锅煮的豆浆就是偏偏要保留一点猛火焦香味，这才是豆浆的本来真味。

由衷相信每一个饮食故事背后都有科学精神，
蒸炆炖煮炒炸都得由不断实践总结经验
成为家传秘技，聪明的、勤奋的致力发明创造，
懒惰如我一味说好吃。

091 科学精神

当姜汁撞上鲜奶

不知怎的经常给人错觉，以为我终日轻轻松松、游来荡去，事实上匆匆忙忙、紧紧张张，尤其走在高分贝、空气浮游微粒超标以及高温的街道上，往往晕头转向。还好来得及自疗自救：一是最原始任何运动也好，志在出一身大汗；二是赶快跑回家洗个澡睡个觉；三是最懒惰、最容易、最经常做得到的，跑进一家甜品店“润”一下自己，吃一碗炖蛋或者姜汁撞奶或者双皮奶。

当然，要在外头找到一碗清香嫩滑又不至于太甜的炖蛋和撞奶并不容易，一方面认定某些老店，一方面勇于尝试新店，觅食过程中常有意外惊喜——高兴的不只是发现老店继续保持水准、新店努力后来居上，更高兴的是发觉身边经常出现成群结队、有说有笑的穿着校服的小朋友，吃得有滋有味甚至吃得专注——至少他们不

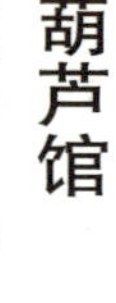

葫芦馆

香港九龙观塘宜安街2号地下
电话：2172 7556
营业时间：12:00pm - 1:00am

眨眼经营了十数载的街坊小店，低调地以两三招秘技取胜，姜汁撞奶和鲜奶炖蛋专用青花白瓷碗碟，叫不怎么起眼的店堂有了焦点。

	二	三	四
	五	六	七
一	八	九	

一　姜汁的芬香微辛，牛奶的脂香顺滑，两者邂逅产生的“化学”作用叫一众嘴馋的口福不浅。那种半凝固的暧昧状态，又叫人分心胡思乱想。

二、三、四、五、六、七、八、九
葫芦馆的老板林先生是撞奶高手，只见他气定神闲地把已经去皮切粒的老姜用榨汁机榨出一汤匙新鲜姜汁先放碗中，然后用微波炉把由番禺牛场供货的奶质特浓的水牛奶煮沸，再用筷子细心地挑去牛奶面层的薄衣，接着重复约十次将水牛奶从一杯凌空倒入另一杯中，目的是将牛奶降温至约八十摄氏度，最后将水牛奶倒入已有姜汁的碗中，静待半分钟，一碗叫许多人屡试屡败的姜汁撞奶便成功出现。

是只懂得喝汽水喝奶昔。

报纸上看到有五位笑得十分灿烂的中学女生，在学校的实验室里以科学理论解读姜汁撞奶的制作过程，把生物、化学、物理科变成嘴馋家政，果然是初生之犊更贪食。她们从坊间食谱中知道姜汁撞奶是由热牛奶混合新鲜的老姜汁后凝固而成，凝固是因为牛奶中的蛋白质与姜汁中的酶产生生化反应，但事实上大多数酶遇到高温便永久变质不能产生生化反应，所以用来撞奶的牛奶温度便是关键所在。经过近一百三十次实验（磨了多少姜汁煮了多少瓶奶？），她们当然也造访了不少甜品店取经，终于发现牛奶在两个汤碗的互冲“拉奶”过程中，牛奶降温至六十二至六十七摄氏度，酶就不致变质，生化反应成功，凝固出又有姜味又有奶味的传统有益滑嫩甜品。

由衷相信每一个贪食故事背后都有科学精神，蒸炆炖煮炒炸都得由不断实践总结经验成为家传秘技，聪明的、勤奋的致力发明创造，懒惰如我一味说好吃。

— 也许是香港生活实在太急太忙，所以坊间罕见以双皮奶这款蛋奶类小吃为招牌的餐馆。极花功夫把牛奶脂薄皮挑起倒出奶汁，又把奶汁加蛋液搅匀再注回碗中浮起奶皮，然后还得放入蒸笼慢火蒸炖，这来来回回才赚你十元八块的事，在香港是没有人会做的，也就是说，嘴馋者只能北上消费了。

— 生姜能散寒暖胃人所共知。冬日受寒，喝一碗加了红糖的姜汤，通体舒畅。《本草纲目》更说生姜能“通神明”，也就是指姜能够治疗晕厥，恢复神志——对于经常要待在电脑前神志不清的工作狂，也许该试试用生姜疗法醒一醒。

— 要做好姜汁撞奶，除了步骤手法熟练，特别还得选用根多味辣的老姜。但姜虽老还得新鲜现榨，除了姜汁香味容易挥发所以不能久放之外，姜汁内淀粉一旦沉淀就使水牛奶难以凝固了。

澳洲牛奶公司

香港九龙佐敦白加士街 47 – 49 号地下
电话：2730 1356
营业时间： 7:30am – 11:00pm

来到这里不能不吃茶餐常餐，不能不向众位服务生大哥说声佩服佩服，也不能不留肚吃碗炖蛋或者炖奶。

十一 十二
十三 十四
十

十　专攻炖蛋、炖奶的甜品店一定有其绝招秘技，义顺牛奶公司临街的冷冻橱窗里蛋黄奶白一碗一碗高低排列已够吸引途人驻足。

十一、十二、十三、十四
早成传奇的澳洲牛奶公司尽管店堂内整日匆匆忙忙，与吃一碗炖蛋或炖奶的悠闲心情似乎不太配合，但偏偏作为顾客的就是要来吃上一碗杏汁炖蛋或者蛋白炖鲜奶，匆忙滋补一下，真香港！

炖蛋青春期

艺术工作者 梁志和

整整三十年后，阿和的妈妈还偶尔语带责备地提起当年阿和没有熄灭火水炉就跑去玩别的，弄得一室烟熏气呛——而阿和当然清楚记得那回开火却没有关火，弄的就是炖蛋。

一个初中小男生好端端怎么会走进厨房做炖蛋？阿和解释说，是因为住在隔壁比他年长两岁的一位女孩刚在学校家政堂里学会了如何炖蛋，就把技术传授给他，他就开始努力实践——至于当中是否有别的用心，他也没有多说。

一个合理化的正常解释是立志念理科的阿和把小小的家用厨房当作科学实验室，所以他的确在至少半年的光景里，密集地每隔一天就自行炖蛋，试验项目包括原味加糖的、加美禄的、加好立克的，只是没有把过甜的炼乳加进去，实验基本上是成功的，炖出来的也都第一时间（俩人？）吃掉，至于他把利宾纳果汁混进鲜奶一起喝，那就不在本文报道之列。

一如所有青春期里会做的事，对入厨炖蛋这个实践玩意儿的兴趣来得快去得快。阿和说近十年八年想起来也真的好像没有再吃过炖蛋，那种嫩那种滑，那种烫热入口的感觉，就连颜色、卖相都是百分之百青春年少感觉。回去，不回去？我们在生命的进程中总是在不断地做着这种那种选择和决定。

当年留学意大利练就了一手意大利家常入厨好本领。阿和现在的正餐主食七成是意大利面，余下的三成还是意大利米饭、北非小米饭（couscous）和面包，日常的饮料是大量的牛奶，过咸和过甜的食物也很少吃，平均一个星期在早餐时分大概只吃一颗半颗水煮蛋——如此节制如此有规律，谈笑间那种年少轻狂的日子果真远去。

港澳义顺牛奶公司

香港铜锣湾骆克道506号地下
电话：2591 1837
营业时间：12:00pm - 12:00am

脚踏澳门、香港这两个美食地盘，
水准保持中上的这家老店早有纪念杯碟套装出售，果然有规模！

吃吧吃吧吃吧，温暖、幸福、团圆……吃下汤圆就能吃出这一切感觉。

092 四季团圆

定心汤圆

一个能吃、爱吃、懂吃的民族是有福的。福气够，吃就不是单单为了饱肚，还为了好兆头——说起兆头好像很古旧、很迷信，但用上现代的字眼，也就是一个感觉、一种抚慰。

一千几百种好兆头的大菜小吃中，汤圆是最得我心的。尤其是三更半夜天寒地冻中的孤家寡人，特别需要那种团圆的温暖的感觉。虽然我只能从冰柜冷藏库里掏出一包冰冻得表皮有点龟裂、几乎露了黑芝麻馅的机器生产的汤圆来救急，但是眼看那白色糯米球状物在锅里上下浮沉翻滚，软身熟透后又放进同时煮好的加了黄片糖的浓辣姜汤里，满满十二粒汤圆一碗烫烫热热捧在手，即使确实知道吃到第八粒已经吃不下，但也正正就是这些满喉黏糯的感觉很能安心定神，百分之百安慰食物，不必等到也等不及过年或是元宵佳节。

作为全国上下大江南北都象征团团圆圆的滚来滚去的点心，汤圆的制作和用料也真的各有地

合成糖水

香港九龙九龙城龙岗道 9 号
电话：2383 3026
营业时间：12:30pm – 1:00am

每次到九龙城，为了避免吃饱了其他美味而忘了留肚给甜品，索性就先和老友共分一碗莲子红豆沙汤圆作为前菜！

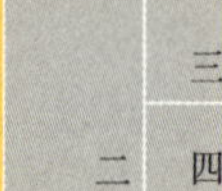

二、三、四
无论是用上姜汤、杏仁糊、核桃露还是红豆沙作为甜汤“载体”的汤圆，还有一个小惊喜就是咬下去不知是黑芝麻馅、豆沙馅还是花生馅，甚至是简单不过的用黄片糖粒做馅——其实咬下去对胃口对劲就是好汤圆。

方特色。元宵前夕台北街头首次看到北方的“打元宵”：一群餐馆伙计热热闹闹地把半干糖馅蘸水放在满是糯米粉的笸箩里，不断摇滚让糖馅沾上糯米粉成球，果然摇滚精神不死。这与南方熟悉的用湿粉包馅的做法完全不同。现在香港坊间糖水店吃到的分别以芝麻、花生以及豆沙做馅的汤圆，其实已经是淮扬版本，采用桂花酒酿做汤而不是用姜汤。传统粤式汤圆那种只用糯米粉皮包住一粒黄片糖然后放在姜汤里的简单质朴的乡下做法，似乎再没市场。

还记得小时候在家里饭厅餐桌上小心翼翼地把长长一片黄糖切成小粒准备做汤圆馅，途中并没有偷吃——因为知道待会儿咬开烫热汤圆的糯米粉皮，那流出来的已经融化的糖心才最浓最香。

葫芦馆

香港九龙观塘宜安街 2 号地下
电话：2172 7556
营业时间：12:00pm – 1:00am

用上够姜够辣的糖水做甜汤，葫芦馆的麻蓉汤圆不比这里的主打姜汁撞奶逊色。

五、六、七、八、九

上海风味的黑芝麻蓉汤圆早已南移成为香港汤圆日常口味，甚至取代了黄片糖做馅或者白芝麻蓉做馅的广东版本。小店手工自家制的汤圆胜在用暖水逐渐开好糯米粉团，然后搓至干湿度适中，使汤圆皮更见柔韧，再把炒好后磨细的芝麻蓉拌和砂糖，手工逐粒包成，不算复杂但都是心机功夫。

十、十一、十二

玉叶甜品的沅菁姐除了主打红、绿豆沙和芝麻糊，还有一招无馅汤圆——糖不甩，撒上椰丝、花生碎和砂糖，一口一个，不消一会儿全扫光。

冬日汤圆

独立电影导演、影评人张伟雄

跟张伟雄吃汤圆，汤圆有点烫，要稍待一会儿才能吃。

就趁这个空当，他说，先来谈一下碗仔翅——导演出招，果然有他的一种剪接调度法则。

碗仔翅（还有五花茶和菊花茶）是张伟雄母亲当年在石排湾村开档摆卖的全年供应的项目。少年时的他，还得不时帮忙到太白海鲜舫的厨房去收一些已经弄熟却又用剩的瘦肉头尾。走这一趟还好，但他最抗拒的工作却是乖乖坐好负责把瘦肉拆成丝成为碗仔翅的汤料。那半天的时间，好像一辈子——

汤圆凉了，张先生一咕噜连吃了三个，不错不错。然后他把话题转回从前在母亲档口里只在冬季出场的汤圆身上。当年家里有个石磨，小学生张伟雄下课后帮忙把浸透的糯米磨呀磨地磨成米浆，该是运动的一种。母亲用来做汤圆的馅不是现在流行的麻蓉或者豆沙，却是传统广东乡下更简单朴实的，只有一颗切粒的片糖。汤圆煮熟，片糖也融成糖浆，一口咬下去想象甘蔗前身，这种馅料的汤圆在坊间几乎绝迹，恐怕也没有几家会自己花功夫做汤圆了。

说起来张伟雄强烈地感觉到我们那一代香港人是活在一个自成立体大系统的小吃世界当中，甜的咸的、酸的辣的、冷的热的，各有性格、独立成事，档与档又连环紧扣互动，叫人不停口吃下去吃下去。相对于现在的平面陈列，用塑料袋密封包装，看似卫生但食欲已经减掉一半。

也许是从前吃了太多碗仔翅，现在已经不大吃了，至于汤圆这种最简单的手工艺食物，张伟雄记起当年除了捏出正常出街版本，还会跟妹妹一道捏出独立制作的童装小屁股版。

杨枝甘露是此地最凸显后现代精神、
最有后现代风格的创作。
当中有传统的变异，风格的撞击，文化的融合……

093

后现代糖水

杨枝甘露洒遍

世界文明史几千年，哲人学者来来去去提出十万八千种与天与地与人相关或不相关的理论和主义，也就是因为主义太多，往往叫一般路人如我，真的拿不定主意。到了最后也只能问心——说得感性一点是感知自己身体的需要，以决定晚餐之后接着下来要去吃的是芝麻糊、杏仁茶还是杨枝甘露。

我从来不是一个随口主义、满口理论的人，原因很简单，就是因为记性差（听说多吃核桃露可以补脑）。所以当我身边那一群学院教授友人和社会运动健将年复一年长篇大论，一本又一本地推出他们的《后殖民理论与香港文化身份认同》《后资本主义消费理论探索》等专著，并赠书一本希望我有空细读，我赶紧很用心、很认真、很努力地都一一读过，而且还在书页内文画线做笔记，觉得行文段落条理分明，字字珠玑很有道理——但问题是看完了也就忘记了，怎样也说不出人家研究的逻辑纲领和中心思想，不

利苑酒家

香港湾仔轩尼诗道 338 号北海中心 1 楼
电话：2892 0333
营业时间：11:30am - 3:00pm / 6:00pm - 11:30pm

以利苑酒家一贯对菜式出品的严格要求，小小甜品一道都绝不马虎，更何况是杨枝甘露本尊身份，从来是新旧顾客慕名必吃的名点。

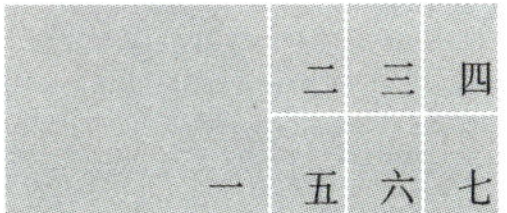

一　利苑酒家当年派驻新加坡的大厨帜哥，与一众厨师在厨房内经多番尝试改良，创制并把这款内有杧果肉、杧果汁、柚子肉、西米、椰汁或者花奶甚至杧果雪糕的甜品命名为杨枝甘露——甜品卖相好、口感好、味道出众是无可置疑的，但为什么叫作杨枝甘露就无人说得出一个“合理”解释，也许就是不必合理、不必拘泥守旧才是后现代饮食精神。

二、三、四、五、六、七　由杨枝甘露的始创单位利苑酒家的师傅亲手示范，叫这已经成为香港经典甜品的杨枝甘露多了一点透明度——先开好糖水，逐步加入从冰柜取出的西柚肉、杧果汁、杧果肉、植物脂肪奶、煮好的西米以及杧果雪糕，拌匀即成。看来步骤简单不过，只是经过几代的改良微调，选料和稠稀度都自有标准。

巧隔天碰上了著作者，只得笑吟吟请她去吃芝麻汤圆，拼进姜味浓辣的番薯糖水中也不错。

没法阐明任何一种主义、讲解任何一种理论的我本来还没问题，但有一回在一个演讲场合要谈后现代主义，就只得赶快请教我那位当年是幼儿园同班同学、现在是大学里年年当选最受欢迎教授的老友。老友无可置疑是高大英俊、以貌诱人，但想不到在学院里也训练出口甜舌滑的功架，一开口就说要请我去吃全城最好的杨枝甘露。

哪一家的杨枝甘露最好吃实在是见仁见智，但为什么要吃杨枝甘露他却有一套说法——在他的理论分析下，杨枝甘露是此地最凸显后现代精神、最有后现代风格的创作。据说由当年香港著名餐馆的师傅在新加坡发明创制的杨枝甘露，是一种混有杧果汁、杧果肉、柚子肉、椰汁或者花奶，再加上少许西米的有东南亚风味的甜品，回流香港后竟成流行大热，当中有传统的变异，风格的撞击，文化的融合……无一不是后现代主义的理论基础！

发记甜品

香港九龙旺角豉油街 27 号地下
电话：2332 8919
营业时间：12:30pm － 03:00am

新一代甜品店的一线跑手，如果要领飞跃新人奖也非此店莫属。

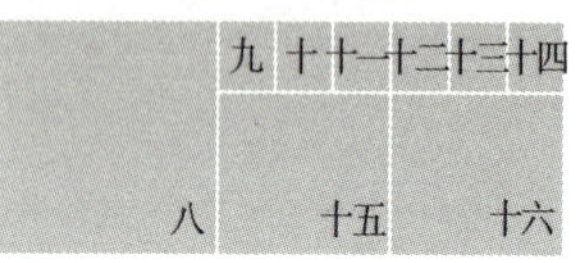

八　新一代甜品店深井发记，以不断改良创新的姿态，闯入市区越战越勇，除了每季都有新品推出，杨枝甘露亦是其金牌主打。

九、十、十一、十二、十三、十四
泰国金柚细心拆肉，厚切飞龙糖心杧果，很针对年轻顾客既要啖啖果肉而食味又不能太甜太浓的健康要求。

十五、十六
同样有东南亚风味的杧果西米捞和热卖首选榴梿飘香，用上泰国顶级金枕头榴梿打成汁底，吃出大块榴梿肉、西柚肉和西米。

对口单位

传媒人叶孝忠

因为曾经向发明当事人亲口求证，所以我敢向身边这位地地道道的新加坡人说，杨枝甘露这个广受大众接受欢迎的甜品，是本地著名餐馆的大厨们在新加坡分店驻守时灵机一动研制出来的。这个入口冰冻香甜的“冷知识”看来叫他有点惊讶，良久良久才自言自语：“唉，原来如此，难怪难怪——”

孝忠是我在香港认识的新加坡朋友。当年他在香港念书，也一天到晚在城里的各种文化活动场合出现——当中当然包括饮食文化活动。所以本来就爱吃能吃会吃的他，以过江龙般的敏感直觉，对在港九新界街头巷尾可以吃到什么好的，说不定比我们这些所谓“本地姜”还要清楚。

每次在不同的报章杂志看到孝忠写的文化旅游特稿，就叫我又羡又妒，这些年来他也真的是天南地北到处跑，还把家安在上海。可是走了这么多地方，究竟他的饮食习惯和口味有没有变化？

就以甜品来说，从小就喜欢杧果的他，一提起杧果简直声音提高八度然后眼睛发亮，所以很明白为什么他会把“许留山”的所有跟杧果有关的“捞”都吃过，有杧果汁、杧果肉，甚至杧果雪糕作为灵魂的杨枝甘露当然也欣然接受。可是他对广式甜点如芝麻糊、核桃糊、马蹄露却是兴趣不大，更认为上海没有甜品，顶多只有那些在甜汤中浮浮沉沉的桂花酒酿丸子。

可见这位其实很开放拥抱新生事物的朋友，还是离不开从小吃到大的东南亚口味的甜品——还未等我开口问，孝忠就以新加坡特派饮食大使的口吻向我推介一种要用福建话发音的“清汤”。那是一种内有桂圆、银耳、白果的可冷可热的糖水，然后当然有加了榴梿肉的珍多冰，有七色八彩的娘惹糕点，有潮汕传统的芋泥……我对疯狂爱吃的朋友常常都特有好感，也庆幸有杨枝甘露作为星港交流的对口单位。

吕仔记

香港筲箕湾东大街 121 号 A 地铺
电话：2885 8590
营业时间：2:00pm – 12:00am

香港人不怕晨昏颠倒，最在意是否多选择。咸甜冷热，随叫随到。吕仔记以小小店铺做到几乎十项全能，其杨枝甘露竟也出乎意料的料足鲜甜。

含极高蔗糖、果糖、葡萄糖量的蔗汁
极易被人体吸收且释放出高热量，
其实是现在外来的所谓能量饮品的本地先行者。

— 很难想象那个手执削好皮的光脱脱甘蔗开口狠嚼的情景会再出现再流行，就是能够喝上一杯真材实料鲜榨蔗汁，在这个走得太快的都市里竟都机会无多——其实能够让我们好好存活在这个恶劣环境中，不正正需要蔗汁这类高能量饮品吗？

094 时光鲜榨

蔗汁正能量

身为“六零后”，但那个“凉茶、马尾、飞机头”的蔗汁铺的老好年代，于我还是有点模糊陌生。

所以我的焦点还是落在那杯蔗汁。鲜榨蔗汁，那一种清、甜、润，完全独一无二，为这几个字、这些感觉下了绝佳定义，而杯中那种带绿的稠黄，也只能用“蔗汁色”来形容。

忘了有回在哪里喝了一杯该是放久了的蔗汁，一入口有一股变酸了的怪味好恶心，赶忙吐掉之后决定今后只喝亲眼看着鲜榨的蔗汁，最好还是看着老伙计们这边削好了甘蔗那边就放进那擦得银光闪闪的不锈钢半自动榨汁机——这一台机器从一而终、日复一日地只执行同样的一个任务，叫人想到“专一”这两个大字。

因为执着追求新鲜，就对那些把蔗汁冰冻后放在售卖机的透明塑料盆中像喷泉一样循环流动的做法很有保留，尤其那些久经岁月摧残已经泛黄发白的塑料盆，实在不及同样在店内几十年都依然亮丽的七彩纸皮石、细花地砖以及水磨石柜台。虽然是同样老去，有的会疲态毕露，有的会优雅从容；有的容易更新替代，有的确实买少见少。

公利真料竹蔗水

香港中环荷李活道 60 号地下
电话：2544 3571
营业时间：11:00am - 11:00pm

港九新界仅存的还算完整的一家蔗汁店，每日新鲜现榨的蔗汁得现买现喝，与坊间用热水桶泡蔗、榨出的蔗汁版本截然不同。

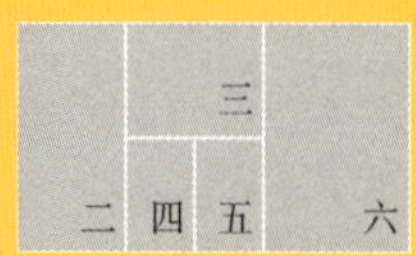

二、三、四、五、六

从姑丈手中接过这老牌蔗汁店，店主崔先生每日就勤恳操劳地削蔗、蒸蔗、榨蔗汁，崔太太负责在店堂招呼客人。榨汁原料一般用上绿油油的玉蔗，如果有黑得发紫的黑蔗就会更甜更香——

一 无论喝的是纯度百分之百的鲜榨蔗汁，还是加入茅根、红萝卜和马蹄煲饮的竹蔗水，其实都有资格取代那贪一时之快的汽水。夏天的冰冻清凉版本，冬日的烫手甜润版本，咕噜喝下了“消痰止咳”“甘凉清热”“润肠解酒”等天然功效，本身就是甜美（制糖）原材料的竹蔗，无添加的最佳典范。

以前在家里夏天常能喝到竹蔗马蹄水、竹蔗红萝卜水，偶尔不怕寒凉还会下点茅根，但这都是清淡消暑版本，不及鲜榨蔗汁有种精华所在的厉害感觉。走进大街小巷分别喝过用紫红皮甘蔗、新界青皮竹蔗、江门黄皮腊蔗，甚至是过年时才当造的水田黑皮蔗榨成的蔗汁，有在夏天喝的冰冻一杯透心凉，有在天寒地冻中喝的热腾腾一杯暖入心，甜味稍稍有别但总算真材实料。蔗汁从二十世纪六十年代一毫一杯到如今五元一杯，咕噜一杯喝完，对于比较懒于洗蔗削皮嚼蔗而且惊觉牙力大不如前的我，竟有一种充实满足的快感——说来也是，含极高蔗糖、果糖、葡萄糖量的蔗汁极易被人体吸收且释放出高热量，其实是现在外来的所谓能量饮品的本地先行者。

在一众老牌蔗汁铺悄悄关门歇业，传统凉茶铺纷纷重组转营推出瓶装、罐装系列而大量生产的今时今日，蔗汁恐怕是唯一不能被“包装”推广的，即使入瓶，也是蔗汁店自家手工入瓶，必须一天内喝光的，不然很快就变质——

赏味时限就在眼前，鲜榨现喝就是好，这么简单、直接。

香港铜锣湾时代广场侧

坊间一般货色，只能喝喝看。做个比较，就会知道为什么珍惜、保留老店是如此重要，绝对不是因为怀旧。

七
八 九 十 十一

七　铺内大幅牌匾上工整书写“兹将种竹蔗经验及研究熬蔗水过程略述”，还有“竹蔗栽培鉴别法”，由前代专家主人一字一句地训导众生。

八、九、十、十一
为了这一墙又一墙无可替代的纸皮石纹样、手绘宣传海报、绝版老家具……专程来一趟好好坐下喝一杯蔗汁绝对超值。

清纯能量

舞蹈家 杨惠美

认识舞台上和舞台下的惠美——作为本地舞蹈剧场组合“双妹唛”中的一员，她和拍档时而变身武功高强的女侠，时而变身风骚鬼马的女工，一举手一投足看似轻松，其实都需要长期刻苦严格地练习，不只是出位的姿势动作，还有多元的观点眼界。

所以经常都很好奇这些舞者吃什么喝什么，才能保持如此矫健美好的身段和清晰灵敏的思路。追问之下，惠美透露了一点，嘿，是鲜榨蔗汁。

当然不是把蔗汁从早到晚当开水喝，但这既清醇又浓缩的饮料，早在现时坊间充斥的一堆罐装、袋装的运动后补充体能的运动饮料（power drink）面世之前，已经是不折不扣的健康能量饮品。惠美小时候住在深水埗元洲街村，每逢暑假都会跟兄姐到邻近的李郑屋泳池游泳。一轮又一轮的飞鱼转身后，回家路上在沿途的简陋小食档中，一定会吃车仔面，喝鲜榨椰汁和蔗汁。单单看着那个神奇的机械把竹蔗吞进去吐出来，那一端涓滴分明就是清甜可口的蔗汁，喝过了也就补充了运动消耗，又可以继续那漫漫长夏的其他快乐玩意儿。

蔗汁是首选，但惠美也还记得那退而求其次的袋装即溶竹蔗茅根晶和菊花晶，都在当年元洲街上的中建国货有售。这些重叠累积的回忆不必封存，都鲜活地渗透出现在惠美和拍档的舞蹈创作里。舞吧舞吧舞吧，关于滋味，关于能量，关于香港。

二十世纪五六十年代风光一时的凉茶铺、蔗汁铺。
几经起落，式微者有，转营者有：
有坚持复古怀旧装修的，
也有脱胎换骨成为现今健康养生饮食潮流领航的。

095 凉茶大热

民族真感情

从来对中医中药有真感情，因为身体实在受不了西药吃下去那种猛拳一挥的打压作用，病不知是否好了，人却是散得失魂落魄的。虽说看中医服中药似乎要更不怕苦、更有耐性，那种慢慢回归正轨的自我感觉还是十分良好的，即使搬出十分民族本位主义的中国人当然要看中医的说法，我也得笑着点头同意。

中医药理之博大精深，各家各派各自诠释演绎，长久以来因此蒙上层层神秘面纱。看病时中医亦难三言两语说个明白，简单如“风”“寒”“暑”“湿”“燥”“热”这些概念，常常也只是勉强意会，更何况什么阴衰、阳盛、肾损等判断。近年买来《思考中医》《走近中医》以至《图解黄帝内经》等书，也只能慢慢入门细看，得花上好些心神去记忆理解，胆敢一口气喝下那一碗黑墨墨的苦茶，也只是凭个“信”字。

相对那些配方复杂的药剂，我们平日在街头巷尾、地铁沿线甚至超市货架上接触到的碗盛

春回堂药行

香港中环阁麟街 8 号地下
电话：2544 3518
营业时间：8:45am - 8:00pm

百年老店春回堂，初期以回春斋为名在中环阁麟街开铺，已经是凉茶铺和中药行的结合版，临街热卖廿四味、银菊露，一苦一甜，忽而百年。

一 如果不是广东省有关单位煞有介事地把凉茶“封”为食品文化遗产，而当中三十三个凉茶配方及专用术语更得到国家文物保护法及联合国《保护非物质文化遗产公约》的保护，我们这群从小生长在潮湿闷热的南方的坊众，也不会回头多看两眼这从来就在身边也应该不会完全消失的凉茶。无论用白瓷碗装还是用花花纸杯装，无论是五花茶还是廿四味，走过路过，心血来潮还是会喝上一口。

二、三 旧区街头巷尾还是会有街坊老店，当中有打正旗号只售凉茶，也有如中环百年老字号春回堂药行，既卖凉茶也有中医驻诊和煎药服务，午饭时间和傍晚分外拥挤，大抵是中环上班一族格外心烦气躁，特别需要降火。

和瓶装的凉茶，就温和轻巧方便多了。无论是苦口的廿四味、甘甜的五花茶、茅根竹蔗水、鸡骨草茶、夏枯草茶、桑寄生茶，都是各有功效的日常健康饮料。身处岭南地区，面对长期暑滞湿热的气候环境，喉咙痛、感冒以至便秘是经常性小毛病，一般人会笼统地把这归为中了热毒，而带凉性的草药，就正好配成针对不同症状的“凉”茶。不同年龄体质的人在大致了解自己身体的属性后，都可以安心饮用这些清热的凉茶。

二十世纪五六十年代风光一时的凉茶铺、蔗汁铺，一度也是当年“潮人”集合处，几经起落，式微者有，转营者有：有坚持复古怀旧装修的，也有脱胎换骨成为现今健康养生饮食潮流领航的。最近在粤港澳三地政府的努力争取下，国务院已批准把凉茶列为五百一十八种“国家级非物质文化遗产”中的一种。虽然分明有枝有叶、十分物质的草药为什么会变成“非物质”我不太清楚，但至少我们继承了这笔遗产，就该把凉茶发扬光大——首先要做的当然要跑到凉茶铺饮一杯贺一贺，同时表明往后日子不离不弃，保持一片忠心。在喝下一口甘甜之际，也期待奶茶、鸳鸯、蛋挞、菠萝包以至新派点心可以接着成为中西文化结合“遗产”，将民间饮食智慧传承发展，馋嘴如你我都有责。

— 凉茶曾经被老香港人叫作“寡佬茶”，皆因二十世纪二十年代开始，很多单身男子从内地到香港谋生，孤家寡人即使生病看医生也难有时间，更没有家人帮忙煎药，所以最方便的就是走到凉茶铺喝碗凉茶清清热、解解毒。

— 所谓“廿四味”，各家凉茶铺自有独门配方，用料从十多味到廿七八味不等，常用的主要材料有苦梅根、相思藤、水翁花、布渣叶、救必应、黄牛茶和鸭脚木，是一种多功能的民间疗病配方保健饮品。相对廿四味的苦，五花茶就易入口得多。用上金银花、野菊花、鸡蛋花、木棉花、南豆花或水翁花，加入冰糖煲好，便是清热解毒的五花茶。

义香豆品店

香港九龙九龙城衙前塱道 74 号地下
电话：2382 5006
营业时间：11:00am - 6:00pm

义香主打豆品，但汤汤水水也认真制作，绝不欺场。女当家彩凤姐那天送上一杯崩大碗，我乖乖一口气喝光。

		八	
		九	十
四	五		
六	七		

四、五

自小被家里老人家禁止我随便饮用的崩大碗（青草茶），据说是太“寒凉”不适合小朋友，而且当年贩卖崩大碗的摊贩都用金属脸盆或者玻璃圆筒茶缸盛载，实在有欠卫生。现在碰上坊间鲜有出售的崩大碗，倒是大胆地一饮而尽，让那浓烈的鲜草气味冲击五脏六腑。

六、七

用上野葛菜、罗汉果、龙利叶、蜜枣、陈皮等材料煲上十多个小时的葛菜水，下火排毒，店堂中现买站着热饮，老板还建议下少许盐调匀，咕噜喝下，效果更好。

八、九、十

逐步注重店堂装潢形象的凉茶店会以药罐药瓶做装饰，也会把传统的贩卖器皿定时洗涤干净确保卫生。火麻仁、银菊露、夏桑菊清楚了然。好了，是来碗廿四味的时候了。

忆苦思甜

作家 蔡珠儿

本来说好要跟珠儿喝一碗廿四味，但其实我也不怎么可以“顶得顺”那种苦，还是齐齐转向喝一杯清甜易入口的五花茶好了。

珠儿是我认识的台湾同胞里最肯讲广东话的一位，这绝对跟她的积极好学和经常要到街市买菜，要到酒楼餐馆以至大排档点菜，跟仅存的凉茶铺的阿伯聊天“打牙骹”有关。珠儿笔下的香港饮食以及有关生活文化的种种，其观察入微精准到肉，足以叫我们这些自问在这里混大的家伙汗颜。说不定她在上环凉茶铺喝过的那一碗“温热微烫，茶色幽深浓黑如千年古井”，喝下去“全身麻涩如雷轰电殛，苦得泪花都迸出来”的，就是一碗叫人一下子通透清楚了解香港之所以为香港的苦尽甘来的奇方妙药吧。

珠儿没有把自己只当作一个路过的，她是扎扎实实地在香港住下来。尤其初来时候在一个炎夏，顶着头上花白毒辣太阳喝过那碗被视作“救命水”的廿四味后，“脑中混沌的白翳渐渐消散，眼前霍然清亮起来，三魂七魄又慢悠悠齐全归位”，她就更热衷于研究广东凉茶苦药如何自成一个“南药”的系统，如何成为最基层的民俗医疗，如何以那先苦后甜的警世恒言再三地训导全香港七百多万人——当然不是人人尽得苦茶真谛，一味迷信西方医药的依旧大有人在。

也就是在这个处处充满矛盾冲突、衰微折堕一边、同时虚火上升的今时今日，我更有幸身边有思路清晰灵敏如珠儿，可以一边跟我们纵横来往，忆苦思甜。

三不卖

香港湾仔庄士敦道226号地铺
营业时间：12:00pm – 9:30pm（周日休息）

就当喝家里老人家煲的老火汤，三不卖店里竟挤满来喝葛菜水的年轻人！真叫人兴奋。

一

即使抄下一堆厉害药名也肯定不会把秘方偷去自制的龟苓膏——北芪、鳖甲、土茯苓、生地、浙贝、金银菊、鸡骨草、牛蒡子、百花蛇舌草、钻心、白术、云苓、川皂薢、蒲公英……反正就是用上又煮又隔渣、又熬又搅动、再熬再煮的方法，得出黑如墨、稠如胶的物体，店家还刻意唤作龟苓胶，颇有乱世用重药的意味。

老外朋友初到香港，
听人说过有种“好吃”的东西叫“herbal jelly”，
我出言“恐吓”这位十分热衷文化交流的纽约客，
直问他究竟知不知道这里头其实有金钱龟——

096 甘苦与共

排毒龟苓膏

如果告诉你，吃龟苓膏的时候不应加白砂糖或者蜜糖水，而要加点盐，你还会吃这样的咸苦吗？

实际上根据老行尊指导，正宗的龟苓膏吃法，是应该加进一点盐以作为药引，据说盐能入肾，龟苓膏的清热焗湿解毒的药性就能得到进一步发挥。而加入糖，虽然令这黑黑稠稠的膏状物能够较易入口，但却较容易惹痰，得不偿失。

长居纽约的老外朋友当年初到香港，不知从哪里听人说过有种“好吃”的东西叫“herbal jelly”，他第一时间要求我带他去吃，我左思右想也不能确定他说的该是蔗汁糕、芝麻糊还是凉粉。唔，凉粉真的就是“herbal jelly”，但龟苓膏也受之无愧。只是认真说来龟苓膏就不只草本材料如土茯苓、半枝莲以及鸡骨草、蛇舌草、甘草等，因为主角是金钱龟，其正式英文称呼恐怕该是“turtle jelly”。

兰苑饍馆

香港九龙西洋菜北街集贤楼地铺（港铁太子站A出口）
电话：2397 7788
营业时间：12:00pm – 10:30pm

“吃得苦中苦，方为人上人。”就凭这一金句，苦就有了江湖地位，苦就得到合理对待，也叫龟苓胶专门店门庭若市地出入着急需解毒排毒的众生。

二、三、四
瓶瓶罐罐的药材、药散、药丸，加上大字海报载明疗效，走进兰苑的店堂，整个氛围都会让你觉得该坐下来遵从古法，加盐服食面前这碗苦尽希望甘来的东西，一边吃一边念念龟苓胶功效顺口溜：专治四时感冒、虚火上升、烟酒过多、肠胃不适、大便不通、小便刺痛、疮痧血热、喉痛口臭、雀斑暗疮、皮肤烂肉……

一 产地遍及广东、广西、福建、海南、香港，又名三线闭壳龟的金钱龟，以其滋阴解毒的药用价值，成为熬制龟苓膏的重要材料，在市场上甚具经济效益。正因如此，野生金钱龟长期被商人以及市民滥捕。在郊野放置铁线钢笼，内放咸鱼以气味吸引金钱龟入笼，此法捕龟导致金钱龟濒临绝种。政府渔护署已经立法规管，商人领有合法牌照才能出售金钱龟，出售时更要把牌照转到购买者名下，但甚少店家乖乖遵守此例。

不知怎的一时间也想不起附近有什么甜品店可以吃到凉粉冰之类的，龟苓膏专门店倒真的有一家。带他进店的时候还故意谈天说地大动作，不让他看到那整齐排列在那个金光灿灿的大铜炉旁边的龟板。点了主角龟苓膏，眼看他糖水也不下地热腾腾一匙就进口，表情开始变化——厉害的他竟然对这黑果冻十分享受，举起拇指大赞，还三扒两拨地吃完一碗，伸手再多叫一碗。

其实我从来不知道龟苓膏究竟可不可以接连吃两碗，毕竟这也算是药，我因此出言“恐吓”这位十分热衷文化交流的纽约客，直问他究竟知不知道这里头其实有金钱龟——“金钱龟？果然真材实料，这么名贵，”他说，“我还以为只是普通的龟呢，怎么卖得这么便宜？”

自此每当我碰上什么难分难解的中国文化大道理大学问，我都第一时间请教这位其实普通话比我说得还好的老外朋友。

恭和堂

香港铜锣湾波斯富街 87 号地下
电话：2576 1001
营业时间：10:30am – 11:45pm

先来一碗龟苓膏，再喝一杯雪梨水，每隔一些时日，自觉累积了这样那样的毒，就会乖乖地来这里自疗一下。

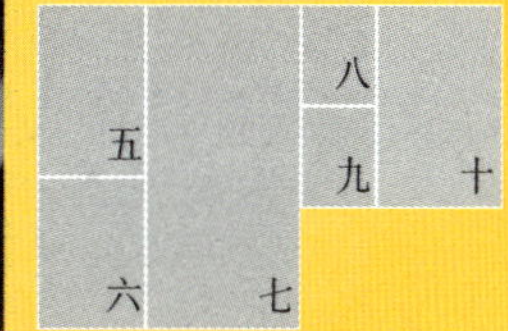

五、六
手打黄铜呈鼎炉状、葫芦状的特大道具像两大护法一样镇守店堂，更有龟状装饰爬墙，祖宗官服画像亮相……恭和堂的格局叫人仿佛回到一个有掌风、有飞剑的武侠时代：师妹中了毒，师兄要找解药，疯了似的在江湖中访寻名医圣药，终于觅得坚持古法秘方，用上野生金钱龟龟板的清廷太医后人——

七
半透明、深棕色的一碗龟苓膏，入口既韧且滑，甘而不苦。传统吃食当然要趁热，但为了开拓年轻人的市场，也有冻食小妥协。

八、九、十
同样是黝黑暗棕颜色，同样爽滑弹牙，没有什么药性包袱的凉粉（仙草冻），用上四十厘米左右的草本植物凉粉草，采收晒干后熬煮成浆，过滤后把原汁加入太白粉冷冻凝结就成凉粉。作为夏日清凉甜品，加入糖水、花奶以至杧果或杂果，变化多端。

公子清热

营业及事务董事 赵公辉

好些年前认识赵公辉（Robert）的那一天，我一时冲动地把一个刚买来的海绵熊玩偶送给他作为见面礼。那是一只一手攥下去会揉作一团，然后又缓缓弹开回复肥肥胖胖可爱原貌的过瘾熊——这是我对这位新相识朋友的第一印象。

温文体贴，有礼有学养，像他这样的低调贵公子已经是人间罕有。想不到好些年后他一边吃着龟苓膏，一边跟我吐露他十三四岁的时候人所共知的秘密：少年的他曾经一脸暗疮，喝过外头煎煮的什么凉茶苦药也没有功效，家里老用人就决定自制龟苓膏拯救少主人。Robert还清楚记得老用人跟他一起去当年的大华国货买了一只在笼中养着的正货金钱龟，也准备了以土茯苓为首的一大堆药材，回到家里以大锅烧开水，然后把龟冲洗好后放进去游弋，然后盖好，然后老用人把龟取肉剥皮去甲除内脏，此时Robert已经跑掉了不敢细看。反正再出场时，一碗啡啡紫紫、稠稠浓浓的自家制龟苓膏已经热腾腾地放在跟前，喝过一回之后没什么效果，然后又再喝了一回。忽然一天醒来发觉满脸都长满够讨厌难看的痘痘，看来热毒就此被强迫清算了出来，安心消散以后就再也没有暗疮烦恼了。

Robert笑着说，经此一役仿如成人礼，从此就青春不再了，我当然不同意他这么谦虚的说法：清了热的公子其实永远青春。

合成糖水

香港九龙九龙城龙岗道9号
电话：2383 3026
营业时间：12:30pm – 1:00am

从一勺糖水拌进粗切的凉粉捧起就吃，到今日又配西米又配鲜果又加花奶，凉粉还是凉粉，还是小朋友们对黑色而且甘苦食物的启蒙。

097 药到病除

中医奇异恩典

嘴馋缘故，经常跑回儿时旧居所在老区深水埗去光顾街坊餐馆。穿插于那些整体外貌百变的街巷间，偶然碰上有三两家店铺从装潢到营运仍然数十年如一日，真的惊讶也来不及。

硕果仅存、散落街头巷尾的一家豆品店、一家唐饼店、一家跌打医局、一家菜种行、一家草药店，旧居附近就是找不出一家字号够老的有中医驻诊的药材铺。当年住在钦州街与长沙湾道交界的十二层高的“新”厦十楼H座，从后窗望下去是一整列两三层高的“旧”唐楼，清早上学在长沙湾道上这些唐楼的骑楼底下等校车，那些面街营业的相连店铺中就有一家杂货铺、一家唐饼铺、一家药材铺……

平日头晕身热，老管家瑞婆就会掏出一张皱皱的也不知是什么家传秘方的药单，要

余仁生

香港上环德辅道中268号岑氏商业大厦地下
电话：2544 3870
营业时间：9:00am – 7:30pm

从打算盘算账、用秤量药的传统营运方法逐步走入电脑化、科学化和现代化管理，余仁生是本地老牌药业中积极革新形象扩展版图开分店的成功转营例子，卖的当然不只白凤丸。

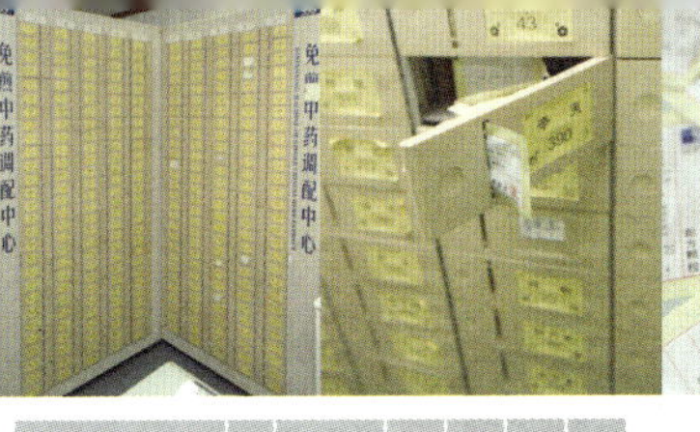

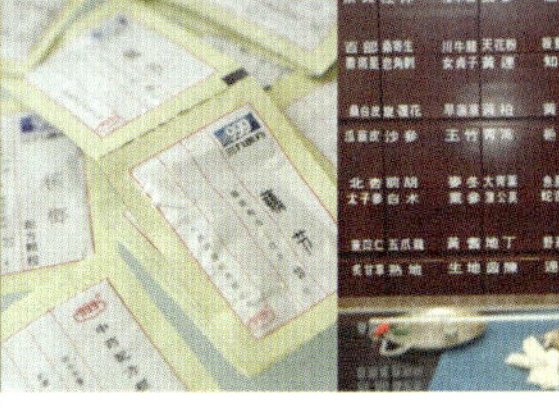

一、二、三、四、五、六、七、八、九

一　百子药柜开开合合，叫百年老药铺春回堂弥漫一室复杂香气。草本的、动物的、介壳的、矿物的，前身分别经过筛选、切割、蒸晒、提炼等种种处理，再来已经是各有千秋的药。配搭方剂汤头时遵守“君、臣、佐、使”的调和原则，既突出重点又协调统一地组成治病大军，目的是药到病除。

二、三、四
手法熟练、记性奇佳的抓药师傅有如纪律部队，在店堂的吆喝嘈杂声中依然气定神闲配好一剂又一剂正药。记账记事的老本子、传统量重道具都叫来人好奇打量凝视，希望从中读到中医中药博大精深的片段因由。

五　一般人要花多少时间才能辨别出一剂药里什么是什么？

六、七、八
新一代的免煎中药有新型编号的百子柜，拉开来方便搭配使用。

九　常常想问身边念中医的朋友，要花上多少精神和时间才能背诵好并记住平日常用的中药名字及功效。

我到楼下去“执”几包中药煎服。日子有功，药单实在太疲劳、太破烂。有天我决定重新抄一次，也从此记下了栀子、连翘、黄芩、蝉蜕、白芍、地骨皮、防风、蔓荆子等完全在六岁小孩认知范围外的高深莫测的名字。正如中学时代有两三年课外活动跟着老中医上山采药认识的火炭母、山稔、金狗脊、铁线草、鸭脚木，都不是课堂内的知识，更不晓得终有一天原来会跟这些草药这么接近。

近十年有什么病痛我都再没有看西医吃西药了，倒是完全地安心地依靠中医，无论是开方煎药、针灸拔罐、跌打推拿，以至气功治疗，几乎一一试过。不要误会我有什么恶疾缠身，来来去去都是因为贪吃贪玩积压劳累，内外整体休息不够，常常要中医严厉提点、细心调理。先后看过的好些中医，奇妙地都讲缘分，老一辈的新一派的又有不同的沟通互动，就像交朋友。

偶然经过上环、西环老区一带的中药批发集散地，一街飘满药材混杂的香气，仿佛用力多闻几下就会药到病除——老区之所以老，也许就有居民都长命百岁的意思吧。当然，现在常去的中医大学诊所在中环闹市商厦十楼，每回地下大堂电梯门一打开，就传来十楼煎药的香气，又是新时代的一种奇异恩典。

春回堂药行

香港中环阁麟街 8 号地下
电话：2544 3518
营业时间：8:45am - 8:00pm

中医驻诊，代客煎药，百年老铺向顾客提供的是最直接、最贴心的服务。

十四 十五 十六
十一
十二
十 十三

十、十一、十二、十三
一边闲话家常一边治病疗伤，深水埗老区仅存的跌打老药局梁财信，曾几何时叱咤风云。走进天花板都已经剥落的店堂，只见桩桩件件还是齐整妥放，这边是记录历年经营生产的发黄照片连注解，那端墙上是执业证书、手画手绘治理图解，当然还有病人的感谢牌匾——

十四、十五
依然生产的日牌梁财信跌打药酒，加上贴纸斑驳的药瓶药罐，历史原来不在博物馆中。

十六 传统街市中偶然还发现有贩售生鲜草药的小铺，半边莲、蛇舌草、野葛菜、田灌草等野生药用草本植物，恐怕再过些年月就会退隐到一个更不起眼的位置。

信望闻问切

摄影师 刘清平

需要走近，才能思考。清平和我各自买来的近年有口皆碑亦引发种种论争的内地中医学者的著作《走近中医》和《思考中医》，翻得纸边都毛了花了，但其实还未看完，也未看懂。

感觉上是近了，可惜还未能进去思考。努力记住一堆“望、闻、问、切”“风、寒、湿、燥、火”“君、臣、佐、使”等中医相关概念，还未敢碰那些诗意得厉害的药名和穴位名。翻翻书大致对中医治病的基本方法有了初步认识，然后也只能把接下来的三五七时身体变化状况交由信任的中医师处理了。幸运的或者就碰上一个学识渊博、思路清晰且有创新观点的中医，年龄说不定比我们还小，行为举动更活泼。

清平不怕苦，廿四味对他来说真的没什么，比较怕的是喝苦茶喝到碗底的溶不掉的贝粉沙石结晶，口感突变怪怪的。也许是人到了一定年纪，忽然对老祖宗累积几千年的踏实知识有了一种由衷的折服，更忽然觉察到从来好像有凭有据的西方医学理论和实践就像一个小孩用自己的逻辑方法去挑战一个长者的言行举止，无甚意义。所以清平也忘了从什么时候开始，已经不再光顾西医，连外服丸状维生素也敬而远之，有事没事，信的都是中医。

“也就是因为这个信字，”我跟他说，“我们也就走回一条不归路了，但至少我们都愿意回归，希望回归到一个可以聆听、可以观望自己身体变化的可以自主的状态。”

日牌梁财信跌打医药局

香港九龙深水埗桂林街 38 号 D 地下（地铁 C2 出口）
电话：2386 6097
营业时间：8:00am – 8:00pm

不一定要有什么跌打损伤，
路过也不妨驻足细看一下这管叫时光倒流的老医局。

材料简单、干净利落的光酥饼又便宜又正气，
所以成为家中的官方指定饼食，
早午晚无时无刻厅房全方位无处不在。

098 几乎神圣

正气光酥饼

不敢说光酥饼是儿时最爱的饼食，从来“崇洋媚外”的我最爱的恐怕是蓝罐牛油曲奇（特别是有葡萄干的那一块），只是在那个并不富裕的二十世纪六七十年代，家里老管家认定材料简单、干净利落的光酥饼又便宜又正气，所以成为家中的官方指定饼食，早午晚无时无刻厅房全方位无处不在。

谈起光酥饼，不像其他同等级的广东家乡糕饼那么丰富多变：茶果和糯米糍可以有红豆、绿豆、眉豆、花生、椰蓉等馅料，老婆饼会有冬瓜蓉，鸡仔饼会有冰肉和南乳，即使是钵仔糕、核桃酥都有鲜明性格和独特卖相。光酥饼可说是什么都没有：面粉、鸡蛋、糖、猪油或者植物油，加上水，以及些许发酵用的俗称臭粉，如此而已，看来一点也不吸引人。

卓越食品饼店

香港西营盘皇后大道西 183 号地下
电话：2540 0858
营业时间：8:00am － 7:00pm

一转眼就经营了三十年的街坊唐饼铺，落叶归根搬到现址已经十数年。对于老板岑师傅和新一代传人杰哥，复杂如金华火腿月饼、五仁月饼都应付自如，光酥饼和烧饼类简直就是手到擒来。

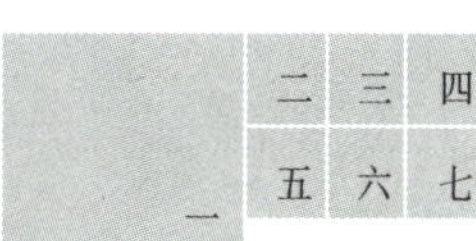

一　时下饼食选择多了，倒也不甚重视曾几何时的单纯口味。要鼓励重拾味道记忆，可会来一趟中日韩以及欧美选手斗多、斗快、斗狠吃光酥饼大赛？偏要看看他们一口光酥如何是好——

二、三、四、五、六、七
发好的粉团加入俗称臭粉的膨胀剂，令烘焙成品更松软，但在烘焙前要有足够时间让臭粉自行挥发，以免残留苦涩异味。卓越饼店的年轻传人当然从来毫不马虎，留神留意保证出炉光酥饼都甘香松化。

据说光酥饼是从传统的西樵大饼演变来的。大饼之大，夸张的有二斤重，一般也有半斤，发展至光酥饼的一两半两已经是迷你版年代。当地官山墟的一间饼家，用西樵山清泉水混合所需材料，做出香甜松软的大饼，曾经畅销省港各地。未有机会亲尝这个古远版本，却很好奇当年的西樵大饼是否也像光酥饼一般“干”，一啖下去把口水都收干，难于发声启齿，甚至开口把饼屑干粉喷得一地……这等尴尬，竟也是儿时玩无可玩的促狭玩意儿。

如果套用流行说法“简单就是美”，光酥饼的美应该是当之无愧的。一位制饼老师傅告诉我，为什么坊间有些光酥饼吃来会有些微苦涩怪味？就是在放了发酵用的臭粉后没有花足够时间让臭粉自行消散，匆匆做饼烘焙就会留有怪味——这里头原来也有微妙的时间关键，又一次证明简单如此的饼食也得讲究唯一的细节。

一　又是一个匆匆忙忙、临时上马的传说故事。话说明朝正德年间，广东南海人方献夫任职吏部期间，早晨四更起床准备用过早点上朝，但厨子起床晚了来不及做点心，方献夫急中生智，叫厨子用案板上发酵好的面团加上鸡蛋和糖，揉匀做成大饼放在炉上烤好，匆匆用布包好就出门。故事发展下去自然就是朝中同僚都分得这松软甘香的大饼一尝，方献夫也就随口把这私家自制饼食叫作西樵大饼。后来他辞官回乡在西樵山设石泉书院讲学十年，也就将制饼方法传授于乡民——白面粉、白糖、鸡蛋、猪油加上西樵山的清冽泉水，当地的西樵大饼当然更加出色。

顺香园饼家

香港新界沙田火炭山尾街23 – 28号宇宙工业中心4楼B座（工场）
电话：2605 6181
营业时间：9:00am – 5:30pm

工场式经营却绝不马虎粗糙，光酥饼有原装和迷你装。贪心的我问师傅可否复刻相传中重达二斤的西樵大饼，他一味傻笑转身埋头搓粉……

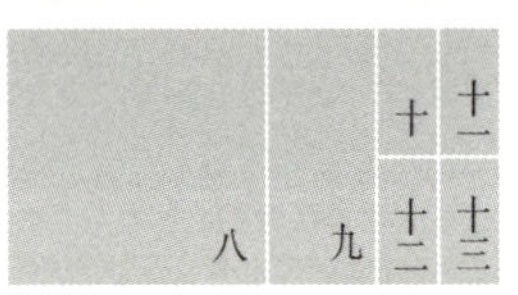

八　一口酥软清香的同时又贪心滑糯甜美，直接叫作烧饼的饼食个子小小，一口一个，难怪长年都有街坊捧场热卖。

九、十、十一、十二、十三
绝对称得上又快又好的烧饼，制作步骤简单。糯米粉加开水揉匀后放入少量豆沙馅料，在烘盘上用手压平便可进炉，二十分钟左右新鲜出炉，满足早就排队等吃的嘴馋顾客。

生命饼屑

舞者、剧场演员 黄大徽

带了几个光酥饼去见老友大徽，傍晚的公园广场里竟然很拥挤。上一回见他是穿着古装扮演海瑞在台上声嘶力竭。从万历十五年纵身一跳跳到二〇〇六年，演员、观众、路人都得重调焦距找落脚那一点。

说好要谈谈他要吃的光酥饼，大徽却抢先道出他已经进行了半年的觅食计划——寻找全港最美味的牛角包和切片核桃蛋糕，他的私人档案正在不断添加更新，目的在于让自己及好友在十八区行走的时候，可以更准确地做出选择。

然后我们谈到坚持自家工厂每天现做的鱼蛋、鱼片，谈到水准看来很稳定的集团式经营的餐馆，一旦过分的稳定、统一标准其实也是问题症结所在：没有个性、没有季节、没有变化、没有余韵，我再多加一句，没有过程、没有故事。

不知怎的我们还是没有谈到光酥饼。大徽说他平日自己一个人吃得很随便，也因为身边实在有太多吃得刁钻的人，同桌吃饭要考虑太多复杂平衡关系，比较麻烦，倒是一个人不经意地闯进有心店家会有难得的惊喜。

然后大徽说，其实他从来没有特别喜欢过光酥饼，当然也不抗拒。提起光酥饼，他马上想起离世不久的父亲。在大徽小学一二年级的放学时分，父亲有时会开着小房车来接他，挡风玻璃窗后就有几个特别给他买的光酥饼。

曾经显贵也曾经破落，大徽长时间没有跟经历了大起大落的父亲住在一起，所以之间的交流沟通很有限，明显有一个无可填补的空洞。说回来也就是时间差，父子两人等到不可再遇的那一刻，知死然后知生。

大徽说这几个光酥饼实在太干，喝了买来的矿泉水也于事无补，我们再谈了一会儿，起身离去时拍拍散落在身上的饼屑。

奇趣饼家

香港九龙旺角花园街 135 号地下
电话：2394 1727
营业时间：8:00am – 8:00pm

老饼不老，因为灯火火猛的店堂中男女老幼出出入入，人气鼎沸旺盛，就是此处饼食又新鲜又便宜又好味的信心保证。

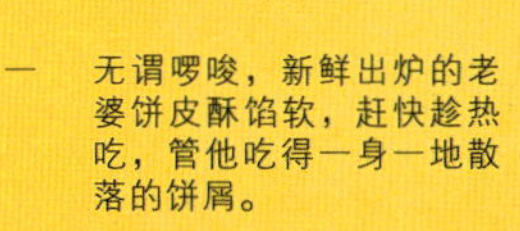

— 无谓啰唆，新鲜出炉的老婆饼皮酥馅软，赶快趁热吃，管他吃得一身一地散落的饼屑。

099

甜蜜悲情
传说中的老婆

明明是十八青春貌美，为什么结了婚就马上变了“老”婆？与其说是甜蜜美满，倒不如说是种用心良苦的咒——老婆老婆一直亲昵地叫，仿佛就可保证百年好合，还会锁定目标永结同心。

明明是入口松化、馅料香甜、新鲜热辣的饼食，却直呼老婆饼，马上有了种种超乎一个三五岁小朋友想象理解的联系——小时候手执一个刚出炉的老婆饼跟身边小朋友一边吃一边开玩笑：有老婆饼就该有老公饼吧！老婆是一个饼，老公可会是一杯茶？至于将来的老婆会是像中文老师那么漂亮，还是像英文老师那么凶，还是如音乐老师那么声线甜美？天晓得，还是顺其自然（whatever will be, will be）。

后来读到老婆饼源起的几个版本，虽然直觉认为是牵强附会的民间传奇，但也的确是十九世纪的饮食男女实况。其一说是清末有个专门种冬瓜的农夫，因为天旱失收被迫把老婆卖给大户人家。老婆卖了拿回一点钱，农夫没有乱花却拿来做生意，专

恒香老饼家

香港新界元朗青山公路 64 号地下
电话：2479 2141
营业时间：10:00am - 10:00pm

位于元朗大马路的总店长期人潮汹涌，客人一买三数盒自用或送礼。看来专程入元朗买饼的大有人在。目睹往市区的巴士上一干人等大啖老婆饼“奇观”——其实当中有我。

二、三、四、五、六、七
走进工场，才知道平日卖一元几角的老婆饼实在要经过颇为繁复的制作过程：冬瓜蓉加上砂糖煮成糖浆混入熟糯米粉搅拌，做馅的工序得预先做妥，因为馅料需冷藏半个小时再注入油脂再冷藏成半固体状，方便包馅。老师傅又捏又搓的，就是把油水皮与油酥皮两层饼皮分别准备好，令老婆饼吃出一口酥散多层次。

八　小小饼店工场人手有限，老师傅全天候“一脚踢”，几十年下来由始至终对每一个制饼细节都掌握清楚，此间又是热腾腾老婆饼出炉时间。

门钻研以冬瓜蓉制馅做饼，而且思妻情切，刻意把亲手烘出来的饼命名为“老婆饼”。结局当然是老婆饼大受欢迎使农夫赚了大钱，足够把老婆赎回来幸福和快乐地生活下去——这样的先狠后甜的买卖借赎故事理应不少，由此推断以卖出去的儿女、叔侄、父母命名的饼食也该不少。

接着的另一个版本没有那么悲情，倒反映了“女儿当自强”的本领。话说广州茶楼老字号莲香楼当年有一位潮州籍的点心师傅，有趟回乡探亲也把莲香楼的点心带回去让乡里品尝，怎知他的老婆一吃就觉得不外如是，还认为娘家自制的油炸冬瓜角要好吃多了。后来师傅把这冬瓜角的分量、做法记好，带回广州做给老板亲尝，老板吃过赞不绝口，更建议把三角外形改为圆形，不用油炸而用烤炉烘焙，这个升级改良版当然也被叫作老婆饼！

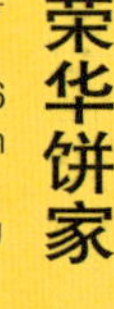

香港湾仔史钊域道 1 号（湾仔店）/ 香港新界元朗大马路 86 号（总店）
电话：2477 0836
营业时间：8:00am - 9:00pm

同样是元朗老饼铺，旗鼓相当的除了月饼亦有老婆饼一较高下。为了符合现代健康原则，改用植物油代替猪油焗制老婆饼，吸引新一代注意健康的食客。

九、十、十一、十二
把搓好的油水皮包入油酥皮中，捏紧后擀回圆饼状，在烤盘中一一把饼排好，扫上薄薄的蛋浆，一切准备就绪。

十三、十四
烤炉烘得老婆饼金黄饱满，一啖下去验证酥软层次，绝配唤作“老婆”的亲昵叫法。

精神大使

出版社行政总裁 李伟荣

说到食粮这回事，可以很实在地谈到用作饱肚的米面糕饼，这些主食对我们这一代人来说实在得来太轻易（？！），的确少了一份珍惜尊重。意识里全天候可以吃的杂食太多，又或者单是吃菜吃肉又一餐，主食可有可无。亦有人相信这些淀粉质食物是致肥的原因，极端起来避之则吉，所谓食粮这个概念也变得模糊松散。

再从另一角度谈到精神食粮。从最基本的报刊、书本到音乐到电影到戏剧、舞蹈及各种视觉艺术创作，方方面面的满足平衡，启发指引我们的健康生活，在这个全民皆爱吃的时世环境里，如何制作、出版、推广真正好的精神食粮，的确需要很多有心亦能干的人参与其中，共同努力。

数年前认识李伟荣（Derek）的时候，他正在筹划推广他所在出版社的第一批书，强调紧贴社会年轻脉络的这个出版方向，发展下来很被认同。书本从内容到设计都健壮漂亮，就像一盘从卖相到口感滋味都有水准有要求的好菜。扎根香港的出版物除了在本地推广，其实更需要动脑筋往外面世界跑，无论在商业上、文化上都得站稳脚跟。

所以有次跟 Derek 聊起书本聊起吃，我笑问究竟一盒可以马上入口的地道老婆饼重要，还是一本谈老婆饼的历史源流及制作过程的书重要？其实两者都是食粮，甚至是一个城市的标志，是身份认同。曾经在新加坡工作的他就最清楚港式传统老婆饼在新加坡朋友中的受欢迎程度，酷爱老婆饼的他自己也经常充当快递员，乘飞机新鲜热辣送货。一块好吃的老婆饼，在人家眼里，就是香港。

年香园饼家

香港九龙鲤鱼门海旁道中 43 号 D
电话：2346 3339
营业时间：12:00pm – 7:30pm

以鸡仔饼驰名的鲤鱼门老店年香园，也提供街坊版本的老婆饼，店面后面工场现做，少量生产保证热辣新鲜。

100

以和为贵

咸甜一身鸡仔饼

怎样看，我也看不出面前的这一团金黄酥香像一只小鸡，难道当中有惊天密码？又或者，咸丰五年的小鸡的确长成这个样子？

关于饼食、关于点心源起的种种传说，经常是引人入胜又发觉终归是为博君一笑。就像面前这一见如故、吃不停口的鸡仔饼，以其酥脆软韧集一身的特点，加上咸甜同体的本事，早就在一众传说饼食中突围而出，被孩童时代的我认定是最有性格的极品。而其始创的传说，自然又与晚清（？！）时代乡间土豪劣绅、奴婢丫鬟以及茶楼制饼师傅先后穿梭出场有关：通常都是夜夜笙歌、终日睡睡醒醒的豪绅，午睡后忽然肚饿想吃出炉饼食，马上要丫鬟小凤四出寻觅。小凤来到漱珠桥畔成珠茶楼，只见制饼师傅们都忙得不可开交地在赶制中秋月饼，无暇制作平日饼食。但

八仙饼家

香港九龙深水埗南昌街 197 号
电话：2729 9440
营业时间：7:30am － 8:00pm

深水埗街坊老饼家果然名不虚传，老师傅施展浑身解数，小巧的鸡仔饼咸甜酥脆兼备，忍不住多吃一个。

	二	三	四	五
	六	七	八	九
一	十	十一	十二	十三

一　明知故犯，虽然身边日常有一千几百条戒吃忌吃的规矩，但碰上新鲜出炉的鸡仔饼还是忍不住要互相怂恿，你一口我一口地分吃一个两个以至更多，集体犯“罪”变成一种公开的秘密乐趣。

二、三、四、五
少不了的肥猪肉是鸡仔饼的美味灵魂，切成细粒之后用酒、白糖拌匀，加了熟梅菜末、蒜蓉、南乳、瓜子仁以及五香粉拌好，再加入炒热的糯米粉和花生油，拌匀成饼馅。

六、七、八、九、十、十一
将饼馅放入面团中卷成长条，剖开再切件捏成小团，讲究的会放入饼模中定型再敲出，加添放样甚至宝号大名。

十二、十三
纵横列阵把已经成型的鸡仔饼排放在烤盘中，扫上薄薄的鸡蛋液，入炉烤出咸甜相和、口感酥软脆硬兼备的美味。

这嘴馋的豪绅却又是不能得罪的，所以小凤情急智生，就请师傅把制月饼的馅头、馅尾连同面粉捏成小团，更加入经过九蒸九晒的类似梅菜的“熟菜”（也可能就是师傅午饭时吃的梅菜蒸猪肉的剩余物资），匆忙捏成型烘制新鲜出炉，咸甜香脆兼备，自然得到豪绅的赏识，赞不绝口的同时问小凤这叫什么来着，小凤一转念也就随口说，不像猫不像狗就像只小鸡，鸡仔饼也因此得名。当然，尊重历史、有根有据一点可以叫作“成珠（茶楼）小凤（丫鬟）饼”。

嘴啖鸡仔饼，不知不觉就把这看来似急就章但其实经历世代汇聚累积的民间饮食智慧和手工感觉一并吸收。烹饪之道中最讲究的“和”，也就在这小小一团又咸又甜又脆又酥的东西中浑然天成、透彻体现。在此多嘴提议江湖类型片的导演大哥们日后有什么在茶楼讲和摆平纷争的场面，一众黑衣大汉坐下喝壶普洱之际，不妨上几个以和为贵的鸡仔饼。

年香园饼家

香港九龙鲤鱼门海旁道中 43 号 D
电话：2346 3339
营业时间：12:00pm – 7:30pm

来到鲤鱼门除了一尝海鲜之外，懂门路的肯定会捎回几盒年香园口碑载道的新鲜出炉鸡仔饼分发亲友……

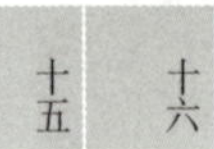

十四 相对于鸡仔饼制作工序的复杂，芝麻饼就相对简单"即食"了。面粉、糖、猪油围起加水拌匀，擀出面团压成饼状，分别沾上白芝麻、黑芝麻，一烘便成。巧妙处就在材料分量比例和入炉时间火力。酥脆香口，绝对可以与名牌进口曲奇媲美。

十五、十六
老饼家习惯把新鲜出炉的芝麻饼待凉后放入传统铁盖厚玻璃饼罐中，倒也不必担心受潮变软——因为不出半天，满满一堆芝麻饼就卖光了。

长命鸡仔

演员 张达明

达明今天拿起我带给他的这几块油香扑鼻的鸡仔饼，只能看却不能吃。因为他昨天才刚刚进了一趟医院急诊室，原因是开工拍戏吃夜宵时吃了不清洁的食物，祸根应该是那碟蚝饼。

"病从口入"，老祖宗早就抛过来这一句四字箴言，可是生活在十九世纪的人怎样也没法想象得到事到如今的确大祸临头——从能源耗费到全球暖化到环境污染到病毒肆虐到食物卫生监管失控，桩桩件件连环紧扣。吃，不再是人生最大享受，却变成了最大恐慌。

所以从某一个角度严格说来，好像太肥腻、不健康的传统小吃，如果用的都是真材实料古法手工制作，相对那些不知用什么化工原料合成的黑心食物，却真的是百分之百感人至深的良心美味。芸芸传统老饼中最叫达明印象深刻的，首先是中秋时分每份供的月饼会除了换回来的十盒八盒各式月饼之外，还会送上一个有玻璃盖面的精装饼盒，里面的饼不吃也好看，然后就是过年过节家人从元朗买回来的鸡仔饼和老婆饼。达明一直都不明白为什么鸡仔饼可以如此浓厚酥香、咸甜滋味共存，而且放在嘴里咬着，良久良久都吃不完，简直神奇。

当然以鸡仔饼为日常流行小吃的日子早已过去，达明直指是西多士和公仔面压倒性地取代了很多唐饼小吃，茶餐厅淘汰了很多中式糕饼店，大集团经营也让小店铺生存得越见艰难——几乎有三五年没有正式吃过鸡仔饼的他，肯定会让一双小儿女吃鸡仔饼、核桃酥等传统小吃，要让这些经典尽早在小朋友心里占一个位置。他也希望有心人士能够把茶艺与唐饼店的销售推广连在一起思考，如此这般，鸡仔饼才会长命百岁。

大同饼家

香港新界元朗阜财街 57 号地下
电话：2476 2630
营业时间：7:30am – 7:00pm
香港湾仔皇后大道东 200 号利东街 B 楼 B02 – 03 号铺
电话：2887 0132
营业时间：10:00am – 7:00pm

早就改用花生油而弃用猪油搓制的鸡仔饼一样受街坊欢迎，特别一提的是这里酥脆过人、不能不试的黑白两款芝麻饼。

一

一　说得出做得到，看来要身体力行地贯通中西，由自家制曲奇转到“开发”唐饼，核桃酥应该是较易成功的一个尝试，至少新鲜出炉的那一刻，油香、蛋香扑鼻，已经先拔头筹。

不像月饼的传奇历史有根有据，
也不像鸡仔饼有超过五种老爷和奴婢纠缠的起源传说，
唐饼铺里从未缺席的核桃酥，
一直都扮演着大配角。

101 如此曲奇

核桃酥实验中

在移情别恋外来的众多曲奇和饼干之前，我曾经是如此纯情地爱过核桃酥。

核桃酥似乎从来都不贵。手掌大的一块核桃酥新鲜热辣出炉，扑鼻喷香，即使在今天比起有来头的名牌曲奇，价钱只是其四分之一左右。也许是这样，唐饼铺里从未缺席的核桃酥，一直都扮演着大配角，不像月饼的传奇历史有根有据，也不像鸡仔饼有超过五种老爷和奴婢纠缠的起源传说。说到身世，粤语中“合桃酥”的“合桃”是否为核桃的音误？从来吃的核桃酥其实也没有核桃（只有榄仁！），追寻下去身边有人甚至猜是否因为核桃酥的松化裂痕似核桃折纹，又或者那种饼边烤得有点焦香的味道很像烤核桃的味道……

我最古远的核桃酥记忆，应该是在儿时深水埗家居附近桂林街上的一家早已忘了名字的老饼家买到的新鲜出炉版本，一两角的交易，是下课后晚饭前的某种奖励。然而我家心灵手巧的老管家瑞婆当

顺香园饼家

香港新界沙田火炭山尾街23－28号宇宙工业中心4楼B座（工场）
电话：2605 6181
营业时间：9:00am－5:30pm

不到早上八时，工场里的师傅已经忙得不可开交。核桃酥受欢迎热卖，自然密密制作出炉。

二、三、四
用上面粉、蔗糖、鸡蛋、苏打粉、牛油和猪油搓成软润粉团，分成小份放烘盘上，略压平呈饼状，扫上薄薄一层鸡蛋浆，再撒上少许榄仁——忠于原名的话可换上褪了衣的核桃仁，随即放入烤箱烤至金黄酥脆。

然不甘愿被坊间美食抢了风头，在没有任何文字资料作为材料分量参考的情况下，她开始用自己的糕饼经验自行发明制作核桃酥。

面粉、猪油、黄糖粉、鸡蛋、苏打粉、榄仁——瑞婆发挥什么都是“适量”的精神，进行实验。也就是说，我们一家七八口将会目睹和亲尝形状大小不一、软硬程度有异，甚至色泽深浅变化不同的核桃酥。因为每一种材料的比例，此家苏打粉和那家的不同，搓粉时间长短，烤箱的温度控制，都是变数，都会有不同结果。其实从来都认真尽责的她在这当儿却很随意很有玩心，毕竟这不是要开门做买卖，作为“消费者”的我们也乐意让她尽兴，一旦出炉产品不成功也顺便可以抱怨撒娇，再央她做粉果、烧卖甚至叉烧包补数……

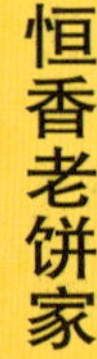

恒香老饼家

香港新界元朗青山公路64号地下
电话：2479 2141
营业时间：10:00am - 10:00pm

作为驰名喜饼老铺，恒香老饼家的核桃酥自有它的江湖地位。原来核桃酥也是传统喜饼家族的成员之一，贪食之人当然天天做喜事。

五　说来有趣，大多数人早就接受饼食的甜馅中出现“咸”的蛋黄，但对皮蛋做馅却多少有点保留。所以皮蛋酥一直被视作喜饼中的另类，也因为另类就更有个性。无论是半个皮蛋加莲蓉或绿豆蓉做馅，还是一整个皮蛋独立行事，都值得放胆一啖一试。

六、七、八、九、十、十一、十二、十三、十四、十五
跟大部分酥皮唐饼制法相若，两层酥皮分别是有面粉、砂糖、猪油和鸡蛋的“油水皮”和只有面粉、猪油的“油酥皮”，各自搓成圆长条后，分开压扁相叠，用面棍擀薄，然后包入皮蛋（也有撒进甜红姜粒的）。酥皮包拢后排放进烘盆，涂上薄薄蛋液，放入烤箱以中火烘约三十分钟，待酥皮面变成金黄便可趁热一尝。

老饼甜心

写作人　邓洁明

人未到声先到，邓洁明（阿 Ming）的笑声是一众老友里面最有“特色”的，剪辑起来只要播放三秒大家一定能猜中这是她在笑，也就是因为笑得这样狂这样真，这么多年一眨眼过去，青春常驻倒不是说笑。

作为一个在加拿大和中国香港之间飞来飞去的写作人（又称“港北美人”），理应没有什么港式经典名菜以至街头小吃是吃不到的。但跟她一提起前些日子在元朗吃过的新鲜出炉的核桃酥，她几乎马上站起来要往元朗方向行进。

核桃酥里为什么没有核桃？面对这阿 Ming 嘻哈中提出的第一疑问，我只能回答说烘焙好的核桃酥表面松化脆裂，像极那据说很补脑的核桃。脑筋转速比常人快的她，记忆一下子就回到小时候上街牵着外婆的手，小手揉捏着那满布皱纹的老手，拉扯着那越旧越漂亮的纹理分明的黑绸衣袖，走到街市饼店士多，外婆从玻璃罐内用油纸拎出一个依然松化可口的核桃酥，小阿 Ming 年仅五岁，双手接过那完整的一块核桃酥，那可是圆满的一个开始。

当然稍稍年长目睹表姐们一个又一个地出嫁，才知道核桃酥也是传统喜饼的一个重要组成，从小恨嫁的原因不在天长地久却在美味可口。问她在新书、新剧本一个接一个的密集工作编排当中，还有没有时间亲自走入厨房弄点什么吃。原来她最拿手的倒真是烘饼、焗蛋糕，所有饼干类物体难不倒她，看来核桃酥这类传统老饼将会是她的新尝试，一切承传都先在自家厨房开始——

泰兴

香港新界元朗流浮山正大街 17 号
电话：2472 3439
营业时间：5:30am – 12:00pm（周一至周五）/
5:30am – 5:00pm（周六 / 周日）

流浮山众多海鲜档口以及酒楼餐馆间，专售海产干货的泰兴也卖起自家手工制的皮蛋酥和蛋卷，一样香酥可口、出色过人。

102 喜有此理

喜饼一担担

当今时世，如果得悉身边无论短跑或者长跑了多久的有情人终成眷属，实在已经刮目相看，暗地里颁给新人勇气奖、信心奖、毅力奖，更衷心祝愿双方能够继续排除万难——因为身为过来人，很清楚两个个体要生活在同一屋檐下，需要的是包容、忍耐、体谅，而这都不是空余进修一个什么兴趣班甚至学位课程可以拿到的证书文凭，都需要分分秒秒调节情绪、累积经验，而且更高班的要学会放手：爱一个人就要给他或她自由，也让大家能够继续接受诱惑、接受挑战。天大地大，实在还该有更好的选择，为什么此时此刻选中了你？如何能够让大家在以后的日子里都觉得没有选择错误？想来想去同时在实践的首先是要求自己不断进步，保证物有所值而且不断增值。

大同饼家

香港新界元朗阜财街 57 号地下　电话：2476 2630
营业时间：7:30am － 7:00pm
香港湾仔皇后大道东 200 号利东街 B 楼 B02 － 03 号铺
电话：2887 0132
营业时间：10:00am － 7:00pm

作为元朗最老字号的唐饼店家，大同除了以中秋月饼尽领风骚，喜饼制作也是一丝不苟、依足古法。也就是这难得的坚持，叫新一代依然可以亲尝古老婚俗美味。

二 三 四 五 六
八 九 十
一 七

一　不同颜色饼皮的红绫、白绫、黄绫酥据说并没有特别含义，只是放在一起就很有喜庆吉利的气氛。层层叠叠的“绫”大抵就是大户人家的绫罗绸缎，有着从此富贵荣华的寓意。

二、三、四、五、六、七、八、九、十
分别有红豆沙、绿豆蓉以及核桃、榄仁、杏仁、芝麻和瓜子做馅的红绫、黄绫和白绫，制饼工序方法都一样：油水皮与油酥皮两层饼皮分别搓好互叠，包进馅料置于烘盘中，放进炉前更得各自加盖喜印，依足传统装饰细节。

话说多了，也许吓怕了新人，还是乖乖收口，开开心心去喝喜酒，但往往在席中也忍不住要开口。不是也不该埋怨酒席座位编排、桌面布置或者菜式酒水，因为忙中有错是可原谅的，只是实在不能接受那些毫无创意的既不大方得体又不敢色情暴力的“玩新郎玩新娘”的游戏，落得不汤不水、尴尴尬尬、胡胡闹闹，很是一个污点。

每回面对这个环节这些情景，都觉得要么删掉算了，要么更勇猛地把一对新人摆上台，接受传统形式与内容的挑战——如果两人能够一口气分吃掉传统喜饼里最常见、最受欢迎的每个净重四两的红绫酥、黄绫酥、白绫酥、皮蛋酥、核桃酥和大蛋糕，更要吃到没有任何一块酥皮和一点莲蓉、豆蓉、五仁等馅料掉到身上、桌上、地上，那就真是郎才女貌（或对调），天作之合，功德完满——不是随便说说就算而是开口吃落肚，所谓面对几千年文明传统的挑战而又干净利落、勇于传承，恐怕也就是这个意思。

一　在婚嫁礼仪日趋简化的今时今日，什么是“三书六礼”都没有人理会了，勉强还留得住的是订亲时“过大礼”的习俗。男家在结婚前十五至二十天，择好良辰吉日携带礼金和各样礼品往女家，礼品中礼饼必须包括两对龙凤饼及一担（一百斤）中式礼饼，礼物分作“实心”和“酥皮”两种。红绫莲蓉酥、黄绫豆蓉酥及白绫五仁酥为之“实心”，而老婆饼、核桃酥、皮蛋酥及蛋糕等则为“酥皮”。至于其他礼品则包括海味、三牲、鱼、椰子、酒、四凉果、生果、茶叶、芝麻、帖盒、龙凤烛、对联，等等。当女家收到男家聘礼，需将礼物的一半或其中属于男家福分的物品回礼，整个仪式才告完成。若女家的最长一辈还健在，男家更要再另外购买十至二十斤饼食让老人家按喜好自行派赠亲友，俗称派“太婆饼”。但此等来往礼仪大多变成随喜帖寄发的唐饼券，一切自助自动了。

莲香楼

香港中环威灵顿街 160 － 164 号地下
电话：2544 4556
营业时间：6:00am － 10:30pm

曾几何时能制作多达三四十款唐饼，老牌茶楼兼饼家莲香楼如今也只制作常青款式。除了年年旺市的中秋月饼，制作嫁女喜饼当然也是这里的强项。即使不是嫁娶订购，还是可以在店堂买到每日限量生产的新鲜喜饼过过瘾。

十一　十九　二十
十二　十三　十四　十八
十五　十六　十七

十一　尽管现在喜饼送赠都采取饼卡制，而且早就分门别类、独立包装，但如果有特别要求，饼家也会“借”出一两个按传统式样装饰的饼盒，放进可以真吃的“样本”，以供过大礼时使用。

十二、十三、十四、十五、十六、十七、十八
除了老婆饼、皮蛋酥、核桃酥等几款已经转化成为日常饼食的喜饼，这个撒满榄仁的莲蓬状大蛋糕也是独当一面的传统糕饼。

十九、二十
传统礼仪形式随着环境时日变迁改革。什么才是当下潮流？又会否不日“回潮”？倒是有趣的讨论话题。

喜上眉梢

制作筹划　招振雄

好久不见，振雄劈头第一句就是，我要结婚了。

他是那种相识了几乎二十年，分明一把年纪却怎样看也不觉老的朋友。按他自己的说法就是担心不来的就不去担心，无谓不明不白地死掉太多细胞。简单来说，他从来都是个开心的人。

与未来太太相识六年、拍拖三年，振雄还是笑得眯着眼且有点狡猾说要交上心仪女朋友有两大秘技：一是养一条超级可爱的狗（？）；二是精通电脑硬件、软件技术，好让女孩可以一天到晚借故打电话来问长问短。看来他这两项秘技也得暂时回收，因为新生活在前，大红喜字贴在额头。

谈到婚礼婚宴前的一切习俗，振雄马上饰演支持传统的好男人。他从口袋里掏出一大叠中式喜饼券以证明身体力行。单看他从来就这么有分量的体态，就知道他爱吃的项目一定不会少，竟然连喜饼也是日常点心，最爱的是豆沙馅酥饼。一旦自己当起主角的时候，传统的喜饼又怎可以缺少。

记忆力惊人的他竟然记得童年时候在尖沙咀旧火车站月台上目睹那些用扁担挑着一担又一担嫁女饼回乡的妇女，悠悠颤颤地就走过了木头大红漆盒到卡纸礼盒精装的年月。全无派饼经验的我问他在派饼券的时候如何把握中西礼饼券的比例分配，他很准确地说出一个六比四的关系，而一向细心体贴、深知好友口味习惯的他，保证所有收到或中或西饼券的一众都会分享喜悦、吃得高兴。

身为乐坛资深幕后制作精英的他，面对自己的这个人生大场面，坦言不会做成一场娱乐性丰富的商业大秀。热闹过后两口子展开新生活，除了继续可以一口半个红绫、白绫、黄绫喜饼，还有那由他亲自下厨熬制的江湖闻名已久的瑶柱燕窝粥——

和记隆潮州礼饼

香港九龙九龙城打鼓岭道7号地下
电话：2383 0052
营业时间：9:00am – 8:00pm

作为和记隆这个老招牌的创始者，此间生产的潮式糕饼款式齐全、口味正宗，难怪“潮”人乡里嫁娶喜饼都指定要在这里选购。

— 小小一个杏仁饼也有加蛋黄、肥猪肉、杏仁粒的富贵增值版与纯粹绿豆粉加糖加猪油的平民版本之分，有的饼模有宝号大名，有些却无名无姓，归于平淡、只留花纹。无论如何，吃到酥脆恰当、软硬适宜、齿颊留香的杏仁饼，已经心满意足。

103 硬打一仗

当炒米挑战杏仁

从来吃杏仁饼的时候就会想起炒米饼，吃炒米饼的时候又会想起杏仁饼。

当然硬要把两者分开，炒米饼的确就是比杏仁饼硬。历史上也肯定有人在用力对付炒米饼的时候咬崩过牙。家里老管家瑞婆晚年时候牙齿掉得差不多，半块家乡炒米饼在口里磨蹭半天，依然“健在”。拨个电话去逼老爸口述历史，追问为什么炒米饼总是这么硬，他就解释这些用炒米研粉加糖浆混好然后直接烘焙的饼食，通常在年节时分制作，因为材料异常简单，不易变坏，只要保持干燥避免受潮地存放好，就能吃上几个月以至一整年。这些被家里奉客和出门当作干粮的炒米饼，一不小心勾起了老爸儿时在乡间游荡旅行甚至战时逃难的回忆，这是生于太平盛世又怨饼太硬的我这一代人无法想象的。为什么饼这么硬他始终没回答——饼硬，命硬？

陈意斋

香港中环皇后大道中 176 号 B 地下
电话：2543 8414
营业时间：10:00am – 7:30pm

当一般零食店铺都只是代理澳门或者内地来货的各式杏仁饼，陈意斋从来坚持自家工场手工造杏仁饼，小巧精装还有原颗杏仁在内，口感奇佳。

二、三、四、五、六
年香园老师傅示范基本功，绿豆粉加入砂糖再拌入叫人又惊又喜的猪油，以人手混匀。要吃得出细致口感，不能忽视用双手把粉粒搓拍至干松细滑的程序。

其实根据家中这位“老饼”口述，炒米饼也有混入像绿豆粉、原粒砂糖以至花生碎及肥猪肉做的高档版，但这已跟杏仁饼开始靠近了。这种升级版通常不会用力在饼模里把米粉团敲打压实，就让它烘烤后还是松松的，易入口。还有一种上品是用爆米花混入糖水及芝麻，入模成饼再焙好，又是米饼的另类口感。

至于本来只用绿豆粉裹进一片以砂糖腌制的肥猪肉，做成两头尖似一颗杏仁的“杏仁饼”，初时竟然没有任何杏仁成分，只是这两头在运送过程中极易崩烂，才进化成现在的圆形，也开始真正地加入杏仁碎增添杏仁味。原籍中山的杏仁饼是澳门的著名手信，不知怎的始终没有被香港一众饼家抢来疯狂大规模自制。这也好，总算给大家一些买买卖卖、礼尚往来的空间。

恒香老饼家

香港新界元朗青山公路 64 号地下
电话：2479 2141
营业时间：10:00am - 10:00pm

坚持用炭炉烘焙的杏仁饼，小巧独立包装以免途中碰碎，入口松酥得不能作声！

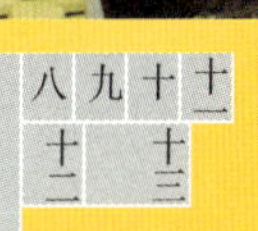

八 九 十 十一
十二 十三
七

七　善其事利其器，一个结实的雕花饼模是制饼必备工具。

八、九、十、十一
老师傅熟练地一压一推一刮，把饼粉不多不少地填进饼模中，再用饼棍有序地敲打饼模四角，好让饼身能够完整脱模。

十二、十三
小心将成型的杏仁饼整齐排放在烤盘中，放入烤箱中烤得一室飘香——这个没有任何添加的杏仁饼倒也能吃出原始真味。

中山好人

导演　朗达

朗达（Ronda）的妈妈是一个厉害的中山人；当然，是一个好人。

那年Ronda大概十岁，不抽烟的妈妈买了一包薄荷烟，拆开来要他们六个姐妹兄弟人手一支，然后说了一句要他们用尽一切方法把这支烟“吃”完。十岁的Ronda不知如何是好，只知道烟是要先点着的，然后用力地抽，几个小家伙自然都因为不得其法而被呛得半死。然后，这么多年过去，Ronda和她的姐妹兄弟对香烟都印象很差，没有一个成为烟民。说起来大家都不明白，为什么妈妈当年会想到用这样一条苦肉计，只牺牲了区区一包烟，就换来六条性命。

也因为妈妈是中山人，Ronda八岁那年跟着爸妈和所有姐妹兄弟回到中山的温泉区去度假，这是Ronda记忆中第一次也是唯一的一次全家总动员去游山玩水。八岁的Ronda不知当年内地流行用各种动物（例如大熊猫）做卡通版垃圾桶，她和兄弟姐妹们爬上温泉宾馆门口那只“大熊猫”，拍了很多很多的照片，很开心，到后来才知道这是个垃圾桶，拍掉的整整一卷底片丢了又觉很浪费。

然后妈妈买了两盒中山特产杏仁饼，还是有肥猪肉做馅的那一款。一盒一家人吃，一盒留着带回香港送礼。Ronda怕肥，一边吃一边把肥猪肉拣出来，把饼弄得支离破碎。妈妈很生气，要她完完整整地再吃完一个有猪肉馅的杏仁饼。自此不知为什么Ronda就对杏仁饼很有感情，也许是因为中山制造的关系，而且她每次吃杏仁饼，都会觉得这个饼是她妈妈亲手做的。

八仙饼家

香港九龙深水埗南昌街 197 号
电话：2729 9440
营业时间：7:30am – 8:00pm

没有豪华包装，更没有广告宣传，最朴实、最基本的杏仁饼倒也吃出独有的民间人情味。

那种简单而特殊的口感，又黏又韧又爽，
甜而不腻，微微有一点发酵的米酸味，
也就是这种似有还无的酸，叫人一试难忘。

104 素脸迎人

无印良品白糖糕

“白一糖一糕，有白糖糕卖——”

这一声接一声悠长细远的叫卖吆喝，也许只能在香港历史博物馆的今日多媒体光影秀中再现，又或者极其稀罕地在某部磨损得斑驳花白的粤语长片中看见偶然有不知名小角色扮演小贩甲，肩挑手挽白糖糕沿街叫卖，身为工厂皇后的女主角穿着一身花布衫裤、拎着搪瓷饭壶，在下班的路上停下来花一毛钱买一块晶莹素白的白糖糕来做零嘴。

用今天的称呼，这叫直销，这谓之互动。和身边伴谈起白糖糕。这一小块即使未算挚爱但也确实感情深厚的传统小吃，还是令人印象深刻、津津乐道的。

当年住在廉租屋徙置区的一众同龄，总记得隔天就会有个穿白背心的阿叔或者

坤记士多

香港九龙深水埗福华街 115 － 117 号
电话：2360 0328
营业时间：8:00am － 10:00pm

深水埗区白糖糕不二首选，甫出地铁便见小小店面外面排了长长的人龙，人手一件白糖糕的场面早已惯见。

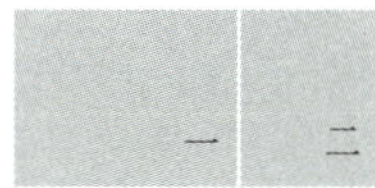

一　晶莹雪白，清甜软润，糕身里那独一无二的横竖气眼自成均匀结构，该是糕点界第一代“气垫”（air cushion）。

二　工欲善其事，必先利其器。白糖糕出炉后切记要放在这负责疏风透气的特制竹篱上吹爽待冷，保持糕身在一定时间内依然软韧，不致太快变潮变酸。

阿伯，人未到声先到，“白—糖—糕—”的吆喝声吸引出楼上楼下馋嘴贪食的大人小孩。阿叔肩挑手挽一大桶预先切割成三角形的间叠好的白糖糕，负重攀爬一层一层楼，在走廊通道上已经被一众“拦截”，交易顺畅成功。

手捧用一小方半透明白鸡皮纸包住的一块白糖糕，颤颤腾腾地一口咬下，那种简单而特殊的口感，又黏又韧又爽，甜而不腻，带着白糖和米糕的清香，微微有一点发酵的米酸味，也就是这种似有还无的酸，叫白糖糕和别的甜食一味的甜有所区别，叫人一试难忘，记忆良久。

我们都习惯去芜存菁地把过去的简单美好留住。在那个没有过多选择的年代，白糖糕当然是榜上有名的吃食，甚至会成为清明、重阳扫墓或追思故人的食物，也许是它的醇正朴素本身就是一种尊敬吧——我就很清楚记得一口烧肉一口白糖糕的狼狈相，不小心更会让白糖糕沾上了烧完纸钱的灰烬，得用清水轻抹一下，继续以一张素脸迎人。

— 白糖糕又叫“伦教糕”，相传始于明代顺德县伦教镇石桥头一家粥品糕品店。该店刚巧设于当地清泉旁边，以泉水洗糖尽去浊质，混入发酵后的米浆做成的糕点清甜可口。后来有人开始在煮糖水后加入蛋清去浊，亦成独特“古法”。有说造糕前选米应以优质隔造米为佳，因为隔造米胶质较少才能造成糕身爽润弹滑。

三德素食馆

香港北角英皇道 395 号侨冠大厦 1 楼
电话：2856 1333
营业时间：11:00am – 11:00pm

深受街坊拥戴、人龙早晚不绝的这家素食店，临街橱柜除了有各款巧手素食点心，素净的白糖糕也以清香爽软吸引人。

三　因为年少时候早晚帮父亲做米浆以致疲累不堪拖垮学业，坤记老板曾经反叛埋怨。但时过境迁重执父业，反加倍努力钻研造糕技巧，博得街坊不绝赞许、广泛支持，吃过他做的白糖糕，就知道他这个骄傲的架势绝对站得住脚。

四、五、六
白糖糕的制作说来容易，但其实当中要注意的技术细节也颇为讲究。将黏米打成米浆后放入布袋以大石挤压出的米水称作老米浆，而布袋内的米团另外加水成新米浆，两种米浆混好更要冲入煮沸的白糖水（以蛋清滤过）。拌匀待冷后加入糕种，静置约十个小时让其发酵，直至浆面有均匀小气眼出现，放入盘中搪平入笼蒸约半个小时即成。

微酸之谜

香港社区组织协会干事　霍天雯

问她是否觉得有些时候吃白糖糕会吃到一阵微微的酸味？霍天雯（Iman）毫无疑惑地笑着回答，白糖糕不就该是有这种微酸的味道吗？

虽然三番五次求证于好几位经验丰富的糕点师傅，大家一致认为并以各自的功夫保证，只要材料分量准备充足、制作步骤有规有矩，白糖糕绝对是清甜而不带酸味的。米粉浆跟酵种一比一混合，蒸熟后不会有任何酸味，大家印象中记忆里那种酸，是酵种发酵时间过长的缘故。坊间白糖糕在售卖时被覆盖在白布里摆存，糕身可能轻微变酸，加上从前的小贩肩挑手携在室外叫卖白糖糕，日晒雨淋没有固定通风室温，才致使白糖糕“出事”——虽然有这个那个解释，很可能我们尝过的第一口白糖糕就是在这种状态下出现的，所以那种微酸就变为性格，理所当然。

即使我们现在还能在为数不多的糕饼老铺里吃到依旧廉价、品质依旧有保证的白糖糕，但作为年轻母亲的Iman也觉得现在的小朋友有太多缤纷颜色供选择。在芸芸糕点中肯定先挑西饼，很难爱上这平白无奇亦没有包装的白糖糕，更无法想象父母辈当年生活在仍可上门吆喝叫卖的公共屋村里跟小贩叔伯有人气十足的互动交往。

因为抱负，因为信念，长期在旧社区为弱势社群服务的Iman，手执一件白糖糕，无论是新鲜现做的清甜，还是些微变酸，个中跨时空好滋味，恒常在心。

— 简单如面前小小钵仔糕，都叫街坊至少有两种选择：一是黄糖调色调味，一是白砂糖椰汁调味，制成品便有两种长相。有的店家坚持全用中国产旧黏米磨浆，有的却把新旧米互混，只是都坚持把米浸软浸透再磨出细滑米浆，拒用现成黏米粉开水代替，才会蒸出又滑又弹牙的钵仔糕。

当我们面前有这样那样一千种日新月异的糕点选择，我们有谁会觉得钵仔糕是必然首选，非吃不可？

105 马路天使

适者生存钵仔糕

中环，傍晚下班时分，或回家或赴快乐时光或去运动或去上瑜伽课或去进修或走出来吃点什么之后再回办公室的各有面目的匆匆人潮中，有一对穿着破旧的老夫妇，像影片中的慢镜甚至定格，占据了这个全香港最忙最急的时空一角。两人没有怎样发声，默默守着一辆简陋的塑料纸糊上盖的木头车，卖的是钵仔糕。

两人大抵都年逾七十，动作明显缓慢，甚至可以说根本无力应对这个发疯失控的都市节奏。然而也正是这样强烈得有点奇特的反差对比，倒叫好些路人突然放慢脚步，即使没有打算要买甚至从没吃过钵仔糕，也都会掏出十元八块，跟二老买几块长相平平、食味一般的糕点，算是一种善意帮忙、一种真心怜悯，希望老人家可以快快卖完这车食物，早点回家休息。

这其实是否也就是我们对待钵仔糕这种传统糕点的心态呢？当我们面前有这样那样一千种日

信兴隆食品

香港九龙土瓜湾马头围道 182 号 F 铺
电话：2356 1211
营业时间：9:00am - 6:00pm

保持零售批发日卖一千个钵仔糕的纪录，更冲出土瓜湾老区老铺到葵涌开设分店，矢志把传统糕点街头小吃发扬光大，滋味共享。

二 三
四 五 六

二、三、四、五、六
走进工场就如走进大蒸笼，但能够目睹坤记老板傅先生如何一人亲手把米浆注碗、放豆，再层层叠叠架起蒸笼，很有一种生活进行中的阵势——待成品热腾腾出炉，早已拿着竹签的我已经忍不住伸手向指定目标。

新月异的糕点选择，我们有谁会觉得钵仔糕是必然首选，非吃不可？我们会把钵仔糕视作一种民间传奇。对土瓜湾林伯经营的信兴隆钵仔糕仍然坚持用旧黏米浸软磨制米浆，用潮式黄糖粉调味，用皮薄身软、豆味香浓的天津红豆做配料的老实手工做法敬佩尊重，路过时买它三五块，回家、回办公室与众共享，一边吃一边说好味道好味道，皆大欢喜。然而大家也很清楚这是个“物竞天择，适者生存”的商业社会，手执竹签也不一定指向钵仔糕，一句看看各自造化就合理解释了这种那种旧日传统民间低价糕点的消亡原因。

那批在童年时代就吃了不少钵仔糕的不知不觉已到中年的食客如你我，应该在有生之年还是可以吃到食味长相都不俗的钵仔糕，至于之后的小朋友口福运气如何，就看其时是否还有如马路天使一般的二老在闹市中摆卖这来自另一个时空的传奇美味了。

坤记士多

香港九龙深水埗福华街 115 － 117 号
电话：2360 0328
营业时间：8:00am － 10:00pm

人工手做远胜机器大量生产，小店经营也没有过分膨胀野心。
守着一家街知巷闻、有口皆碑的老铺已经心满意足。

七　为了避免损耗过多，大多数店东都采用白瓷碗盛米浆蒸糕，但卓越饼店的师傅却坚持原汁原味，用上瓦钵更突出乡土气息。

八、九、十、十一
当你早已通晓自家制作英式牛油松饼、美式巧克力曲奇，甚至日式起司蛋糕，你可会按图 DIY 试试，来趟钵仔糕之旅？

放心粗鄙

摄影师、冲浪人 包瑾健

有包瑾健存在的一日，钵仔糕看来都不会败亡。

当然靠包瑾健一个人，绝不可能支撑消费市场上所有每日新鲜制作的钵仔糕，但以他这个人见人爱的长相，手执竹签叉起一个钵仔糕在大街小巷四处逛，肯定会吸引一众少男少女重新发现这传统糕点的可亲可爱之处。

钵仔糕可亲可爱是因为它平凡，阿包的可亲可爱是因为他粗鄙——他自己说的，我只是复述，所以不构成诽谤。草根在地，踏踏实实，在种种奢华时尚充斥的浮夸环境里，若要保持难能可贵的一种单纯，早午晚日食一至三个钵仔糕看来是个有效疗法。

很难想象阿包小时候会乖乖地跟着外婆到菜市场买菜。为了叫他不会一边走一边大吵大嚷，外婆买来一个又便宜又好味的或黄或白的钵仔糕让他小手执着。看来所有小孩都喜欢甜的、滑的，甚至会弹跳的玩意儿，无论是把它当作点心还是索性以之饱肚。因为用碗盛载、新鲜现造，叫大人小孩都安心放心。

问这位纵横闯荡江湖、搞乱一潭死水的摄影师最近有什么新动作，他笑笑口说一星期至少有三天在冲浪。这种及时行乐、与年龄体能搏斗的姿态也真的不晓得如何评价——是长不大的孩童本色，还是入世老练的成人心思？看来他都是。问阿包为什么还这样了无牵挂、大胆放肆，包兄瑾健眨了眨那永远精灵的眼睛回答道：我便宜我贱，我吃了钵仔糕！

卓越食品饼店

香港西营盘皇后大道西 183 号地下
电话：2540 0858
营业时间：8:00am – 7:00pm

小小瓦钵盛载软滑米糕，将乡土情怀重新注入烦嚣闹市，为街坊提供又一窝心选择。

这种种日渐疏远的食物当中倒有一种是绝对健康的，
就是那始终飘着淡淡蔗糖香和米香、
咬下去松软柔韧的松糕。

106 近乡情怯

松糕的实实在在

每趟因为这桩那件事重回到小时候住过的老区，都会有种奇奇怪怪的忐忑感觉。无论是婴孩时代居住过的土瓜湾，还是童年至少年时代跑跳浪荡过的深水埗，那种既熟悉又陌生的街巷，楼房几度拆建装修，餐馆商场人面全非，心里自动有个声音在念“少小离家老大回”的古诗句。虽然我并没有那动不动就搬出一堆风扇呀家具呀海报呀出来怀旧的习惯，但也禁不住再三反问自己，是我走得太慢（太快？），还是社会周遭走得太快（太慢？）？

人长大了，直接一点说是老了，居住环境改了，生活方式变了，连饮食习惯也不再一样。从前肆无忌惮吃的那些甜的、咸的、煎炸的、肥腻的，现在都以健康理由拒之于千里之外——实说是千里也只是几步之遥，因为实在嘴馋忍不住又越走越

坤记士多

香港九龙深水埗福华街 115 – 117 号
电话：2360 0328
营业时间：8:00am – 10:00pm

小小店堂巧妙堆叠摆放十数种糕点，来来往往各有捧场熟客。今天吃一个松糕，明天买几块芝麻糕，后天咬一口钵仔糕。

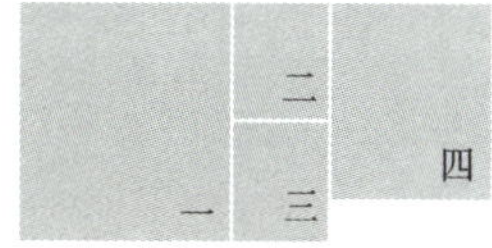

一　近距离细看那松软的层次结构，儿时一定想象过这是超级大软垫。

二、三、四
米浆磨好静待发酵，再拌入黄糖水调匀，每日重复又重复的工序看来简单不过，实际亦不能掉以轻心，累积多年的经验就是专业水准，信心保证就是好滋味。

近，伸手抓住正要放进口又有内置警钟响闹，进退维谷导致闷闷不乐，不快乐又何来健康？

但这种种日渐疏远的食物当中倒有一种是绝对健康的，就是那始终飘着淡淡蔗糖香和米香、咬下去松软柔韧的松糕。也许是我现在日常行走的街巷已经容不下那些蒸制传统糕点的老铺，也许是我肚子一饿就马上有一千几百种潮流热卖大中小点偷偷取代松糕的地位，也许是我根本忘情不念旧，也许是松糕根本没有与时并进，没有巧克力味、没有流沙奶黄馅、没有独立包装而保鲜赏味期限也不长久……

如果我有种种借口冷落小时候一度喜欢的平实无奇的松糕，如此凉薄地放弃拥抱民间真滋味，那么有天当我忽然被这急速“发展”的社会抛弃，也是一件理所当然的事。

— 作为一种十分平民的广东地道小吃，松糕原来有一个昵称叫“大石”（？！），大抵形容的是松糕蒸起时松软膨胀状似大石，所以吃松糕又会被叫作“的”（捧起之意）大石。

— 松糕的制作按部就班：大米粉浆经过发酵后加进蔗糖水拌匀，放置蒸笼内蒸制便成。微黄的糕色，满布针眼小洞的糕身，又松又软又弹牙，香甜可口，难怪长久以来成为受平民百姓喜好的日常糕点。

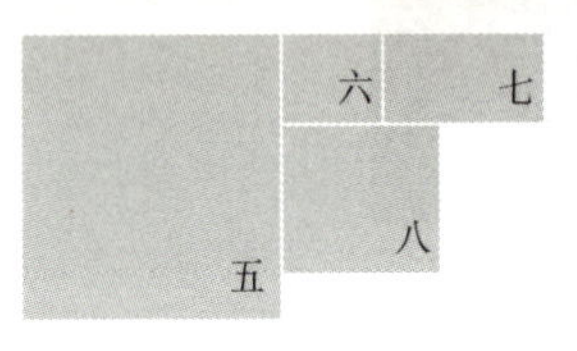

五、六、七
老店鸿发经营数十载都是以十来种传统糕点满足街坊，在选择花款口味日增的今时今日，平凡如松糕随时面临被淘汰的危机。

八　碰上传统喜庆节日、嫁娶仪式、祭祀习俗，各种大小形态的松糕还是会欣然登场，成为不可或缺的角色。

微波少年

电影制作人丁裕轩

我身边其实的确有一万几千个像丁裕轩（叮叮）这样的男孩。

这样说他也许会不高兴，因为叮叮也的确是独一无二的。这么年轻就这么义无反顾地爱电影，也以电影之名做了这么多的坏事：比方说不睡觉，一连开工二十八至三十七个小时，然后才睡他十七八个小时；抽大量的烟，灌几瓶蛮牛；又或者剪接回他在美国读电影的那些日子，基本上做了几年微波少年，顶多只是开车到外面吃些自觉也不知所谓的。几年来大抵在厨房拿起过一次锅铲，煮了什么来着？我问，他当然是忘了。

所以当叮叮继续倒叙他由小学五六年级到中三那一段日子，晚餐几乎都是吃妈妈为他用微波炉加热的茄汁意大利面，其时他的体重最高曾一百六十多斤。再早期小学一四年级的午餐都是麦当劳薯条、汉堡加可乐。虽然他有补充说，家里也有正常饭餐如蒸鱼，但的油很少，不及鱼柳包好吃——我忽然像明白了很多，因为明了，也就无话可说。

我没有怪叮叮，也没有怪叮的家人，因为我不知道该怪谁。我问叮叮：“你不怕早死吗？”他有点口硬地说：“不怕，但病。”（怕的是一旦病了，就可以一连开工三十七个小时？）他又忽然插一句：“我不享受过程，只享受结果。”对的吃，其实是个过程，而不在饱肚或者说好吃吃那一刻。当我们放弃过程，其实就连自食果的机会也放弃了。

我从包包里拿出几个刚买的松糕，来，尝看。叮叮没有抗拒，也因为他饿了，一下就吃掉两个，一边吃一边说，原来不错。

不好意思翻查最高纪录，曾几何时一个春节我行走串门究竟一个人加起来总共吃了多少盘萝卜糕，如果把芋头糕也计算在内，那就更不得了。

一、二

很难想象我们的日常咸食糕点里没有了萝卜糕或者芋头糕。那种熟悉、那种直接滋味足以令从来怕麻烦而不入厨的“潮”男“型”女也会心血来潮地在年节时分要亲手自制一次来证明自己还是有一点天分，不至于被摒弃在美食大门以外。

107 报时讯号

家传萝卜糕芋头糕

在那些只有冰冷三明治、灯照保温牛角包和即冲咖啡红茶以及冷饮出售的这个跟那个没有分别的欧陆机场候机室旁的小食亭里，我左右来往徘徊，无法做出决定，究竟可以买点什么吃的去平复那因为航班误点而导致的严重不耐烦。无论那烦人的重复广播如何道歉，无名火起是没有方法可以安抚的了，除了给我一点好吃的——此刻想到的是萝卜糕，噢，芋头糕也可以。

如果有人端出一盘刚刚蒸好的鲜甜美味的萝卜糕，又或者把那一口咬下去粉嫩芋香满口的芋头糕切方煎好上碟，无论你准备登上的是飞往哪里的航班，我都矢志决定尾随不舍了。

不好意思翻查最高纪录，曾几何时一个春节我行走串门究竟一个人加起来总共吃了多少盘萝卜糕，如果把芋头糕也计算在内，那就更不得了。自小训练过年时节是不用吃饭的，只要准备好胃口，就可逐家逐户品评其掌厨的蒸糕功夫造

八珍酱园

香港中环威灵顿街 75 号
电话：2545 6700
营业时间：10:00am - 7:30pm

年近岁晚，不难发现原来友侪分别专程购来互送的萝卜糕、芋头糕竟都是八珍出品，足料好味，没话说。

诣。当然，现在如果还肯陪着长辈去拜年，大抵也只能努力去分辨这家餐馆与那家餐馆对传统食物的认识了解和包装技巧、宣传策略。

即使我们一年四季每时每刻都可以吃到萝卜糕、芋头糕，但总觉得有了农历新年造就一个气氛环境，入口的传统糕点会格外好滋味——当然有人坚持用石磨米浆而不只用现成黏米粉、澄面、玉米粉混成的米浆；有人肯花时间千挑万拣：芋头要挑紫筋粉心荔浦芋，萝卜狠狠去皮只取最鲜嫩部分，更用刀切条而不用刨磨萝卜，连腊味也挑本地手工巧制的高档货色。至于炒萝卜时加糖、拌粉浆时加胡椒粉等细心小动作，就更是把萝卜糕、芋头糕升华成世间美味的家传秘技——

候机室里东歪西倒地塞满久候航班的人群，眼见面无人色的一众该都在苦苦记挂心中家乡美味吧。

东方小祇园

香港湾仔轩尼诗道 241 号
电话：2519 9148
营业时间：11:00am – 10:30pm

素食老铺的萝卜糕都格外清香甜美，无论是过年还是平日都是热卖。

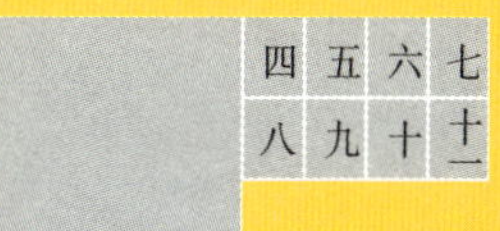

三　萝卜去皮擦成蓉的这一个工序是制作萝卜糕过程当中最消耗体力的一刻，这当然也是蒸好糕后多吃几块的最佳理由。

四、五、六、七、八、九、十
准备蒸糕前摆满一桌的白萝卜、肥腊肉、腊肠、冬菇、虾干、白芝麻、芫荽、葱，当然还有黏米粉和生粉等，已经是一派丰衣足食的景象。然后按部就班地把浸软了的冬菇和虾干切小粒，腊肉和腊肠也切小粒，爆香炒熟，再把刨成丝的白萝卜翻炒煮沸，以黏米粉和生粉混合好的稀米浆倾入萝卜蓉中拌匀，再把炒好的材料一并放进，加入猪油、胡椒粉等调味，就可以铲起放入涂了油的糕盆里准备蒸糕。

十一
年近岁晚，糕点工场的师傅当然夜以继日施展浑身解数，一盆又一盆的萝卜糕热辣出笼满足一众捧场客。入蒸笼以旺火蒸约四十五分钟至一个小时的萝卜糕已经大抵蒸好，出笼前再把预留的腊肠粒放在糕面，全熟后亦趁热撒入炒香的芝麻、芫荽和葱花——说说写写容易，看来还得下定决心 DIY 实践。

夜半萝卜

作家 黄宝莲

当宝莲把她的萝卜糕故事说到一半的时候，我已经忍不住咯咯地大笑起来。她绘声绘色地描述当年她母亲在除夕夜总是东摸摸西碰碰地处理一屋永远收拾不完的杂物，拖拉到三更半夜还未开始蒸萝卜糕，可怜的小宝莲即使嘴馋，也无法徒手把早就切好的生鲜材料吞下肚，光咽口水。也不知反反复复多少回，不知何时才等到那萝卜糕热腾腾出炉的好时辰。

我一边忍住笑一边告诉她我也完整地经历过这个场面。我家老管家瑞婆可能利落一些，但大节当前还是会比较失控，这边一堆还未下锅油炸的油角煎堆，那边一大盆处理到一半的芋头糕、萝卜糕粉浆。我没有宝莲那么乖，以试验为名，径自把一小勺萝卜糕粉浆下锅煎得香喷喷，吃了就去睡——早睡早起说不定还可以赶上萝卜糕出炉的那新年伊始最丰腻甜美的一刻。

从萝卜糕蒸好、煎好后那颤颤颠颠入口的画面，剪接到冬日菜田里开着黄色小花、彩蝶纷飞的台湾乡下童年过年景象，宝莲的传统饮食经验比我们这些从小在都市里长大的小孩总是多一些层次。当然多年在国外的生活经验也叫她的萝卜糕故事十分国际化——她就曾经在文章里写过一个梦到俄罗斯菜市场的段落。市场里同时在贩卖用较多的油煎得金黄香脆的资本主义萝卜糕，以及炉火温暾、少油、灰头土脸卖相极差的社会主义萝卜糕，当然卖社会主义萝卜糕的还坚持自己的理论和理想，好不好吃、有没有人买、赚不赚钱倒没关系——还好我们大家都庆幸，这样难吃的萝卜糕已经很难吃到了。

看着那冒着腾腾热气的淡褐色的成品慢慢冷却定型，很有信心地预知那即将切下来放入口的一小片会是香软细滑、糯而不糊。

108 家乡原味

年糕年年高

在家里从来位高权重的老管家瑞婆当然是我认知里的首位厨神，三星五星不必往她襟前贴，因为她做的菜从来就没有商业考虑，只为了我们一家几代人吃得安心开心。凭她多年跟随我外公外婆迁徙转战大江南北海内外，博闻强识且勇于实践，在自家各地大小不一的厨房中就地取材练出一身好武功——好，其实也是相对的，既然不是竞赛评比所以也没有专业公认的所谓好的标准。而她做的菜是否地道？她拿手的上海菜其实有受福建甚至印度尼西亚口味的影响，早就自行融合起来。想来最叫我感兴趣的是前半生东奔西跑几十年的她如何在各地的厨房中、在中国农历新年的日子里，蒸出一盘又一盘她的家乡广东新会的蔗糖年糕？

如果严格地要从浸糯米磨浆的水、磨糯米的石磨、黑蔗原糖，以至后期掺入的

八珍酱园

香港中环威灵顿街 75 号
电话：2545 6700
营业时间：10:00am – 7:30pm

虽说吃年糕也是意思意思即可的习俗，但要吃到甜软香滑恰到好处的，还是金漆招牌老字号最有保证。

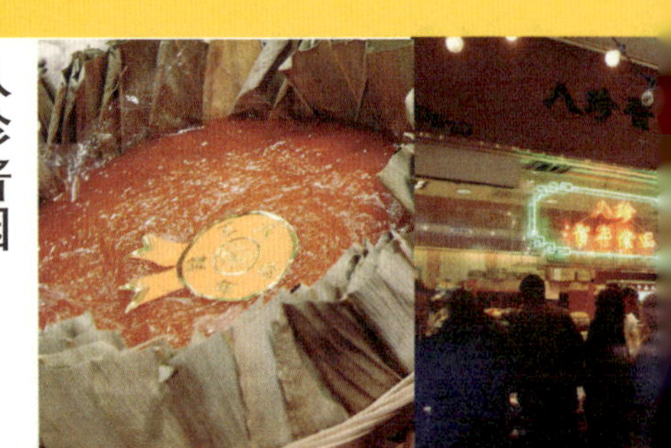

一　年糕，年高，年年高。从春节的“专利”食品发展成日常点心，总觉得少了一点冀盼热情，所以本着对年糕的“尊重”，还是十分守纪律地只在年节时分才买年糕吃年糕。

二、三、四
传统的广东蔗糖年糕用上糯米粉和黏米粉混合拌匀，加入用蔗糖（黄片糖）与清水煮溶的糖浆，边渗边搅并加入适量的油（传统配方自然是猪油，现在大多改用花生油），既辟走粉味也令卖相更加亮泽，糕浆随即倒入涂过油的盛盆中以中大火蒸约两个小时便成。

五、六
为了使年糕卖相更佳，也有出动十分乡土情调的竹叶藤篓盛之，别有风味。

少许玉米粉和澄面粉、拌粉时的花生油以及制作过程中种种先后程序开始一一挑剔的话，恐怕是过了元宵也未有蒸好的年糕。所以小时候在厨房蒸锅旁目睹那“决定性”的掀锅场面（也就是传统说法里的蒸年糕途中不可掀锅查看，为这平实正常的制作过程添加了一种权威神秘！）。看着那冒着腾腾热气的淡褐色的成品慢慢冷却定型，很有信心地预知那即将切下来放入口的一小片会是香软细滑充满蔗糖原味，糯而不糊，恰当的韧度和嚼劲更使年糕有别于其他糕点——但我也很清楚，随着原材料的生产供应的变化，加上瑞婆年老体力大不如前，去年、今年、明年、后年的蔗糖年糕无法完全一样——悲情一点地说“年年难过年年过”，欢乐一点的就大锣大鼓地齐唱“欢乐年年”。无论如何，当中首要坚持的就是用上那头轮黑蔗原糖，那是真正的家乡原味，性格所在。

— 有人图省时贪方便，过年过节买来年糕煎煎过瘾，亦有人坚持要自家制才了心事，家里老人家口传把年糕煎得外脆内软的小秘诀：先把年糕切薄片，放入油锅以小火煎软，洒进少许冷开水才取出以蛋液浸匀，再以中小火煎至金黄，此法既令蛋液容易粘住已经软身的年糕，蛋液亦不会因为久煎而太老。

— 同是蔗糖年糕，为何会有不同色泽、不同软滑程度？资深糕饼师傅明言这是一般糯米粉与水磨糯米粉之别。先经洗浸才磨成粉的水磨货色，比干磨的来得细滑，多了一个工序自然价钱也较贵。而用上颜色较深、糖味更原始更香浓的原蔗糖，自然就比一般的片糖来得“出色”。

荣华饼家

香港新界元朗大马路 86 号　电话：2477 0836
营业时间：8:00am – 9:00pm
香港湾仔史钊域道 1 号地下　电话：2511 1358
营业时间：8:00am – 11:15pm

年节时分，无论工场与店面都忙得不亦乐乎，正宗围村年糕依足古法全程蒸熟，与坊间的半蒸煮的省时方法明显有区别。

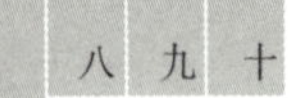

七　年节时分，八珍的年糕是忠心捧场顾客的送礼佳品。

八、九、十

能够与蔗糖年糕平分秋色甚至后来居上的当然是椰汁年糕，制作方法大同小异，只是糖浆换成椰浆、冰糖液和淡奶，蒸成后糕身香滑软糯、色泽雪白柔和，趁热切片或者蘸蛋煎香都是进食好方法。

龙虎密码

财经高级客务经理 周子龙

浓眉大眼的子龙其实不像一条龙，他像虎，实在有七分像漫画里的王小虎。

无论是龙是虎，普天下的“龙虎门徒”在过年时节都要从良，都要回家吃妈妈做的年糕。

实不相瞒，子龙有天跟我说，他其实很怕吃年糕。

不知怎的他自小对甜品没有特别兴趣，尤其妈妈每年做的传统乡下版蔗糖年糕——劲甜、无馅，而且咬来十分黏牙。从小到大每年至少要被迫吃一次年糕的他也忍不住跟妈妈说，今年可不可以有点新意？然后得来的新意一如子龙建议的，把年糕切片蘸蛋浆煎热来吃而已，如是者又吃了几年。

到了大学毕业进入职场，子龙开始离家自住，过年时候就以借一堆不成借口的借口避年避年糕了，如是者竟也成功地年糕保持了几年距离。直到前过年的时候，子龙回家之际竟发觉妈妈没有做年糕。大惑不的他问妈妈为什么？只听到幽的一句：你也不喜欢吃。

到了这里子龙才开始白，这二十多年来过年过节妈做的年糕煎堆角仔，不为他，其实只为了得到身边亲的一些关注、一点肯定，意头不意头、吃不好吃甚至不是重点。子龙不至于惭得下跪道歉，但也真的忽然怀念起年糕黏黏的、甜甜的口感滋味。这黏这甜，许就是年糕把一家人联结在一起的公开码吧。

信兴隆食品

香港九龙红磡土瓜湾银汉街 19 号 G 地下
电话：2356 1211
营业时间：9:00am - 6:00pm

以钵仔糕打出名堂的街坊老铺，过年时分再劳累也会制作一批年糕贺年，一样赢得食客赞许。

晶莹通透，清甜软滑，生磨马蹄糕是众多广东传统糕点中比较亮眼也最积极与时并进的。从基本材料出发，演化出椰汁马蹄糕、蔗汁马蹄糕、白果马蹄糕甚至橙汁马蹄糕，等等。于我还是钟情最原始、最简单直接的版本。

记得六七十年代家居附近有家蔗汁店号“别不同”，霓虹灯管扭成的招牌和用不再手绘的椰林放大照片制成墙纸实在时尚，连专柜内售卖的各式糕点也是切成长方后用印有商标的胶纸独立包装，方便外卖。

109

时尚切片

来一块椰汁马豆糕

年来根据手头搜集的资料沿街逐巷地拜访各类餐馆、食品制作坊、代理商，实在眼界大开而且大饱口腹，得知无论是街坊生意还是集团经营，都在一方面努力守业一方面寻求突破，作为馋嘴食客的我除了无言感激，当然就是要多多捧场。但也有碰上一些人去楼空以及人面全非的情况。最叫人惆怅失落的是有回刻意去找一家蔗汁凉茶老铺，发觉铺名已改成另一家连锁经营的凉茶铺，而原来的二十世纪五六十年代经典湖水绿纸皮石和土黄地花灰水磨石墙的上半壁还在，但落地另一半已被硬生生地铺上颜色俗艳的防火胶板和亮面胶片，好端端一个博物馆级数的生活场景就此被糟蹋，实在是多饮几杯火麻仁或者银菊露也于事无补。更不要说买那些一度没有附属专柜贩卖的马蹄糕、椰汁糕、红豆糕、绿豆糕、芝麻糕和椰汁马豆糕等点心用来意思意思了。

记得六七十年代家居附近有家蔗汁店号“别不同”，有别于更早期的老派装饰，用上的是亮

东方小祇园

香港湾仔轩尼诗道 241 号
电话：2519 9148
营业时间：11:00am - 10:30pm

除了保留多年一直口碑载道的马蹄糕、红豆糕、马豆糕、芝麻糕，亦不断研发新品种如山楂糕，令传统老店焕发朝气。

二	三	四	五
六			
七			
八		九	

二、三、四、五
看来并没有难度的制作过程其实有不少诀窍：马蹄碎的颗粒大小影响口感，得按需要早做决定；马蹄粉加清水搅拌之前需浸透，冲入热糖水前要先搅拌以避免沉淀起团，而且一边冲也得一边搅拌，才能成为半生熟的粉浆，蒸后糕身才会爽滑且有弹性；蒸的时间亦不宜太久，旺火蒸约二十五分钟至刚熟透，以免糕身质地粗糙，而切件上碟前须完全冷却，否则刀口难以利落。

六、七、八、九
红豆糕当然也是受欢迎的糕点小吃，粒粒肥美松化的天津红豆和软滑糕身相配，不知不觉吃下一块又一块。

丽而且流线一点的装饰风格，霓虹灯管扭成的招牌和用不再手绘的椰林放大照片制成墙纸实在时尚，连专柜内售卖的各式糕点也是切成长方后用印有商标的胶纸独立包装，方便外卖。众多糕点中我钟情椰汁马豆糕，软滑香甜的糕身中又有马豆的嚼劲，一时间赢过了比较传统的红豆糕和芝麻糕。

当然后来多吃了一些中式糕点才比较出这些蔗汁铺里的糕点已经是西化了的款式，用上较多的鱼胶粉而不是用米浆做糕，爽滑口感与传统的绵糯又的确明显不同。随着时代更替，蔗汁铺这种载体已经逐渐隐入历史，即使这些糕点并没有因此消失，但所谓一时鼎盛、各款各式纷呈的场面也从此不再。

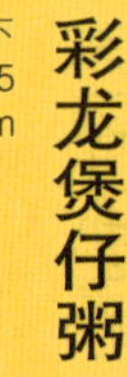

彩龙煲仔粥

香港九龙油麻地新填地街 7 号地下
电话：2388 9335
营业时间：6:00am – 7:30pm

街坊小铺经营不易，想不到除了有招牌粉果和粥品，作为陪衬的糕品竟也有独当一面的主角风范。

十、十一、十二

多少继承了往昔蔗汁铺、凉茶铺的西式甜糕风格，用上鱼胶粉代替米浆，无论是芝麻糕、椰汁红豆糕、生磨马蹄糕以及红莓蓝莓糕等，都是独立小杯分盛，卖相好、食味佳，接近完美。

十三、十四、十五、十六

各家各派各有配方，难得的是都配合当今健康饮食大趋势，尽量少糖少油但又保持滑嫩口感，留得住老主顾亦吸引新一代食客。

马豆移民

口琴演奏家、录像工作者 陈锦乐

看来陈锦乐（Mark）也还未做足调查研究，还未翻开列祖列宗家庭事件簿，所以他还未明了为什么母亲会有如此厉害的入厨手艺。但他倒是十分肯定而且十分骄傲地告诉我，盛赞当中没有私自加添任何感情分，母亲的确是心灵手巧！

光是听、光是想象是不够的，一定要找个机会和Mark跟着伯母回到西营盘旧居老区，在那相识并光顾了几十年的粮油杂货店买马豆，在另一家香料铺买现榨的用塑胶袋装妥的椰浆。材料都准备好了，足料椰汁马豆糕即将动工制作，马上就出场。

无论是现做现吃还是煎香热吃，伯母做的马豆糕都得在两三天内吃完，否则放久了就会变质，所以这种甜美回忆对Mark来说也是饱满充实得有点放肆。其实除了马豆糕，伯母的拿手好菜还有肥美丰腻的可以作为捞汁吃几碗白饭的卤猪肉，更有亲人聚首开年饭中的红烧鱼翅，就连一碗让Mark在下课回家再出门练口琴前先吃着饱肚的简单不过的炒饭，也是好吃得不得了，一般家常大菜小炒完全难不倒陈伯母……

Mark兴奋道来，叫我们都肚饿了，但他有点可惜地说，因为饮食健康的缘故，母亲已经很久没有做卤猪肉了，而从前一家子几十人都移民四散，亲戚聚首亦再也难复当年的热闹喧嚷，下厨的人最怕用心做了一桌好菜却没有足够的人吃。社会家庭结构在这几十年来的急剧变化，以及居住空间的限制，肯定令很多家常菜式就此失传——说到这里就越觉得肚子饿得咕咕作响。

兰苑饎馆

香港九龙西洋菜北街集贤楼地铺（港铁太子站A出口）

电话：2397 7788

营业时间：12:00pm - 10:30pm

以古方龟苓膏作为号召，家庭饭菜作为吸引，到了甜品时间的各款凉糕，都有叫人眼前一亮的惊喜。

这些从广东乡下辗转到城市的毫不值钱的糕点还光明正大地存在着，偶尔作为点心，没有企图要做到人人爱吃，的确很酷。

110 人人爱？茶果酷尽

如何能够做出一款人人爱吃的点心？如何能够做出一款叫港岛人、九龙人、新界人，或者更仔细的叫土瓜湾人、深水埗人、尖沙咀人、跑马地人、华富村人、屯门人以及西贡人和中环人都爱吃的点心？

这不仅是香港中华厨艺学院的中式点心导师要问他学生的问题（搞不好他自己也不知道答案），也是七分钟车程之遥的香港大学社会科学系的教授问他学生的问题（肯定他自己也不知道答案）。

答案也许是，根本没有一款点心可以做到人人爱吃。

如果说我第一次看见乌黑乌黑的鸡屎果就发疯了地喜欢，那肯定是骗你的，而且有滥情之嫌。但时隔二三十年，当我在深水埗基隆街的糕饼老铺鸿发跟那粒粒黏

坤记士多

香港九龙深水埗福华街 115 － 117 号
电话：2360 0328
营业时间：8:00am － 10:00pm

小小一家糕饼店同时兼顾白糖糕、芝麻糕、红豆糕以及茶果等招牌热卖，即使是一元几角的买卖，也难得都是水准上乘之作。

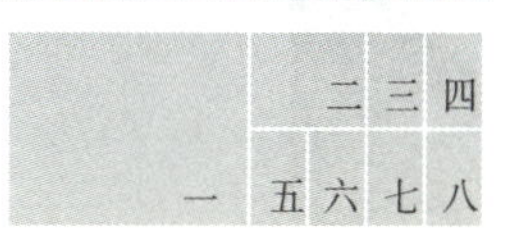

一　当有一天我们可以接受自由演绎的原则与态度，也许就是我们的饮食传统文化得以真正保留的一天。光看茶果这种典型的广东家乡小吃，粉皮与馅料百变，造型和包装也各有不同，各村各例汇流成各自精彩的局面，叫贪食一众直呼过瘾！

二、三、四　无论裹进去的是豆沙、椰丝、花生的甜馅，还是沙葛、虾米、腊肉的咸馅，茶果的粉皮都需要用力把糯米粉和黏米粉搓捏均匀，释粉的热开水也得比例恰当，馅料包进粉皮后用涂了薄油的竹叶小筐盛载，是最原始的“独立”包装。

五、六、七、八　茶果一般放进蒸笼蒸熟，亦有用开水像煮饺子一样煮熟。为了卖相更好，或蒸或煮的茶果都会在熟透后扫上薄薄一层油，更有用笔点上红红食用染料——也是“点睛”的意思吧！

结成像一饼未解体的鱼蛋一样的鸡屎果重遇，买来拨一粒入口，那独特的草香、那烟韧的口感，却肯定是一试难忘，无法替代。

如果急急把现今广告宣传、包装推销手法借来一用，大可以把鸡屎果包装成很草根很怀乡怀旧又忽然很酷很有商机：一个穿一身黑色“Dior Homme”系列礼服、烫贴白衬衫一如既往没有扣衫纽的瘦削少年把几粒黑色鸡屎果一次塞入口，风吹散发，面不改容，那该是多么厉害的视觉震撼！当然，不能确定这个少年和他的同辈就真正喜欢鸡屎果，以及其他用蕉叶、荷叶托底或竹叶围边的或白或黄或绿的茶果，以及各种豆沙呀芝麻呀甚至鲜果做馅的沾上椰丝的糯米糍，但毕竟这些从广东乡下辗转到城市的毫不值钱的糕点还光明正大地存在着，偶尔作为点心，也从来没有企图要做到人人爱吃。但说真的，吃鸡屎藤做的鸡屎果，的确很酷。

九 十 十一 十二 十三 十四 十五 十六 十七

九　特别请来多年老朋友邓达智的母亲为我们示范元朗屏山茶果真传，邓伯母还为每个肥壮饱满、入口软糯的茶果盖上“百子千孙”的朱红印章，与众分享喜悦。

十、十一、十二、十三、十四
分别用上花生、椰丝以及腊肠、白萝卜、葱花或绿豆、眉豆、猪肉做甜、咸两馅，仔细修捏并压入饼模中成型。

十五、十六、十七
真正的民间滋味得以在家中保留，作为嘴馋贪食的下一代可得向长辈好好拜师学艺。

霎时腰封

漫画家 杨学德

忽然有天我们发觉自家身体出现了这样那样的毛病，或者痛，或者晕，或者心跳太快，或者眼花缭乱，更糟糕的是睡不好，最恐怖的是连吃也不想吃——我常常跟身边的兄弟说，如果有天在我们的对话中再听不见我在谈关于吃这回事，看见我没精打采地勉强在吃或者根本不想吃，恐怕要替我准备打理后事了。

那天跟阿德吃饭，他首先婉拒老火汤料碟中的那一块酥软融化的肥猪肉，然后吃炸仔鸡时又千挑万拣一块不带皮的白肉，一反他平日不肥腻不吃的习惯，我知道一定是出状况了。当然在座兄弟都知道快要做新郎的他即将要穿得正式一点去举行婚礼，有一样平日不怎么需要的东西叫腰封。也许是为了在那张欢天喜地的大合照中留一个美好身段，临急瘦身一下以配合腰封尺寸也是情有可原的。

但既然是兄弟，就要扮演魔鬼的角色。趁他有天试礼服路经上环之际，我把阿德约到皇后街街市的熟食档，让他接受一次婚前的终极诱惑——面前是这个潮州汉从小吃到大的家乡地道潮州果，咸的有萝卜馅、椰菜馅和韭菜馅，甜的有绿豆馅、豆沙馅、芋头馅，个个粉皮软糯黏滑，油亮油亮的，十分吸引人，当然一吃就将会不停口，一发不可收拾。阿德一见“旧相好”自然喜上眉梢，马上记起祖母当年亲手做的、他最喜欢的韭菜果，还认真地一一压上花纹饼印——这位准新郎点了两个萝卜馅的油煎了马上热吃，我又怂恿他买了两个甜的回去跟准新娘一起吃，至于途中有没有被他忍不住吃掉，几天后他还挤不挤得进那个腰封，这个责任就不在我了。

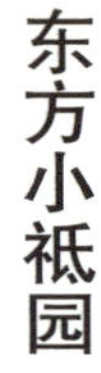

香港湾仔轩尼诗道 241 号
电话：2519 9148
营业时间：11:00am – 10:30pm

异曲同工却不必蒸煮的又一热卖甜食，素食老字号的糯米糍做到不腻不甜，软糯芬香。

认定这金黄酥脆、外硬内松的“油炸鬼”，忘掉“热气”的诅咒，聪明地和白果腐竹粥一起、和豆浆一起，甚至与砂糖热开水一起，都是清早爬起来简单满足的超级早餐。

炸鬼炸桧，可以代代相传而且满足口腹，实在是深谋远虑而且实验成功的品牌个案。

111 我来自油锅

滚油炸出鬼

上刀山是怎么一回事儿比较难想象，大抵跟爬墙闯关时碰上墙头有碎玻璃或者带刺铁线圈类似，想起都觉得痛。下油锅倒比较具体。从小在家里厨房看着外婆和老管家日常炸虾片、炸豆饼，过年时节炸煎堆油角。外出在大排档更觉震撼，那乌黑的大锅长时间都注满（那用了多久的？）油，目睹师傅手法纯熟把揉好发好的面团拉折成长块，然后持刀一切一敲，面筋随手一挥成长条，下了油锅忽然又再膨胀，变得粗壮金黄酥脆，等不及变凉，烫手烫口、热辣新鲜，与白粥呀豆浆呀争做当天主角。

如果相信传说中油炸鬼是源自油炸当年陷害岳飞的奸臣秦桧夫妇——炸鬼炸桧，那么能够靠这每天早晨都在全国上下十几亿人前曝光的油条来让自己的名字代代相传而且满足口腹，实在是深谋远虑而且实验成功的品牌个案。搞不好将来中学语文课也不再把岳飞《满江红》收集进去成必考课文内容，怒发冲冠凭什么也不清不楚了，但秦桧夫妇双双对对作为油炸鬼却留香百世、遗脆万年，说不定正史也会被重写。

坤记粥品

香港九龙太子弥敦道 786 号地下（太子站）

街坊叔婶极力推荐，当一切都求新求变之际，保守顽固地留住传统真功夫，不会吃出一口油的油炸鬼已经不简单。

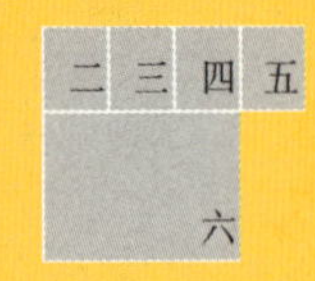

二、三、四、五
永远在店堂里目瞪口呆地看着熟练的师傅现做油炸鬼，把盐、臭粉、发酵粉、食粉先溶水中，再放于面粉中和好，三十分钟内洒水三次然后在案板上铺开，两个小时后复折几回后待松筋完成即可将面团切成宽条，两条一组用刀背稍压至黏成一体，用手一甩拉长，入油锅炸至金黄。

六　当你吃过偷工减料、连南乳也欠奉的咸煎饼，你就懂得珍惜一个忠于原著、不花哨取巧的极品了。

— 油炸鬼就是“油炸桧”，就是炸面，就是油条，象征着把陷害岳飞的秦桧夫妇油炸了，叫炸面多了一点集体爱恨民间回忆。坊间有把油炸鬼形容为“八寸腰身棺材头，内似丝瓜络，外有豆角泡”，精准地描绘了油炸鬼的外观以至口感。

— 牛脷酥据说是原产苏州的牛舌酥，广东人忌“舌”（音同“蚀”），改为“脷”就马上吉利起来，成为贺年以至日常必备。而咸煎饼的最大特点是加入了甜中带咸的南乳，广州的德昌茶楼以改良配方的咸煎饼驰名，松软甘香、南乳味浓，老饕也就直呼德昌咸煎饼。

不过话说回来，脆也的确是有时限的。过了一些时间，油条也好咸煎饼也好牛脷酥也好，都会回潮变软，那才真实才安全。报载黑心无良商贩不知弄来什么化工原料放进膨松剂里弄入面粉中，好让炸物炸好后更脆更坚挺，结果被验出铝金属元素超标，要知道，这是当年秦桧和岳飞都无法理解也肯定不会接受的。

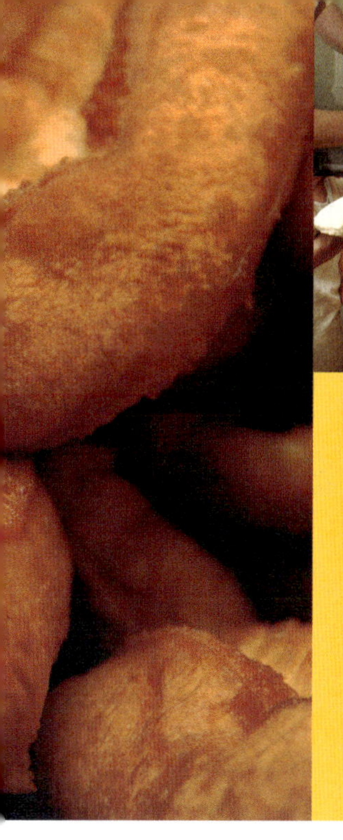

七　比油炸鬼略为复杂一点的牛脷酥同样是油炸食品中不可或缺的主角，与咸煎饼、油炸鬼一道成为“三大台柱”，油酥炸过面团部分更见香甜酥脆，成为嗜甜的小朋友的第一选择。

八、九、十、十一、十二、十三、十四、十五
先把白糖、熟猪油加进面粉中加水搓匀成糖馅，跟油炸鬼一样的面团揉好后得另外静置半个小时再揉叠一次，然后再隔十分钟揉一次令面团再次膨胀完成，静置两个小时，开始把面团擀压成长条，包住准备好的糖馅，然后静候半个小时，长条压扁切条后放进油锅中反复炸至金黄，又是一道广受欢迎的街头油炸小吃。

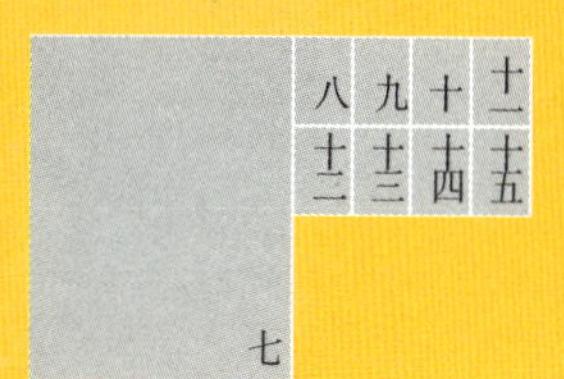

小心回味

建筑师 曾国梁

不只温馨提示其实要刻意警告曾国梁（Derrick），不要随便在广州街头巷尾吃油炸鬼，因为一个星期至少有四天在广州工作的他这么爱吃油炸鬼，一不小心就会吃到那些无良小贩用洗衣粉发面团、让油炸鬼炸起来松脆硕大够吸引人的黑心食物，而不用追问一看就知，这些完全无社会责任感的摊贩用的肯定是黑沉沉的万年油。

如果让他的退休前当护士长的妈妈知道儿子身处高危环境（还未把空气长期污染算进去），不知会否把他急召回英国留在身边？但 Derrick 始终有他的事业有他的圈子，早就独立地飞来飞去，在地球这边那边学习、工作、生活。问他会否因为妈妈从事医疗行业，就特别紧张家人的卫生健康。他笑了笑说除了家里真的像一个药房以外，妈妈因为见多见惯了，很清楚什么是小事一桩，什么是严重要紧。所以有一次 Derrick 在学校打球跌断了手给送到妈妈工作的医院，妈妈也只是走过来看了一下，觉得没事，然后走开。

妈妈长时间要在医院轮班当值，所以少年 Derrick 就更珍惜可以跟她相处的时间。小学时候上的是上午班，放了学碰巧妈妈下午休班在家，就一定跟她到街市买菜——当然志不在买菜，是为了街市中小吃摊档里的豆腐花、白粥和油炸鬼。特别是那亲眼看着在面前一揉一切一拉一甩进油锅，然后马上翻滚膨胀、炸得金黄香脆的油炸鬼，热腾腾一条在手向两边撕开，不怕烫也要放入口。说起来 Derrick 实在惦记退休后居住在英国的妈妈，一有空回去探望她都会带她去像样一点的地方好好吃顿饭——只是那些湿滑拥挤的街市，那些热闹喧哗、什么也吃得到的大排档，不要说远在天边，就算近在眼前也再不多见。

112 人有我有

煎堆角仔有软硬？

中国地大物博、多奇珍异宝而且人多，加上大家都相信所谓人多好办事，所以我曾经十分政治不正确地在一个年宵食品摊位面前向远方来的老外朋友介绍一个煎堆，还用一种介绍故宫博物院里隔几十年才难得拿出来特展一次的国宝级古玩的口吻，把煎堆与那些花几百个工匠用上几辈子雕龙刻凤、贴金镶玉的工艺极品相比，瞎说煎堆上的芝麻是用人手逐粒逐粒粘上去的，就是因为我们人够多，也重视饮食文化，这么精致花时的东西我们才随便地一口一口吃掉——难得的是他真的拿着一个煎堆看得目瞪口呆，好像相信我说的。

结果实在不忍心，让他得悉真相之后他没有怪我，却在三五分钟内把一个圆鼓鼓的龙江煎堆掰开，把内里黏结一团为馅的爆谷花生麦芽糖胶吃光，还连那团像鸡冠一样的红粉硬角都吃掉。我见他吃得这

东方小祇园

香港湾仔轩尼诗道 241 号
电话：2519 9148
营业时间：11:00am - 10:30pm

素食老字号供应的笑口枣有椰丝做馅，一年四季笑口常开。香酥松软，不大不小，是下午点心的最佳选择。

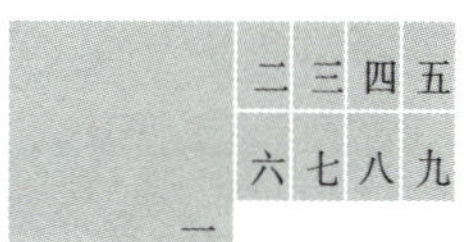

一　小火浸炸至金黄色后即起锅的九江煎堆，甜香酥脆，少吃多滋味。

二、三、四、五、六、七、八、九
先将爆谷、花生仁、芝麻捣碎，拌入以片糖和开熬成的稠糖浆，混合拌匀后捏成小球，再压入铺有糯米粉团的圆模中成型，随即撒蘸芝麻，放入油锅以小火炸至金黄便成。成品松化且有蜂巢孔状，首创于广东南海县九江镇，与另一种来自龙江镇的滚圆状的煎堆分庭抗礼，各领风骚。

么高兴，就把炸得甘香酥脆的扁圆的九江煎堆，以及我最喜欢的糯米软皮豆沙角也一并堆到他面前，怎知对于食物他还是有原则、有态度的，多走几步挑了一个花边捏得十分精致漂亮的油炸脆角仔放进口，还分得出里面有芝麻、椰蓉、白糖，还说这薄薄的角仔酥皮这么香、色泽这么漂亮，一定有下猪油和鸡蛋——

挨年近晚，人有我有，什么煎堆、油角都来者不拒。争取机会自己也来开一锅油，把各种捏得奇形怪状的粉团带馅都放进去一炸，为求来年油润兴旺，至于是否需要金银满屋，那得看看明年家居装潢流行什么色系。

一　相传唐代长安宫廷食品中已有唤作“油䭔”的油炸小吃，是煎堆的始祖。《广东新语》亦记录“广州之俗，岁终以烈火爆开糯谷，名曰炮谷，以为煎堆心馅。煎堆者，以糯粉为大小圆，入油煎之，以祀先及馈亲友者也”，加上俗语有说“年晚煎堆，人有我有”。无论有馅无馅，或大或小，都该积极捧场。

陆羽茶室

香港中环士丹利街 24 － 26 号
电话：2523 5464
营业时间：7:00am － 10:00pm

时以枣蓉做馅，时以豆沙做馅，陆羽茶室的经典甜点都改成典雅名字，伴着好茶慢慢品尝，反照店外街巷人潮动态太仓促。

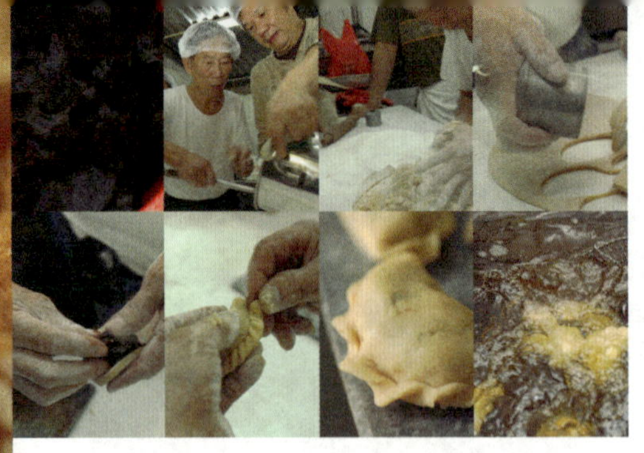

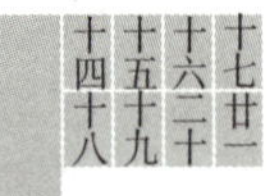

十　曾经大如拳头、强壮有力的笑口枣，如今已经变身成迷你版本，迎合现今饮食习惯口味。这种笑口常开的小吃用面粉、泡打粉混好，加入蛋液、糖浆和臭粉拌匀揉成面团，静置一会儿后分成小圆球蘸上芝麻，以慢火炸至浮起裂口，再用中火炸至金黄熟透，稍凉后外酥内软，从来都是心头好。

十一　讲究一点的笑口枣会有椰丝或者枣蓉做馅，口感丰富。

十二　同样撒满芝麻、酥香皮薄无馅的糯米煎堆，炸得滚圆热辣入口，是一试难忘的真正街坊滋味。

十三、十四、十五、十六、十七、十八、十九、二十、廿一
有煎堆又岂能无油角？无论是以面粉做皮，花生仁、芝麻、砂糖或者用脆腰果、核桃、糖莲子、糖冬瓜做馅的酥皮油角，还是以糯米粉做皮、豆沙做馅的豆沙软角，都一度是年近岁晚的家庭手作，一家大小一室喧闹捏出精巧细致的或者勉强合格的版本，这个优良传统实在有努力保留的必要。

油炸规则

资深传媒人 李照兴

团团转身边这几年忽然出现了好一批频繁地北上南下的姑爷，我们这些没有下定决心北迁的比较慵懒的在家的，就认定了这位那位驻京驻沪的相熟之人为特派员，封他们做北京姑爷、上海姑爷、成都姑爷以至广州姑爷。其实姑爷也只是一种庸俗的说法，我更希望他们是童言无忌的天线宝宝（Teletubby），用公开密码互通此处他方应有的及时的了解认识。

从来精于在街头巷尾收料，搜索香港城市文化、人事脉络的李照兴（Bono），经过他的广州驻守期，现在是上海特派员。以他的主动和拼搏，看来今年岁末时分，应该可以全副武装、登堂入室地和上海的叔叔婶婶一道在厨房里准备传统过年食品，现场转播，无所不谈。

自小就热衷于这些年节前的家庭集体活动，少年 Bono 在长辈的指挥下，用手工劳作课堂上练来的武功去捏角仔、搓煎堆，把炸糖环的工具当作酷刑刑具，那一锅黄澄澄的滚烫的花生油，就更如祭坛上的法器和祭品一般庄严隆重。

口咬一个还算合格的豆沙馅软煎堆，Bono 十分怀念当年的一场又一场亲子活动。全家动手寓教育于游戏，当中传递了传统饮食的规则习惯和创作步骤，考验一众本来坐不定的小朋友的定力耐性，鼓励公开比赛精神。手工好坏一下油锅马上有分晓，有本事的家长根本就是这一个家庭剧场的导演兼美术指导兼武术指导。

仪式结束，把这些自家制的成果有滋味地吃它半个月，转眼又到另一个节日该准备另一类传统食品。然而这些习俗仪式可否代代相传？女性一度走出厨房之后如何能重新进驻、重新发挥作用？这该是 Bono 关心的饮食文化研究又一章。

八珍酱园

香港中环威灵顿街 75 号
电话：2545 6700
营业时间：10:00am – 7:30pm

从煎堆油角到年糕、萝卜糕、芋头糕，全数由经验老到的师傅统率精英团队亲手打造，又揉又捏又擀，又蒸又炸，滋味一流，诚意满分。

—— 无论是否生性嗜甜，经验里身边很少有人能够抵挡面前这一碟蘸满糖浆且撒上芝麻的鸡蛋散的诱惑，甘香松化甜入心，管他吃得黏黏的一手一口一地。

不知从什么时候开始，粤语方言里尊称那些无所事事、不中看又不中用的小混混作“蛋散”。

113 不脆无归

甘心蛋散

从来不是能言善辩的角色。虽然好胜，但也实在知道自己的缺点比优点多出一万倍，所以除了不小心碰上生死攸关、大是大非的大事件，否则都会慢个四五拍，在热闹纷乱以外八卦旁观，真正忍不住才插嘴说两句——不像我身旁的真正有领导人能力和风范的，站起来坐下去、一举手一投足都叫人瞩目，让人佩服。所以在这些比我年纪还轻的“大哥大姐”面前，我甘心做蛋散。

不知从什么时候开始，粤语方言里尊称那些无所事事、不中看又不中用的小混混作“蛋散”。对人不对事，能够被称作蛋散其实也无伤大雅，只是这样说来对那些炸得又香又脆，还淋上糖浆、撒上芝麻、一吃就不能停口的真正的蛋散，就有欠恭敬。

蛋散这种从来就在身边的小吃，制作成型看来并不复杂，但要做得精彩却一点也不简单。以面粉（筋粉）、鸡蛋加上猪油揉成粉团，静待发酵两个小时，反复再揉再发酵一次。面团用面棍压，压成信用卡一般的厚薄，用刀裁成长度大小随意的长方

西苑酒家

香港铜锣湾希慎道 33 号利园一期 5 楼
电话：2882 2110
营业时间：11:00am - 11:30pm

每次到西苑吃午饭或者参加晚宴，都要很坚定地反复地告诉自己：大哥叉烧之后还有……爵士汤之后还有……仙鹤神针之后还有……蛋散一出场——再来一碟！

二 三 四 五 六

二、三、四、五、六
蛋散与萨其马虽然长相截然不同，但其制作原料以及前期做法其实十分类似。先将面粉发粉拌匀，加入鸡蛋液和少许臭粉混成面团，反复揉出筋后静置半个小时，再将面团擀成面片，切成长方形小块，中间划一道，两头互叠再上下反穿成蛋散生坯。下锅油炸后的面片自然金黄酥脆，沥去油后淋上以白糖和麦芽糖以中慢火熬成的糖浆，全天候受嘴馋男女老幼拥戴欢迎。

一 蛋散与萨其马一样，都是历史悠久的点心。北京友人吃着粤式和蘸满糖浆的蛋散，忆起在老家也有不蘸糖浆的版本叫“排叉儿”。作为佐茶咸食的南乳蛋散亦有一个更轻巧的版本直唤“薄脆”。早期的薄脆有用米粉制作的，现多采用面粉擀好油炸而成，成品薄如纸，一样香酥入口吃不停。

形，然后居中用刀一割，熟练地执起一端穿进割口，再顺手一拉一扭，就成了形。放进油锅炸它半分钟，金黄酥脆的蛋散马上成型，再淋上用黄糖煮好的糖浆，随意撒点烤过的白芝麻、黑芝麻，迫不及待拿起入口。

坊间出现的蛋散，从二十世纪六七十年代起（或更早期）就有小贩叔叔伯伯用肩挑透明塑料纸箱或者用手推有塑料上盖的木头车沿街叫卖；到后来登堂入室成为酒楼茶市的甜点，从加有南乳提味的咸食始祖版本到淋上糖浆的甜美选择，从形体卖相到入口滋味都已经接近完美——一条蛋散是不必勉强求新求突破的，只要它（以及我）甘心，就可以做一条好好的蛋散。

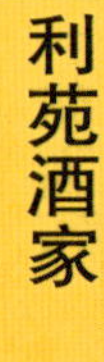

利苑酒家

香港中环国际金融中心二期 3008 － 3011 室
电话：2295 0238
营业时间：11:30am － 3:00pm / 6:00pm － 11:30pm

时有创新的利苑，点心师傅们居功至伟。除了传统的蘸满糖浆的蛋散外，也有多层薄脆形的蛋散，不蘸糖浆却撒上椰丝和糖粉，又是甜品时间的一大惊喜。

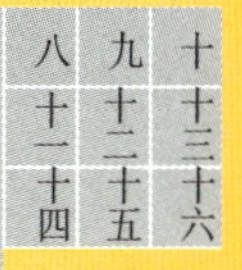

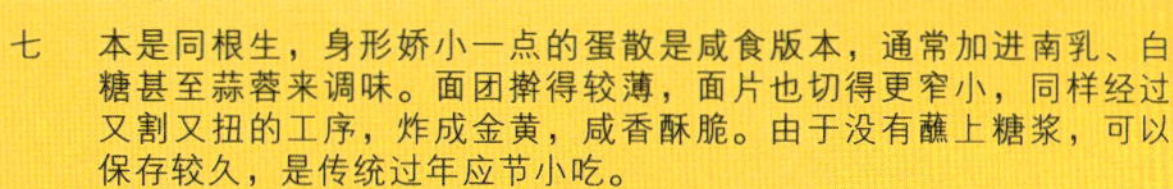

七　本是同根生，身形娇小一点的蛋散是咸食版本，通常加进南乳、白糖甚至蒜蓉来调味。面团擀得较薄，面片也切得更窄小，同样经过又割又扭的工序，炸成金黄，咸香酥脆。由于没有蘸上糖浆，可以保存较久，是传统过年应节小吃。

八、九、十、十一、十二、十三、十四、十五、十六
难得闯进八珍酱园的工场，目睹新鲜热辣咸蛋散的诞生。手工讲究、有条不紊，难怪每年春节前夕，八珍的店堂都挤拥着赶办年货的人潮。

痴心蛋散

香港浸会大学副校长周伟立

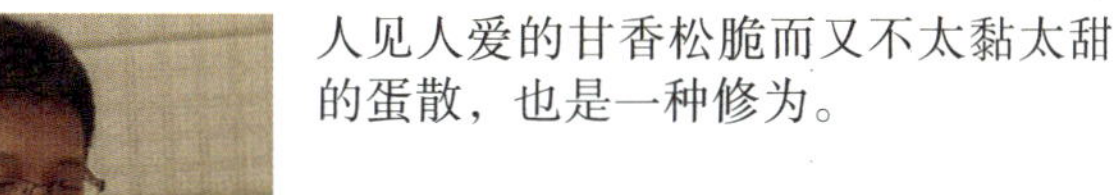

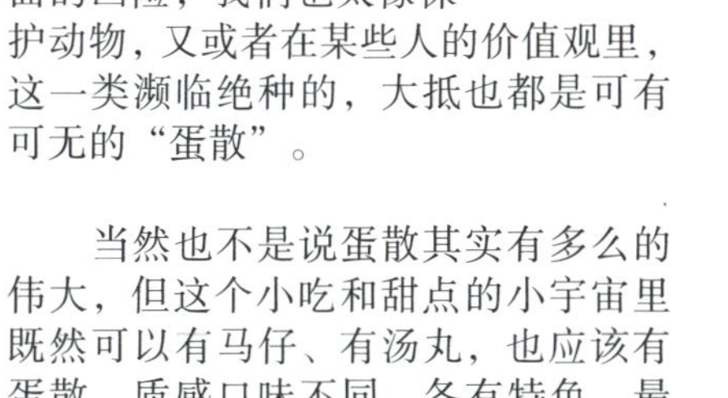

说到蛋散，周伟立（Albert）和我你眼望我眼，都忍不住笑了。原来两个同龄而且出生日相差不到十天的男子，其实并没有在江湖“混”过，这些年来都算循规蹈矩地在一些比较正经干净的环境走动，认识的、交手的都是一些老师、学生、文化人、传媒人。大家都恭恭敬敬如谦谦君子，自我感觉良好——只是相对于外面的凶险，我们也太像保护动物，又或者在某些人的价值观里，这一类濒临绝种的，大抵也都是可有可无的“蛋散”。

当然也不是说蛋散其实有多么的伟大，但这个小吃和甜点的小宇宙里既然可以有马仔、有汤丸，也应该有蛋散，质感口味不同，各有特色，最重要的是让大家有选择。能够做一件人见人爱的甘香松脆而又不太黏太甜的蛋散，也是一种修为。

自小在慈云山屋村长大，却又乖乖听从父母吩咐不会在球场街边游荡，以免被坏分子滋扰的Albert，其实还是会聪明地利用上学、放学的机会，吃自己要吃的街头零食。这个习惯一直延伸到为人师表的日子，最尴尬的是一次在街头吃煎酿三宝的时候被好几个学生碰个正着——其实也并没有什么大不了，学生们根本也不怎么当一回事，只是“长大了”的他连脸也红了，打哈哈也很难圆场。

说到当年今日饮食环境、内容与包装的一些转变，他还是对那些有点失序的什么都可以吃得到的街头贩卖模式情有独钟，那种最庶民、最自然、最没有隔膜的美味关系，分明也就是凝固起那好几代人的向心力、认同感的最佳催化，如此说来，又怎可以低估蘸满糖浆的蛋散的作用与意义。

八珍酱园

香港中环威灵顿街 75 号
电话：2545 6700
营业时间：10:00am – 7:30pm

回到过去也是去到未来，衷心期望在往后的日子里依然可以有八珍这样的传统老字号继续提供回味无穷的年节佳品。

年复一年地在农历新年吃到不同出处、不同手工的芋虾，
就更清楚一个轻巧如此的油炸食物，
也有连环紧扣的选料学问和制作技术。

114

与虾无关

芋虾芋散芋花

开口叫作芋虾，当然跟芋头有直接关系——咬下去一口松化酥脆，油香芋头味浓，但怎么慢尝细嚼也感受不到虾的存在。

这又叫我想起笋虾这种广东家常食物。经过腌晒的竹笋干加上南乳和五花腩肉一起炆，肉香笋滑、汁多味美，是连下三碗白饭的绝佳好菜——吃到最后也不禁问，究竟虾在哪里？

小时候我总爱每事问，家里老管家不厌其烦地一边用刨刨芋皮，用刀把芋头切薄片、切细丝，一边跟我解释芋虾这种华南地区贺年传统小吃之所以称作虾，是因为这些切好的芋丝加了盐、加了澄面和少许南乳酱混好之后，拿捏少许成型后用筷子夹着放进油锅一炸，长长的不规则造型多少像炸虾的样子——对于她这个解释我总是不太满意，因为我也在她监管之下亲

八珍酱园

香港中环威灵顿街 75 号
电话：2545 6700
营业时间：10:00am – 7:30pm

时移世易，像芋虾这样美味可口的“大众”食物竟也变成“小众”珍品，幸好还有老字号坚持在年节时分百分之百纯手工巧制，实在感激。

一　几乎只在农历年时分才会亮相登场的芋虾，神差鬼使地拥有一个比经常出现的芋头糕、萝卜糕都要高贵难得的超然地位。也以它逾时“不候”的赏味期限，提醒大家该吃时就该快快吃掉这一口酥松香脆。

二　老字号八珍酱园的贺年食品款式之多、之精彩早已街知巷闻，成功要诀之一在于深明“工欲善其事，必先利其器”的道理。

手帮忙炸过芋虾，但不成虾，比较可以称为“芋散”，未离锅已经天女散花，又或者因此可以称作“芋花”？！

所以就凭多年前那回实战经验，我对能够凑合成事、炸成一团的芋虾已有三分敬意，而年复一年地在农历新年吃到不同出处、不同手工的芋虾，就更清楚一个轻巧如此的油炸食品，也有连环紧扣的选料学问和制作技术——用上手感结实但入口粉嫩的荔浦芋，丰富的淀粉含量可以在油炸后更酥更香；为了让芋丝成团，要下澄面黏合，但下澄面不能太多太急，薄薄一层撒上然后随手抄起芋丝握捏成团，就可放进油锅，更避免了芋丝久腌出水。至于加南乳酱甚至加芝麻加芫荽的做法是个人变化选择，于我看来只要芋头够粉够香够好，倒不必加别的什么提味。

至于油炸的时间和技术，经验丰富的老师傅甚至会建议分开用武火和文火煮两锅油，先用武火将生芋丝炸熟再用文火将芋虾炸透，而在工场里老师傅当然不像家里用普通筷子和单头笊篱，手执一个一次放进四球芋丝的专用工具，一炸炸出不再像虾的超好味道。

一　典型的属于广东南海、番禺、顺德等地区的传统贺年食物，完全没有鲜虾成分却被称为“虾”，大抵是早期炸这芋丝团的时候并没有特制的器材固定其形状，炸成不规则长长一只状似金黄的炸虾，因而得名。以今日拿捏成球亦有特别笊篱定型，要正名的话也许该叫芋球。

龙城公凤

香港九龙九龙城衙前围道 132 - 134 号地下 6 号铺
电话：2382 2468
营业时间：11:00am - 10:00pm

应有尽有的零食店时有惊喜，不定时间歇出现的芋虾虽然硬了一点点，但勉强可解相思之苦。

三　一年一度管它是否油腻热气，以武火定型再以文火炸透的芋虾实在是一发不可收拾的香口特色。

四、五、六、七
先将粗壮肥大的荔浦芋刨皮切薄片，再切成宽若二至三毫米的芋丝，下油锅前再轻轻以少量澄面和盐拌匀一下，时间过早或过多都恐怕会令芋丝受腌出水，影响黏结。师傅更熟练地用阴力把芋丝握成球状放入笊篱，过松便散、过实便硬，看的完全是拿捏手法。

八　粗料细作的又一绝佳例子。芋头这一贱物经过这巧手处理，先以武火把芋丝炸出金黄外观，再调至文火慢慢把内层炸酥炸透。只见老师傅一夫当关地舞弄出热辣酥香、堆成小山的几十个芋虾，很有富足的感觉。

平民奢侈

饮食旅游专栏作者 陈俊伟

俊伟着实是比我十年前认识他的时候胖了一点，但相对于他这十年来跑过这么多的地方、看过这么多的风景、尝尽这么多的美食，又做过这好一些详尽的、轻松的、叫人有若亲历其境的、叫人垂涎以至腹如雷鸣的稿子，如此看来他又不算很胖。至少一个喜欢吃的人是该有一个饱满圆润的样子的，吃出好心情，心宽何妨体胖。

因为工作真正近距离深入认识食物，有喜有恶，同时吃出一种主观或客观态度。从最初一个不吃鱼、不爱蔬菜、只爱吃鸡翅的小朋友慢慢发展到连续吃上四天来自全球各个海域的生蚝，一餐吃遍龙虾六种不同烹调方法，吃多识广，自然就懂得珍惜，也开始明白一粥一饭其实得来不易。即使是廉价如番薯和芋头也可以“变”出甜美的番薯糖水和芋虾，尤其是强调古法的版本，就连一块番薯都要又削又切又晒才够资格下锅；芋头变成芋虾的程序更是繁复，难怪始终无法在当今时世流行普及，因为人工手作就是奢侈，时间就是奢侈。

说来俊伟竟然没有在小时候吃过芋虾这种年节时候常见的油炸食品，认知只在妈妈亲手做的角仔和煎堆身上，搞不好还闹过问芋虾是不是一种虾的笑话。后来也就是因为工作机会经常出入旧式茶楼，过年前夕在一堆萝卜糕、芋头糕、年糕中间发现了限量版且有赏味时限的传统古法手工芋虾——隔了这好些年月终于与芋虾相认，相逢未恨晚，用一个专业的身份亲口尝试，少吃多滋味，寻常不寻常，吃到的是一些时间和人情的附加值。

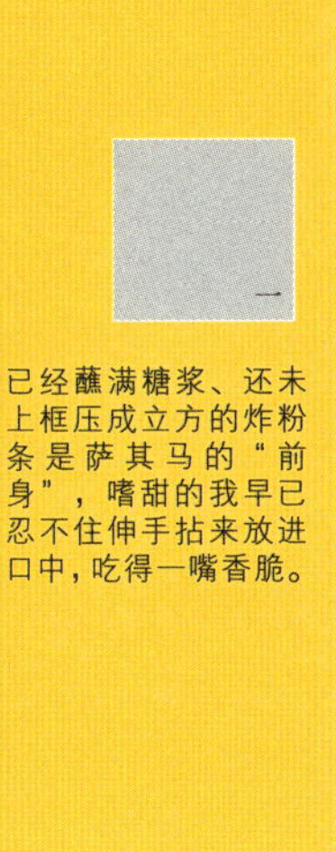

一 已经蘸满糖浆、还未上框压成立方的炸粉条是萨其马的“前身”，嗜甜的我早已忍不住伸手拈来放进口中，吃得一嘴香脆。

115 马失前蹄

生死存亡萨其马

我不赌马，也从来没有兴趣看赛马。几次鲜有地走近马场都是到马会的中餐厅吃饭、到贵宾房试酒，当然也很难想象如果香港有朝一日没马跑，广大赛马迷会如何起哄暴动。但如果有人告诉我，在不久的将来很可能再也吃不到手工制的“马仔”萨其马，我肯定会悲从中来、呼天抢地。

当你领教过那些在超市和连锁饼店有售的用塑胶袋独立包装的新派马仔，也许很方便很卫生，还加了芝麻呀椰丝呀核桃呀甚至腰果，可是入口不是太甜就是太硬，甚至有一阵油“益”，你千万不要因此从此唾弃马仔——你该问准门路找出那些还是每日新鲜现做、以整板完装出现、每件切成长约八厘米的金黄马仔，趁热放一小块入口，让它慢慢融化留香。加了足够蛋液的面粉炸条香酥诱人，麦芽糖及砂糖现煮的糖浆甜味、黏度适中，随手撒上少量芝麻再添滋味，这才是真正值得保留的手工艺，是真正值得回味的民间美食。

如果我们连一件真正的手工马仔也无法继续保

顺香园饼家

香港新界沙田火炭山尾街23－28号宇宙工业中心4楼B座（工场）
电话：2605 6181
营业时间：9:00am － 5:30pm

作为一个唐饼的小型制作工场，顺香园的师傅团队身经百战、无所不能：有的独力专门负责萨其马或者光酥饼，有的组成梦幻三角相互呼应，“变”出一盘又一盘热腾腾——

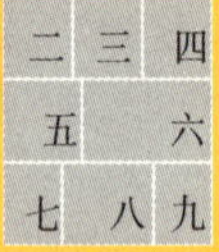

二、三、四
先将麦芽糖混合白糖炒煮成糖浆，快慢拿捏准确、手法讲究：太快的话两种糖难混合，太慢的话又怕糖变焦。炸好的蛋味香浓的面粉条与糖浆在锅中混捞，行内叫“炒马仔”的这一工序最考师傅，一见粉条已经蘸匀糖浆就得起锅，否则就会过于结实粘身。

五、六、七、八
“炒”好的马仔置于框中，用手轻轻拍打压实成型，稍待凉后便用刀把整板马仔切成立方。

九
萨其马永远是新鲜即食、最酥脆最香甜的，每天由工场批发到零售店铺也很快被懂门路的街坊一扫而光。

— 昵称“马仔”的萨其马本是京式糕点，由来说法不一，一般认为是满洲饽饽（点心），制作存放要经过“切块”和“码放”两个环节，切的满语为“萨其非”，码的满语为“玛拉木壁”，所以“萨其马”大抵就是这两个词的缩写。

— 另一传说认为萨其马是在广州诞生的。驻守广州的一位清代满族将军姓萨，外出打猎时总要带着由家厨为他准备的点心，当中最爱的就是由鸡蛋面浆炸成、淋上蜜糖、压成方块的甜食。将军问起家厨此物如何称呼，厨子随口回应叫“杀骑马”，日后民间传开也就叫“萨其马”——

— 顺香园糕饼部分售卖点：

1. 启泰地产
观塘瑞和街130号 电话：2342 9391

2. 杨绍记
上水石湖墟街市2楼8－9铺 电话：2673 3665

3. 昌珍士多
柴湾柴湾道394号地下

留的话，不要再跟我说这个社会在进步、你我明天会更好。当大型超市把小杂货店“赶尽杀绝”，当旧区重建淘汰街坊老店，当大规模机器生产的各类食品从内地源源入港，以低成本打击本地的小规模食品制造业，直接受损的就是我们的口腹。不少中老年的唐饼师傅枉有一身好本领，只能抱着有一日做一日的挨打心态，即使他们一上岗位还是用心用力地使出浑身解数，但当他们累了撑不住了决定退下来，新入行的小徒弟就再也没有那种足料心意可以把老师傅的绝活功夫承传下去。

正如曾几何时有此保证“马照跑”，“马仔”萨其马作为一种零嘴也应该不会马上消失。只是终有一日此马不同彼马，粗制滥造变种充斥市场，贪食如你我闻不到香也不必下马了。

香港中环皇后大道中 176 号 B 地下
电话：2543 8414
营业时间：10:00am – 7:30pm

作为驰名的零食小吃老店，每日限量新鲜制作的全蛋萨其马是叫小小店堂络绎不绝地有客上门的主要原因。

十 同一工场同时有另外一批师傅熟练地制作其他饼食。十年、二十年、三十年或以上的各自实践经验加起来就是一个宝贵的智囊团，说得出做得到。面前的花生饼香脆硬净，活像加入花生的核桃酥，分明就是这里的一个原创。

十一、十二、十三、十四
原料不离面粉、鸡蛋、糖、猪油、苏打粉……师傅手到擒来，舞弄出一种轻松随意。从开始搓拌到烤烘出炉还用不到四十五分钟，叫旁观的我也即时分享万无一失的成功喜悦。

十五、十六、十七、十八、十九
一批花生饼、光酥饼和核桃酥先后出炉后，又到了制作莲蓉卷的时候。只见师傅把莲蓉包在擀好的面粉皮里面框压成长条状，然后割出横纹、髹上蛋浆，烘烤后切件包装，辗转分销到港九新界各地，满足大家嗜甜好胃口。

保马一系

百老汇电影中心负责人 麦希圣

前前后后向麦希圣（Gary）做了不下三四五次道歉，其实带给他吃的这几块萨其马该是换过更新鲜的从一整板现做的萨其马中方方正正切割下来，用白鸡皮纸包着，不介意让糖胶弄得一手黏黏稠稠的，吃起来芝麻和核桃仁都粘在嘴角，那才够街坊那才有真正风味。

可是手中的几块萨其马却是用塑料纸妥帖包好，据说还可以“保鲜”地放上十天八天。这块隔了几夜的萨其马，吃着明显潮湿了不够松脆，而且有点太甜——如果我们还坚持一定的标准，还可以刻意选择，我们该放下这块已经不合格的萨其马吗？

大事小事都坚持原则、执着态度，Gary对待生活、对待工作、对待食物都如是。追寻家族贪食基因，Gary那曾经是云吞面店东主的父亲对食物要求很严谨，一切加工过的食材如罐头和蚝油之类，都被禁止带进家里，唯一的例外是豆豉鲮鱼——是因为豆豉？还是因为鲮鱼？而母亲的一手精彩厨艺，叫一众亲戚每逢过年过节便联群结队蜂拥而至。

既然有违禁物，当然也有中门大开受欢迎的。父亲对中式糕点特别钟情，所以什么糯米糍、白糖糕、钵仔糕以及崩砂呀马仔呀都可以入屋而且可以随时在家里吃到。

因此Gary自小认定萨其马是可以一家大小分享的甜甜蜜蜜的健康食品，也因为积累了多年萨其马经验，很清楚地知道好坏准则。说起来可惜的是这些传统食品的生存空间很有限，集团式经营和机器大量生产的往往放弃了手感特质，没有新人入行接班制作，跑得不快的“马仔”可有一天被赶尽杀绝？剩下的难道只有这一张塑料包装纸？

福临门酒家

香港湾仔庄士敦道35－45号
电话：2866 0663
营业时间：11:30am－11:00pm（点心至3:00pm）

一般街铺饼家难觅新鲜萨其马，本来平凡不过日常小吃转身出现在高档酒楼成为午间茶市的饭后点心，以福临门一贯对待茶点的精准态度，这里的萨其马香酥松化不在话下。

116 一身二地

欲罢不能鸡蛋卷

说起鸡蛋卷，似乎大家不约而同马上就想到澳门，然后再想到杏仁饼、水蟹粥、葡国菜——一个曾经安静的小地方，很专注地做好几种供送礼的特色美食，就会在中外旅客心中留下深刻印象，培养出消费习惯——香港也许太匆忙太热闹，好像人有我有，什么都不缺，从A项到Z项都在争出锋头，一路竞争下来结果又好像这样那样都不够突出、难算最好。待到过年过节收到香港自家制造的鸡蛋卷礼盒，很多香港人才面露惊喜地察觉到这些百分之百香港制造的鸡蛋卷其实也的确不错。

从独沽一味专门做家乡鸡蛋卷的五十年老字号大铺德成号到做街坊生意手工蛋卷的小档齿来香，印象中早年港九街头巷尾还该有好些小本经营的手推车蛋卷小贩，都在提供这些不是什么高技术，但也得熟练才能巧手成型的鸡蛋卷。看着师傅

德成号

香港北角渣华道64号地下
电话：2570 5529
营业时间：9:00am - 7:00pm
（周三至周六，周一 / 周二 / 周日休息）

走进店堂，阵阵蛋香、牛油香先叫人心动牙痒，还有那堆叠如山、醒目亮丽的铁盒精装，马上叫人想起该送一盒给姨丈、一盒给姑妈、一盒给多年不见的老同学……

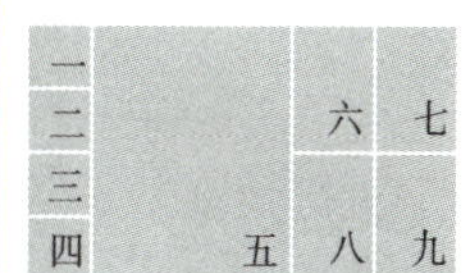

一、二、三、四
从粮油店脱胎换骨变成独沽一味人工手做鸡蛋卷店，一眨眼经营超过五十年的德成号是街坊老铺。鸡蛋卷松香酥化，蛋味十足。店堂内堆叠起专用铁罐，过年时节用各式花纸包装送礼，留住一种流失中的老派习惯。

五　德成号的蛋卷分原味、牛油味和椰汁味三种，每回我都挑选原味，一开罐就一发不可收拾，三数天后吃得差不多，还用手撮起罐底的蛋卷碎屑，吃得更放肆。

六、七、八、九
除了大厂生产蛋卷采用流水线作业，一般家庭式经营用人手操作都得经过这几个步骤：先用鸡蛋、顶级面粉、糖混成蛋浆，舀一匙放在蛋卷机的电热板面上，合上铁盖静待几十秒然后掀盖，马上用铁棍把蛋皮卷成蛋卷。有的蛋卷机比较“先进”，机关连接脚踏，手脚并用方便掀盖，手法熟练的完成一条蛋卷全程不到一分钟。

用顶级面粉调进打匀的北京蛋液或者顶级湖北蛋液，加糖以及牛油以至少量椰浆调味，然后一勺一勺地放进在两片黝黑油亮的生铁板上一压烘成的蛋片，再马上卷成蛋卷。新鲜烘制，蛋香扑鼻，懂得吃的当然知道这批靠人手新鲜烘卷的鸡蛋卷比起那些机械操作、大量生产的货色，无论色香味都肯定优胜得多。

有人喜欢硬净香脆，有人喜欢松化酥香，但无论如何，于我这个笨手笨脚的，每回吃蛋卷都是天花乱坠的好戏一场。即使事先做足准备、摆好阵势，还是会吃得散屑一手一身、一台一地，为了免却清洁收拾的烦恼，很多时候我索性就用原盒原罐盛散落的蛋屑，也因此忍不住一条又一条将蛋卷放入口中，一口气吃完一盒或者一罐，绝对正常。

一　蛋卷制作就是活脱脱的民间手工艺，过程其实并不复杂，其巧妙细节在于各家调制蛋浆时鸡蛋的来源，面粉和糖与水的比例，有些亦加进椰汁或者牛油来提味。而因应天气变化，潮湿的春夏时分蛋浆便得少下点水，以免蛋卷太易受潮。一般长身蛋卷会在一层卷好成型后再加卷上第二层，口感更加酥化，短身蛋卷会一次卷上三圈，做成硬净脆身口感。

齿来香蛋卷

香港西营盘第三街 66 号福满大厦地下
电话：2975 9271
营业时间：9:00am – 7:00pm（周一至周六）
10:00am – 6:00pm（周日）

港岛西区半山老铺，由街头铁皮摊档转移入铺，现场即做蛋卷、凤凰卷等传统饼食，亦有各式自家制饼干及曲奇。

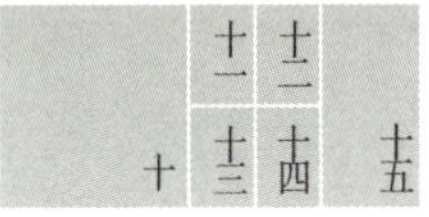

十 光是蛋卷满足不了要求多多的顾客，从圆筒蛋卷发展至放进馅料左折右折再包裹成型的凤凰卷，同样大受欢迎。

十一、十二、十三、十四
把制作蛋卷的蛋浆烘成蛋皮后，各适其适，铺进砂糖、椰丝或者芝麻、肉松，再用钢叉把蛋皮翻卷折叠成型，随手包装入盒送礼或自用。

十五 小本经营家庭手做，相对于大厂出品的总是优胜在多了几分亲和感情。

后继有人？

媒体IT人 文善恒

问他在过年过节以及亲友有什么喜庆活动的时候会不会买鸡蛋卷来送礼，阿恒实在犹豫了好一阵，然后还是不很肯定地说："这么普通、这么平凡的东西，超市和便利店都随时可以买得到，用来做礼物是否太轻巧了一点？"

继续追问他习惯买什么来送礼？马上得到的回答是即食燕窝——那么你有没有试过这些燕窝呢？阿恒装着鬼脸打个哈哈：不好意思，并没有。那你没有听新闻里调查报告说那些即食燕窝都是含量稀少甚至造假的吗？嗯——

无意再挑战这位实在也很喜欢吃蛋卷的IT男，他要求蛋卷新鲜酥脆有蛋味，不喜加椰丝或者紫菜或者肉松做馅而独爱原味，其实已经是有准则有要求。加上他也觉得鸡蛋卷要么不做，一做就得走新鲜限量、手工精装的高档格局，才会令这种传统小吃的地位得到提升，相对那些大量机制的便宜版本，真正嘴馋的人一定会支持保留这看似微不足道但着实丰厚细致的民间饮食传统。

并不太复杂花哨的制作过程，一条蛋卷在手中完成，看来不会像花式西饼甜点一样广受吹捧，赢得太多夸奖，这也是为什么没有年轻一族愿意入行接班的原因，以致这些吃得一台一地蛋卷屑的平实好味的货色，始终未被消费者如他列入送礼首选。我有点天真而且冒昧地跟阿恒说："蛋卷有没有未来就看你们这群三十出头的了。"——说来言重，但要真的后继有人，制作、生产、营销商以至消费者，都必须有更完整更准确的共识，买买卖卖才能更有意义。

泰兴

香港新界元朗流浮山正大街17号
电话：2472 3439
营业时间：5:30am - 12:00pm（周一至周五）
5:30am - 5:00pm（周六／周日）

假日时分在流浮山熙来攘往的街巷中游荡的你一定会被扑面而来的蛋香吸引住，随手拈起，吃得一口酥化……

报章统计香港人平均每天吃掉三百七十五万粒鱼蛋，重量约五十五吨。这无疑是一种至死不渝的厚爱，量多而且重。

117 串串爱

鱼蛋鱼蛋我爱你

实不相瞒，最近十年八载都没有在街头小摊档吃那历久不衰、越变越辣的咖喱鱼蛋和几近绝迹、蘸满豉油和海鲜甜酱的滚油现炸小鱼蛋。情形有如小学五年级下学期的某一天，完全没有预告地突然结束了持续五年的疯狂集邮，把那沉甸甸的几本当时认为比生命还重要的邮票簿用厚胶袋封好，狠心放在老家旧居和弟妹共处的睡房书架上最高最隐秘的一角。自此之后的三十多年间，每次回到那已经变作父亲画室杂物房的房间里，抬头看看那已经蒙了厚尘的胶袋，越来越没有胆量拆封这史前珍藏——怕的不是一旦开启曝光，这些邮票都会灰飞烟灭或者化蝶翩跹，只是一时间也不晓得如何面对当年收藏累积的感情回忆和那毅然告别童年的霎时冲动。

说起来我跟咖喱鱼蛋的恩怨爱恨也是这样戛然而止的。虽然说不上是从小极爱

小食部

香港九龙深水埗钦州街114号地下
电话：6407 5539
营业时间：3:30pm – 10:00pm

从调制蒜味特香特浓的咖喱酱汁开始，店主事事异常专注投入，有条不紊地招呼应对晚间放工时分大排长龙的捧场街坊。

	二	五
	三	
一	四	

一　实不相瞒，平均五元就有六至八粒的咖喱鱼蛋，是全世界街头小吃当中最没有制作难度、最不神秘的。无论你觉得这粒鱼蛋偏大那颗鱼蛋偏小，那颗口感较软这颗口感较硬，还有那似是而非的鱼味——的确那只是鱼味而已，坊间最劣等的油炸后做咖喱鱼蛋的，说实在跟鱼蛋粉面用的高价货素质也相差一截，都是批发入货，鲜有店家自家做的，但这都不打紧，最重要、最关键的就是那标榜自家熬制的咖喱汁。

二、三、四、五
熟悉的工具、动作、声音、环境、气氛、香味……每个香港人都有过或长或短的一段咖喱鱼蛋迷恋期，也肯定有一批一日无鱼蛋不欢的捧场客，否则不会有那些一个小档摊动辄日卖近两千串的纪录。

这些用廉价鱼肉加粉搅拌成浆唧制成型再经油炸，然后以各种香辣材料煮汁调味的咖喱鱼蛋，但也总是三五七时随手一串的惯性小食。多少是因为后来开始关注街头的恶劣卫生环境，也因为近十数年都只穿白T恤、白衬衫，当街当巷吃那蘸满流动汁液的咖喱鱼蛋是很容易出事的。也许就是经历过那么一两次肠胃不适，也因为手脚笨拙使酱汁四溅从而报销了三数件心爱白T恤、白衬衫，所以就此结束了我跟咖喱鱼蛋的一段长达三十年的关系。

据说这个世界上没有无缘无故的爱，也没有无缘无故的恨——我并没有恨鱼蛋，所以更能明白报章统计香港人平均每天吃掉三百七十五万粒鱼蛋，重量约五十五吨。这无疑是一种至死不渝的厚爱，量多而且重。谁说街头无真爱，谁说香港人不重感情——如果你是鱼蛋，小辣、中辣、大辣的爱永不止息，有弹性、有口感、有嚼头，一年五季，一天廿八个小时，每小时一至三串。

一　翻开坊间越见仔细深入的咖喱历史研究专著，惊叹这已有两千五百年以上历史的源自印度的混合调味法，真真都是跨越时空的种植史、交通史、移民史、殖民史，绝对值得溯源寻味，而身处此间手执一串咖喱鱼蛋，最起码也得知道制作咖喱的常用材料有辣椒、生姜、丁香、肉桂、肉豆蔻、草果、蒜、芫荽、茴香、芥子、罂粟子、八角和黄姜等。

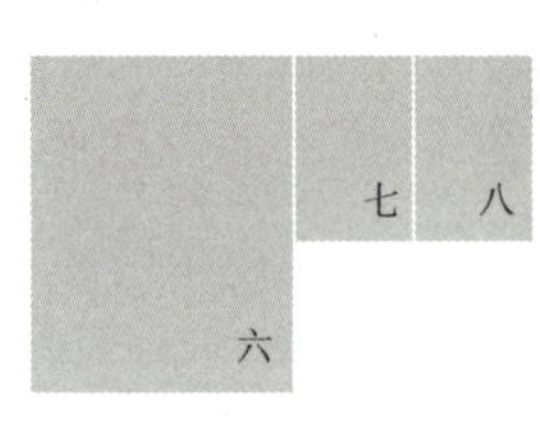

六、七、八
各家各派各显神通，有的咖喱汁混入果皮，有的加入辣椒丝，有的有姜有蒜，亦有回到麻辣版本，只要做到浓香扑鼻、热辣入口、软硬适中，即便你是藏在绝密街巷尽头，一旦赢得街坊口碑，长期有十人八人排队捧场，已经是成功热卖保证。

鱼蛋马拉松

运动健儿何良 何亨

无论是在电视上看转播，还是在现场赛道旁看那些马拉松长跑健儿挥汗如雨、苦乐夹杂的七情上面，我都会摸摸自己日渐“隆重”的腰腹。有那么一刹那的闪念，以为终有一天我会做出决定做好准备，认真操练一番，与大伙一同在这个热闹熙攘、充满能量的队伍里出现。但这不够三分钟的热情当然迅速冷却，坐言起行这四个字，于我来说是在计划早午晚三餐和宵夜吃什么的时候才最适用。

所以看见何良和何亨这两位曾经是电台节目拍档的老兄一身运动装束，趋前握手时近距离闻到的不是一身汗臭而是刚洗浴过的清爽气味，十分惊喜、十分佩服。原来两人已经完成早上的铁人赛，稍息过后又继续越野训练，迎接即将来临的义行善举，亦为不久后的公开马拉松长跑做练习准备。两人精神爽利、活力十足，叫我马上变成老弱。

约好在山腰的狮子亭见面，何良和何亨是要让我见识一下运动员的另一面：运动员也是人，也贪食，要补充体能，更要保持一个愉快心境，所以中场休息时餐桌上出现的有山水豆腐花，有咖喱饭，有餐蛋公仔面，还有——竟然还有咖喱鱼蛋！虽然不敢说这里的鱼蛋是全香港最好吃的，但运动途中忽然传来这熟悉的香气味道，怎能不让人手执一串吃不停口——因为有运动有消耗，也不必这么科学、这么严格地计算什么卡什么里。只是大路仍然在前，如何努力不懈为自己的身心健康运作正常做仔细规划，何良、何亨两位越跑越年轻的选手，有太多贪食经验可以跟大家分享。

— 真真假假经过历代变身出一碗货真价实的碗仔翅，从曾几何时戏院门口、街头巷尾的流动摊档上简陋至一个锑盆中热腾翻滚的胡混货色到如今坐在光猛明亮店堂里评头品足汤料有多丰富、刀工有多纤细，小小一碗汤羹的演变也反映出一个社会生活素质的提升。

118 真真假假 如假包换碗仔翅

从来记性差，翻一本小说读三四十页，已经记不起页首开场的情节故事和人物，所以这样一路下来什么画面、对白都是支离破碎的，不知是否就此养成了一向东凑西拼的好坏习惯。就如《红楼梦》这类经典名著大部头，人事纠缠复杂如车轮转，纵有插图辅助，有人物出场事态发展的图表提示，我还是没法理清来龙去脉，倒是牢牢记得卷首一副对联“假作真时真亦假，无为有处有还无”。——不知怎的，每回口啖热腾腾的碗仔翅，脑海里竟然都浮起这两句。

碗仔翅是假的，因为用的都是人造翅；碗仔翅也是真的，因为自二十世纪五六十年代开始有大酒家酒楼伙计用婚宴用剩的翅尾熬汤，加入粉丝、鸡丝、肉丝、木耳、冬菇等材料，在街头廉价贱卖风行起来，碗仔翅也就成了集体心照不宣的以假乱真的民间美味。说实在的，那些动辄上百成千元的包翅、排翅不是日常饮食，经济高峰期鱼翅捞饭的豪奢也是昙花一现，倒是一碗从开始三五七毛到现今十元八块的碗仔翅，最得民心、最叫人动真感情。

吕仔记

香港筲箕湾东大街 121 号 A 地铺
电话：2885 8590
营业时间：2:00pm - 12:00am

说起吕仔记，身边一众有钟情它的足料碗仔翅，有推崇它的自制鱼肉烧卖，亦有盛赞它的家传喳咋糖水，但还有一个主要原因就是一睹掌门人贤豪哥的风采！

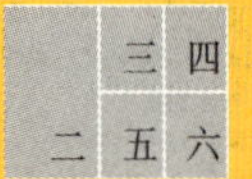

二、三、四、五、六
绝对可以用大堆头、大阵仗来形容吕仔记“研发”出的精装碗仔翅：用上老鸡和金华火腿足火熬制的鲜美汤底，配上浸发薄切的冬菇、木耳、手撕的鸡丝和肉丝，还有日本进口的仿真度极高的人造翅，加上掌门人贤豪哥亲手落力勾一个稀稠合适的马蹄粉芡，难怪捧场客当下起誓不必再吃那实在残忍的鱼翅！

也因为生态纪录片的揭发，从来视鱼翅为高尚食材的大众忽然惊觉捕鲨取翅竟然是惨无人道的一场深海大屠杀，很多只是贪求一时口爽甚至一刻虚荣的食客也自觉拒绝或者少吃“真”翅，因为这“真”根本就不善不美。

因此自小习惯在婚宴中争先恐后多吃几碗翅的馋嘴路人如我，就把觅食焦点锁定在其实也货真价实的碗仔翅上了。用上仿真度极高的日本进口人造翅，以金华火腿和老鸡熬成的不下味精的汤底，加入浸发了一天的薄切成片的冬菇、手撕的鲜鸡丝和肉丝、木耳、粉丝或者芋丝，用马蹄粉勾的芡不稀不稠，入口鲜甜味美，眼前也不会出现杀鲨割翅的血腥场面，心安理得地一碗吃罢再来一碗。

当年“发明”碗仔翅的叔伯，万万想不到这种街头巷尾的无为之作也竟成了香港良心，什么是真什么是假？什么该爱什么该恨？竟然由一碗碗仔翅细说分明。

香港九龙大角咀埃华街 92 号
电话：2180 9655
营业时间：周一，公众假期休息
2:00pm - 4:00pm / 6:30pm - 11:30pm （周二至周五）
2:00pm - 5:00pm / 7:00pm - 11:30pm （周六，周日）

地处边陲的一家街坊小店，能够吸引刁钻食客越区访寻然后赞不绝口。碗仔翅和生菜鱼肉都是热卖，特别版鱼翅捞菜饭值得一试，嗜辣的还得吃一口自家制辣椒菜脯。

七　良心足料碗仔翅固然百吃不厌，不相伯仲的生菜鱼肉（汤）也是民间“自发”的流行热卖。

八、九　简单不过的工序却绝不马虎，至鲜至美是原则态度：新鲜生菜洗净切丝，新鲜鱼肉绞成鱼浆后调粉调味，挤入热水中煮成条状再配上上汤及菜丝，加上大量胡椒粉吃喝得冒一身汗；也有贪心者把碗仔翅和生菜鱼肉双拼，稍稍保守的我还未如此放胆尝试。

平民国宴

公平栈创办人梁佩凤

人人嘴馋贪食。我和佩凤小姐专程在下班繁忙时间花了半个小时坐了十二站地铁，到了我们的目的地小吃店，点了我们分别要吃的碗仔翅和腐竹白果糖水，正要趁热入口之际，星级饮食节目主持人苏丝黄前辈就带着一队摄制人员闯进来了。

阿苏以爽直嘴刁见称，既然她也闻风而至细心品尝，多少又再肯定了这小吃店的江湖地位。当然吃吃喝喝是十分符合个人口味喜好的主观事，不能依赖所谓美食家。但媒体正面报道又的确能造势，特别能够对艰苦小本经营的店铺有刺激、鼓励、支持作用。你好我好，造福贪食人。

自小在放学回家路上吃不停的佩凤，跟我相视暗笑没有来错，但她也坦言面前这碗仔翅一勺舀起来吃下去好像感觉太稠：一方面材料太多，一方面勾芡有点厚。食味倒是很满意，而且够热——如果你试过半凉不热的碗仔翅你就知道有多难受！佩凤一边吃，一边仔细分析其丰富用料，对那厚切的冬菇丝和素翅的运用很有好感，而奇怪的是吃到一半时，佩凤小姐觉得那太稠的感觉没有了，也许是吃掉了一半的料，汤就忽然变清起来。

佩凤娓娓道来的是她在澳大利亚念书时，曾经动员宿舍一群香港同学合力制作一大锅似模似样的假鱼翅汤给来自五湖四海、拥有不同国籍的同学品尝，把这平民地道小吃摆上了“国宴”大台。以佩凤对碗仔翅的忠诚度（她坚持不把碗仔翅与鱼肉及生菜搭配！），我对那年那月那夜的那锅由当事人单方面口述盛赞的碗仔翅还是蛮有信心的。

无论是结实饱满的烧卖，还是通透滑溜的粉果，虽然只是十元八块，却都在说明对事对人有没有心的道理。

119 三五成群

烧卖粉果一家亲

从来都认为专注工作的男人是最有神采甚至是最性感的，全神贯注、一言不发也好，眉飞色舞、得意忘形也好，把自家的生平绝活公诸于世，无私可爱，赢得敬重。——其实我们每个人都有这样的机会把自己最好的一面展现，就看我们有没有方法真正地专注起来——比方说，剁好肉调好味做手打鱼肉又摔又拌的时候，总得专心不二地朝同一个方向。

约以街头小吃出名的吕仔记的老板贤豪哥去为他的拥趸示范制作他店内的驻场热卖碗仔翅和鱼肉烧卖，还有他正在研发的墨西哥鸡翅。爽快的他一口答应，而且更准备好二十四人份的实习材料，和太太、小女儿、友人一道，早就到教室将现场打点妥当，更动用了他女儿的“座驾”——婴儿车来运送大包小包干湿食材，叫我这个叔叔真的不好意思。

吕仔记

香港筲箕湾东大街121号A地铺
电话：2885 8590
营业时间：2:00pm – 12:00am

能够将普通不过的街头小吃用心提升到一个叫人刮目相看的层次，即使不是什么石破天惊的大发明，也足以叫人感动。

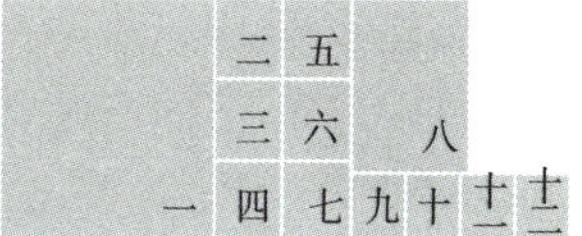

一　相对于茶楼的各适其适的“正式”烧卖如蟹黄干蒸烧卖、猪膶烧卖、鹌鹑蛋烧卖，流落到街头的鱼肉烧卖走的是更大众的路线。即使草率随便地用烧卖皮裹着一团有鱼肉味的粉，加了美味的豉油和辣椒油，也勉强吸引得住一群嘴馋起来不太讲究的食客，但当一众吃过鱼肉烧卖中的用心极品，他们才知道原来真的别有选择。

二、三、四、五、六、七　用上新鲜揉碎手搅好的鱼肉，加入盐、糖、味精、生粉、胡椒粉拌匀，再加水搅拌后打成鱼胶，加点麻油、生抽和果皮粒，拌匀后成为馅料。手掌上放好烧卖皮，熟练地把馅料一挑一抹再把皮一捏，个个饱满。放入蒸盘以猛火蒸好，再移到小蒸炉里保温。

八、九、十、十一、十二　除了普及版以鱼肉做馅，也有出奇制胜的以比例较多的鲜猪肉加上冬菇和少量鲮鱼肉混合做馅的另类版，汁多味鲜够有嚼劲，加入辣椒、豉油更是锦上添花。这家位于元朗闹市的小铺最高纪录日卖上千粒烧卖，可见别出心裁显示实力也是险中求胜之道。

示范进行中，贤豪哥挥洒自如，热情大方地向好奇一众示范并解释了自家如何花心思对这些看来普通不过的街头小吃不断改进提升，演绎出一种独门性格。当中的步骤细节殊不简单，而更要因应天气、食材水准变化来微调配合，这完全就靠他自小在父母经营的小食摊档帮忙时积累的实战经验以及那种存活拼搏精神。没有因为粗重劳苦而放弃，更没有看轻自己——作为嘴馋食客的我们由衷告诉他：他和他的鱼肉烧卖、碗仔翅和喳咋对我们是多么多么的重要。每次一听到赞赏，贤豪哥的被大家公认的俊脸就唰地一下红了。当被要求跟他的拥趸学员们拍照留念，十分上镜的他还是乐此不疲的。

无论是结实饱满的烧卖，还是通透滑溜的粉果，虽然只是十元八块，却都在说明对事对人有没有心的道理。当我们清楚了解小铺经营之难、竞争之烈，就更体会到这些为求做好一粒烧卖、一个粉果而做的坚持努力是多么可贵。

元朗烧卖皇后妙舒

香港新界元朗阜财街 14 号宏丰大厦地下 11B 及 11C 号铺
电话：3461 9725
营业时间：10:00am － 3:00am

即包即蒸即卖的冬菇鲜肉烧卖，傍晚下班时分引来大批捧场客，嘴馋的还可以买走未蒸熟的生烧卖回家加工做宵夜和早餐。

十三 好过分，真的好过分！从来未吃过这样柔滑香甜的粉果，甘愿冒着被烫嘴的危险，还是要趁热把这个即蒸的有着花生、粉葛、韭菜和少许虾米做馅的潮式粉果，一口吃下去，然后很满足的，继续再来一个又一个。

十四、十五、十六、十七、十八、十九、二十、廿一、廿二
简单利落，馅料新鲜，包出来的粉果好吃与否，看的完全就是师傅的手法。十二岁就入行学做点心的店主林师傅，身经百战却从来没有掉以轻心——馅料即日现做，包粉果前才以热开水冲进澄面，随手不停搅拌凝成糊状面团，趁暖将面团混合生粉和生澄面，搓成更柔韧的面团再分粒研平。手持面皮将馅料包入封捏好，尽早入炉蒸熟以免面皮软塌及馅内花生变潮，影响口感。

粉果男

宽频制作人 吕强有

说到牙齿的状况，本来一直吃着粉果喝着粥也一直笑着的吕强有（Mac），不禁露出一点无奈——对一个爱吃、能吃的人来说，这未免是一个遗憾。

有一次Mac吃粉果的时候，一颗牙齿忽然啪的一声断了！拿着那半颗断了的牙，他也不知好气还是好笑，去看牙医才被诊断说他牙质不好，一不能吃太黏太韧的食物，二是太硬的东西必须切得很细而且要慢慢咀嚼，就算是看来很软很易入口的鱼，也因为会有未去净的鱼骨，暗藏“硬”机，也是高危。此外，他本身并不能吃辣，吃了口腔会很容易破损——

但即使是这样，他还是一个嘴馋的人，还是兴致勃勃地跟我谈起当年的元凶——那一个（其实是一吃十个）粉果。

二十世纪八十年代末，身在深水埗黄金商场当电脑软件推销员的Mac，一趁铺里比较空闲，就开始在周边街巷那些热闹拥挤的小吃摊吃个不停，其中印象最深刻的是一档卖粉果的，其粉果个个小巧，粉皮通透，馅料丰富，热腾腾一口气吃它十个以上。我问他这样岂不是不用吃正餐也不用吃饭，他却清楚记得每天还是正常的有米饭到肚，而且他十分重视一家餐馆是否煮得出好的米饭，哪怕菜色再厉害，如果煮的饭太硬或是太软，都不是一家好店。

至于那个实在好吃而馅料应该硬不到哪里去的粉果，为什么会弄断Mac的牙？至今仍是不解之谜。

彩龙煲仔粥

香港九龙油麻地新填地街7号地下
电话：2388 9335
营业时间：6:00am – 7:30pm

街坊小店老板林师傅，坚持亲手制作店里面的全部点心，从即拉肠粉、菜干粥、菜肉包、春卷到芝麻卷，当然还有热卖的镇店粉果，都倾注全部心力。

— 既然不以牛肉、叉烧、鲜虾、猪膶、烧鸭、腊肠、冬菇或者上素做馅吸引嘴馋一众，白白净净的猪肠粉就得加入豉油、甜酱、辣酱、麻酱，还可以撒炒香的芝麻令视觉、味觉升级。

很多人爱吃猪肠粉其实是爱混酱，迫不及待地把豉油、甜酱、辣酱和麻酱都狂放进去，还切记要撒入很多很多炒香的芝麻。

120 原来混酱

严禁白吃猪肠粉

如果我有什么天大过失，请骂我、打我或五花大绑公开批斗我，但千万不要逼我吃没有加上任何豉油、甜酱、辣酱、芝麻酱的又白又滑的猪肠粉，即使还是热腾腾烫嘴的也不要，不要。

也许从小真的就被宠坏了，明明在家里吃过由老管家瑞婆手工自制的咖央白面包、班戟、中式包点、煎薄撑、腊鸭头菜干猪骨粥、炒米粉等，但一背起书包跑出门，马上就准备再来第二轮早餐，而且全都是一路上可以现买现吃的，当中有酒楼门口外卖档卖的超巨型鸡球大包（里面竟然有整个水煮蛋！），有上海式皮厚无馅但撒满芝麻和葱花的锅煎大饼，有从冒着热气的蒸笼里跳出来的潮州粉果和糯米卷，当然更有那一定要下足酱料才好吃的猪肠粉。

身边的人竟然一致举手说猪肠粉最好在早上吃。这个我并不同意，因为午后下课回家前也不妨热腾腾再来一回，但我更觉得很多人爱吃猪肠粉其实是爱混酱。在档口捧着搪瓷小碟铺上白鸡皮纸，

合益泰小食

香港九龙深水埗桂林街 121 号
电话：2720 0239
营业时间：6:30am – 8:30pm

老区老店早成街坊传奇，零售加批发相传日卖一万条猪肠粉。每日新鲜自制的肠粉滑溜有米香，自家调制的各种酱料更是味之灵魂所在。

二	三	四
五	六	七

二、三、四、五、六、七

实不相瞒，每回乘地铁经过深水埗站，都有冲动偷它十数分钟从 C1 出口出走地面，两步跳进街坊小铺合益泰，来它五元一份的猪肠粉，自调各式酱料吃个不亦乐乎。吃得半饱还可以站在小巷边见识一下这里的老伙计如何爽快利落地应对那络绎不绝的外卖人龙。

先涂一层食用油，拿起剪刀把猪肠粉嚓嚓剪成许多小段，然后再迫不及待地把豉油、甜酱、辣酱和麻酱都狂放进去，切记还要撒入很多很多炒香的芝麻。无论是大热天时还是天寒地冻，都争取在校门外不远处那卖猪肠粉的婶婶处，在上课钟放声大响前用三分钟把这第二轮早餐解决掉，说实话不因肚饿，完全是馋嘴而已。

在这累积了几十年的猪肠粉经验中，当你领教过久经蒸焗、又软又烂的粉糊，又或者极爽极滑得离奇古怪的“胶”条，又或者葱太多太腥、虾米太硬，甚至冰冰冷冷、了无生气的也敢自称猪肠粉，你就会懂得感激那些用黏米磨粉有米香，用澄面代替石膏粉以助凝固，然后蒸出薄薄一幅粉，靠人手卷成圆润滑溜的粉卷，再加上自家调出的各种酱料，越简单越见真功夫，即日现做现买现吃——所以有天在超市看见那些包装入袋、保鲜期限竟长达几个月的猪肠粉，不禁哑然失笑。

强记美食

香港湾仔骆克道 382 号庄士企业大厦地下
电话：2572 5207
营业时间：12:00pm – 1:00am（周日休息）

一年四季都以腊味糯米饭为镇店主打的小铺，炒猪肠粉也是风骚热卖，胃口好的还可以来碗足料正气绿豆沙，完全满分。

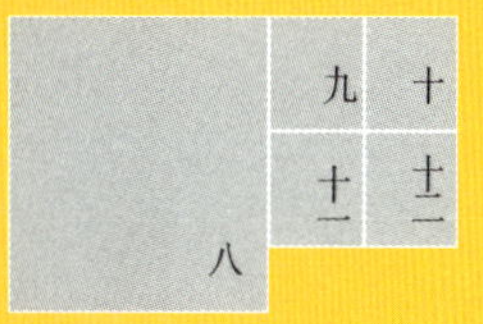

八　换一个深宵场景，湾仔强记那热腾腾的炒肠粉也是众多夜归或夜不归人的午夜慰藉，充分发挥了小吃不只是小吃的超级伟大功能。

九、十、十一、十二
加入葱花与虾米的猪肠粉在平底煎板上以少许油快速煎炒，炒过的葱花与虾米更见香口美味，肠粉皮脆内滑，再加足够酱料、芝麻顿成夜半美味。

禁忌的猪

设计学院讲师、视艺工作者 陈碧如

“今天早餐我吃了猪肠粉！”碧如这位刚毕业初来的美术科老师在教员室内兴奋大嚷。好吃，当然要推介给一众同事分享。但她马上发觉整个教员室气氛有点不对，有几位老师甚至黑沉着脸——是不是他们早餐都吃得太饱了，连听到另外的早点也不高兴？又或者教员室该是神圣庄严清静地，不得随便喧哗？结果这疑团在午饭时候被另一位老师把她拉到一旁点破——

“碧如，你要知道这是一所信奉伊斯兰教的学校，猪肠粉无疑是用米粉和水调和蒸制的食品，但调味的酱油调料里有豉油、芝麻酱、甜酱、辣椒酱还有猪油！猪，可是伊斯兰教的饮食禁忌，而且猪肠粉顾名思义形如猪肠，这——”

说起这个十数年前闯的祸，碧如和我当然是笑得连手中用竹签戳着的蘸满酱汁和芝麻的猪肠粉也在颤动，仿佛在笑。“好吃好吃，好久也没有吃到这么滑溜而且酱汁这么对劲的猪肠粉了。”碧如兴奋地说。我提醒这位早已成为素食者的老友说：“这酱汁里面可能真的有猪油，才会这么香这么滑。”她笑了笑，“哎呀，这该怎么办呢？”然后也管不了那么多，继续吃。

一如我们胆敢夸口从小吃猪肠粉长大的，住在彩虹村的碧如每天清早上学前在村口面包店买过维他奶和菠萝包做早餐之后，还是忍不住再买一小包猪肠粉。那种吃时把猪肠粉“还原”成河粉皮一块，保证内内外外都蘸了酱的捣蛋玩意儿，喂，现在要不要再来一趟！

极之好粥面茶餐厅

香港九龙旺角通菜街 154 号地下
电话：2394 8414
营业时间：7:00am – 3:00am

以车仔面闻名旺角的极之好，加入蛋丝、菜丝以及 XO 酱调味的炒猪肠粉堪称豪华升级特别版。

一串最爱的牛肺拿在手里，
还要加很多很多黄芥末，一口吞下，一嘴软滑，
就等那马上呛到眼泪直涌的迷糊一刹那。

121 杂大成
日月天地牛杂精华

一字曰“杂”。

从来对“杂”这个字、这一种状态有好感，管它是复杂、混杂、闲杂，还是杂家、杂碎、杂志，当然还有杂技。就是喜欢那种千头万绪、百味纷呈，什么都来什么都有的情况，由低至高、从繁到简。杂，是一个开始，是一个必要。

然后说到吃的，牛杂马上出场。

小学时代每天放学后的高潮所在，就是那回家路上小吃摊简陋自制的手推车中那一锅永远沸腾冒烟、永远飘香诱人的牛杂：牛肚、牛肠、牛肺、牛膀，剪刀刁刁，老板手起剪落剪剪剪，我就这样站着吃完一串一串又一串。早已卤得入味、汁水直滴的一串最爱的牛肺拿在手里，还要加很多很多黄芥末，一口吞下，一嘴软滑，就等那马上呛到眼泪直涌的迷糊一刹那。

水记

香港中环吉士笠街 2 号排档
电话：2541 9769
营业时间：11:30am – 5:30pm（周日休息）

每天先把新鲜来货的牛杂、牛腩连同牛骨焓煮两个小时，再放入尽吸日月精华的卤水汁里再卤上一个多小时，不求饱肚、不与粉面同吃的来一碗净牛杂，大有人在。

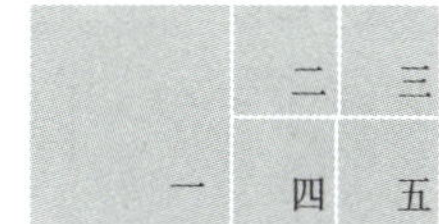

一　外在美固然不可少，内在美也实在重要。如果连内在也美味的话，嘿嘿，当然求之不得——还得加点芥末生色提味！

二、三、四、五　剪牛杂的熟练手法不只是把牛肚、牛胃、牛肠、牛肺、牛膀剪开方便进食而已，一切都大小攸关地考虑到不同部位的每件牛杂最理想的咀嚼形状大小，蘸浸承接汁液的面积，甚至穿成一串时先后有序的口感对比分别。这当中也许不是什么大学问，但一切美妙就在这细节之中。

许多年过去，直至有天在北角碰上骤看绝不起眼的小铺十三座牛杂，牛杂还未入口就凭那袭来的一阵香气，竟又马上撩起那几乎遗忘的贪食回忆。

笑言自幼吃牛杂长大而且从不生厌的档主业哥，也就是因为在外面一般餐馆怎样也吃不到当年父亲制作的牛杂，在几位童年好友的鼓励下，毅然转行经营起这一家以牛杂为主打的小吃店。说是小吃，但花上的精神、时间、心力却是超乎想象：如何齐集父亲当年那锅卤水汁中香料包里用上的花椒、八角、桂皮、丁香等二十四种材料？如何在市场里挑选最新鲜最好的草肚、金钱肚、牛大肠、牛粉肠？如何不厌其烦地做无数尝试，一心调校好卤水的味道和卤煮牛杂的先后时间……业哥和拍档们就凭着要把这种既平实又神奇的街坊口味承传发扬的信念，起早摸黑，亲手翻洗搓擦刮烫那些本非珍贵的“下水”，变身为人间美味，而在处理香料包中分量分配的过程里，又学到了如何平衡、如何相互牵引的关系。特别是该在什么时候为那浓缩得厉害的“旧卤”做过滤和补充，那就更关乎既敏感又细致的新旧衔接承传。

一　牛肺就是牛肺，来货时质地有软有硬，得按情况把煮好的肺剪成相应大小，硬的要剪得小一点，软的要剪得大一点，气管部分要拿掉，颜色太深的可能瘀血未除亦会带腥。

草肚是牛的第一个胃室（瘤胃），体积最大，有如绒布表层，口感绵软。

金钱肚是牛的第二个胃室（网胃），内壁呈蜂巢状结构，口感爽脆。

牛百叶是牛的第三个胃室（瓣胃），瓣状结构，多独立抽起另卖，脱离牛杂家族。

牛伞托（沙瓜）是牛的第四个胃室（皱胃），分量极少，口感似猪肚，被视为牛肚的上品。

牛大肠烟韧滑溜，钟情者众，往日会刻意保留肠壁内的脂肪，甘香肥美。如今因健康理由只余薄薄一层。

粉肠也就是牛的小肠，口感黏实，而竹肠是小肠头，短短一截爽脆甘香。

牛膀也就是牛的胰脏，烹煮得宜就可保留内里膀浆，口感粉嫩细滑。

七 八 九
六 十 十一 十二 十三

六　业哥笑言多声多气，最宜站在前线，反之与他拍档的哥哥沉默寡言、稳守后防，在工场负责处理牛杂。每日花上七八个小时仔细认真清洗烹煮，不同部位的大小厚薄得凭经验先下后下。

七、八、九、十、十一、十二
花它十元八块吃得简单方便，试想想制作过程，经过清洗、去潺、汆水、风干、烹煮等工序，复杂程度就真的无话可说。七十多斤新鲜牛杂买回来辛苦处理过后真正卖出去的也就是二十斤左右，稍不留神还容易出错。

十三　从回忆中搜寻出父亲当年烹煮牛杂所用的卤水中的二十四种香料，因为每批买回来的香料味道都不一样，所以每次都要重新拿捏用量轻重，为求达至调和平衡的最佳效果。工场中用上特大容器焖煮后，更在卖前放入小煲让牛杂进一步烹调入味，人家眼中的“多此一举”，却正是小店赢得口碑的主要原因。

青春牛杂期

资深传媒人 冼伟强

冼伟强说他小时候不吃牛杂，看见那在一锅卤水里翻滚中的牛膀、牛肺、牛肚、牛肠，总是不明白为什么身边的大人会如此疯狂、如此投入地在刁刁剪刀声中吃个痛快——如果找个什么专家来分析，可会是孩童保护自己洁净的一种本能？

如果要更仔细具体地分时期，从孩童鱼蛋期到少年牛腩期到青春牛杂期，阿冼愿意正式接纳牛杂进入他的饮食规律习惯，是廿五岁以后的事。当年他刚入职场，工作需要时常出差，常常等不及回港回家才吃自家口味，冲进任何一城一镇中国餐馆就是为了熟悉的叉烧炒蛋、干炒牛河甚至鱼腩粥，当然刁钻美味如街边牛杂、鱼蛋、碗仔翅等肯定欠奉。因为有，就不珍惜；因为没有，就开始牵挂。

在长期不断的采编和摄影工作里，越是对工作积极投入，就越注重余闲生活素质。吃，肯定也是其中一大题目。独居时代处身南丫岛，假日里阿冼从下午两三点就开始饮香槟、读宋词直至日落西山，然后一人烧烤，十分十分享受。用上大半天的时间去消除长久积压的工作压力其实也算是种奢侈。换了在街头巷尾觅食，他学会分辨一锅牛杂里哪个部位耐煮、哪个部位易糊，如何能保持鲜明独立的口感个性，就如摄影师巧妙地运用不同的器材发挥准确的操控能力，说到底不求轰天动地，但至少也要恰如其分。

即将再荣任爸爸的他，近年南来北往大展拳脚，日夜惦挂的就不止那一锅原汁原味的牛杂了——不知有这样嘴刁的爸爸，小朋友们会不会提早开始他们的牛杂期？

— 鸡翅、鱼蛋、生菜、卤水蛋、炸豆腐、油面……自行搭配出自家精选，应有尽有七彩拼贴大杂烩就是车仔面的核心精神。

快，多选择，相对便宜，管他是否味道风格统一，一日车仔面，一世车仔面，我自有我的混杂口味，十分香港市井特色的核心价值。

122 车去人在

一往无前车仔面

如果你曾经活在那个时空，你至少试过一次颤颤颠颠地手持一个碗口有少许磨损崩裂的描花公鸡碗，碗中有一堆还未熟透的蛋黄色粗面，加上几粒咖喱鱼蛋、几块猪皮、几段卤水猪肠和半束韭菜，碗内还有那烫手的快要满泻的热汤，你就像忽然在镜头前做了主角的临时演员，尴尴尬尬地站在那里，吃也不是，不吃也不是——因为你根本没有筷子，因为两分钟前你面前那位车仔面档的老板还问你要不要再加一串鱿鱼和几块萝卜，但说时迟那时快他闻风“走鬼”去了。小贩管理队公事公办，执行职务管卫生管秩序，和街头小贩追赶跑跳碰。作为小小食客的你，和我（我就站在你后面同样捧着不同内容的大碗一个），只是我稍稍幸运，我有筷子在握，可以站着吃面喝汤。

车仔面、喇喳面、（猪）油渣面，打从二十世纪五十年代出道以来，就注定是小流氓是孽子，注定为贫苦低下层填饱肚皮，也没有打算要高攀上甚至不是亲戚的云吞面、鱼蛋粉以至牛腩面。流动小贩推着简陋木头车上街卖面，一角钱有一团可细可

车仔面之家

香港湾仔晏顿街 1 号 A 铺
电话：2529 6313
营业时间：7:00am - 6:00pm（周日休息）

钟情此家的软腍入味的牛腩萝卜和猪大肠，午饭时候和附近办公室西装笔挺的上班族挤在一起吃得不亦乐乎。

二	三	四
	五	六
七	八	九

二、三、四、五
要令一家车仔面店成功上位而且长期受嘴刁食客拥护支持，材料既要多选择亦要够有特色，每日开始营业前花时间烹调准备多达二十款的料的功夫殊不轻松简单。

六、七、八、九
及至顾客千挑百选做好决定，师傅眼明手快下面捡料照单配置，那一刻还得准确无误以赢得满分。

粗的面条，再加二三角便可有一堆杂七杂八的配料：猪皮、猪红、韭菜、萝卜，再来是鱼蛋、鱿鱼、猪杂、牛杂，渐次发展到有切片香肠、卤水鸡翼尖、冬菇，以及油面、河粉、米粉、粉丝、乌冬等选择。一眨眼已经到了八九十年代了，而车仔也不再可以沿街流动，都正正式式地成店成铺，只是少数念旧的老板还会把车仔格局当作店内装潢，不再奔波流动的车仔终于登堂入屋、有瓦遮头。

快，多选择，相对便宜，管他是否味道风格统一，一日车仔面，一世车仔面，我自有我的混杂口味，十分香港市井特色的核心价值。一日香港，一世香港。从窄街陋巷闪闪缩缩，发展到大街大巷天价旺铺，连执行尊贵会员制的马会餐厅也一度追捧起车仔面，视其为香港饮食的另类特色传统。坊间车仔面专门店连点菜单也有全英文版本方便老外自由选择，车去人气在，一往无前！

荣记粉面

香港铜锣湾糖街 27 号 A 地下
电话：2808 2877
营业时间：11:30am - 10:00pm

固然可以满满一碗四五款足料吃个够，但只给我猪皮和鸡翼尖也好满足。

十、十一、十二、十三、十四
港九新界十八区肯定都有车仔面忠心捧场客，清楚认识区内众多车仔面档的优劣高下。铜锣湾区餐馆林立、竞争激烈，但以早午晚排队人龙长度和店堂的拥挤度来判断，荣记的车仔面肯定是排名前列。一尝之下，味浓质滑的卤水猪皮以及鸡翼尖看来都是吸引顾客的主因。

十五、十六、十七、十八
每日经手处理“剪接”的车仔面不下二三百碗，如果都能保持有层次有先后的吸引卖相而不是随便堆叠，就真的考师傅的细心和功力了。

十九、二十
牛肚、牛膀、鱼蛋、豆苗、冬菇、鱿鱼、煎豆腐、猪肠、鲮鱼球、鸡翼尖、紫菜、蟹柳、韭菜……留个好胃口，何时来一碗极之好的超级豪华版车仔面。

车有车道

读书人梁文道

从某一个角度某一种意义看来，车仔面“养大”了梁文道，所以面对这堆满韭菜、猪红、萝卜、鸡翼尖、红肠和油面，加上又浓又辣的汤底的一碗比其他店铺要显得巨大的车仔面，他是心存感激的。

在台湾度过童年的他，身边的杂食只有那些对发育时期的少年来说真是微不足道的一口一碗的担仔面。所以当他一九八四年回港的时候，作为一个穷学生，在街头摊档的鱼蛋烧卖、碗仔翅、鸡蛋仔、炸萝卜饼堆中，给他发现了完全可以充当正餐的车仔面，简直欣喜若狂。

那个时候正是少年文道近乎饥渴地吸收消化着一切文化养分的年代，上课之余频频来往于大会堂剧院、音乐厅、艺术中心、二楼书店、进念二十面体会址、电影节指定戏院以及城市当代舞蹈团在黄大仙区的城市剧场之间，身边几乎所有的钱都花在买书、买票、付入场费上了，只能想方设法最便宜地解决三餐，车仔面也就是这样救了他。

文道印象最深的是从黄大仙地铁站一出地面往城市当代舞蹈团的城市剧场的路上——冬日傍晚，沿路大光灯把炊烟四起的熟食摊档映得一片昏黄，来自五湖四海的坊众包括下班后依然披着西装战衣的白领、买菜回家前的主妇、嘴馋得到处找零食的学生、龙凤豹文满一身的古惑仔，无不兴高采烈地在吃着他们的晚餐或者小吃，尤其是捧着一碗热腾腾的车仔面，随时要和摊子一起“躲警察”，那种真实的庶民的生活节奏，尽在一车之中。

梁文道笑着把面前的这碗一点也不细致的车仔面比喻成有汤面的盆菜，因为什么味道都会在这碗中被同化，呈现出一种独有的粗糙的丰厚。这种社区味道、这种生活气息在八十年代还是强烈的，从九十年代开始慢慢被策略性地（！）净化、消灭，车仔面从街边慢慢转移入铺，行车改道，原汁原味从此消失——

极之好粥面茶餐厅

香港九龙旺角通菜街154号地下
电话：2394 8414
营业时间：7:00am - 3:00am

以“炒丁”闻名的街坊餐馆亦以车仔面招徕顾客，海陆空足料豪装挑战大胃王。

走进那以小炒驰名的熟悉有如饭堂的老店，
贪食男第一时间挤眉弄眼、
在这个可靠放心的安全地带，
要不要先来一碟煎酿三宝？

123 事出有因

错怪煎酿三宝

傍晚近黄昏，在外头风风火火地谈完这件事见完那个人，终于可以回到自家工作室案前坐下来——一坐下来才马上觉得饿，可是饿起来又因为太累而没有什么心神去想该马上去吃点什么。谈到吃，从来认为是测量自己状态的指标，通常都会兴致勃勃地去应战，从闲谈到辩论，从浅尝到狂啖，从旁观到出手，都自觉自己有要求有意见、够挑剔够刁钻——可是一旦人太累，无精打采地连吃也提不起劲，那就是出状况的先兆了。

眼见我像一个开始泄气的气球，工作室另一端的另一个贪食男赶紧把他放在案头一角的一个鸡皮纸袋递过来，内有刚在街边小吃摊买的煎酿三宝，酿青椒、酿豆腐还有酿茄子，应该各自还剩下一件，得趁快趁热吃。——我累起来也真的没多想，二话不说，马上捡起竹签对准目标把“三宝”一口气放入口，然后马上发觉大事不妙。

金东大小厨

香港筲箕湾东大街 59 – 99 号 5 号铺
电话：2569 4361
营业时间：5:30am – 12:00am

临街“开放式”厨房除了有长年热卖的出炉点心，还有掌厨阿姐不停手、即叫即煎的煎酿三宝。堂食外卖、坐着站着，吃得嘴角一抹油，好痛快好满足。

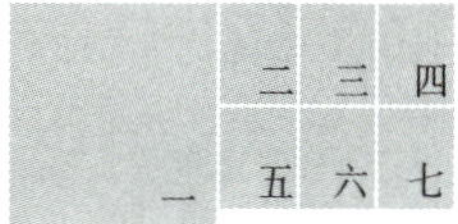

一　有人会咬文嚼字、引经据典地解释“酿”“瓤”“穰”甚至“镶”，这几个相关酝酿、杂和以及填塞的字的字义，但面对那半煎半炸得油烫热辣的一团鱼肉、茄子、红椒、青椒与豆腐甚至与苦瓜的连体，早就不理三七二十一地吃了再算，管它酿镶穰瓤。

二、三、四
用上新鲜鲮鱼肉剁碎掺粉调味再人工手打而成的鲮鱼肉浆，分别酿进豆腐、青椒及茄子里，文火煎香，集脆软鲜甜于一身（三四身）！

五、六、七
随心所欲个别挑选，街坊式尽兴，别忘了浇点特别调配的豉油加色加味。

不是说这三宝有多难吃，其实这些简单不过的经典小吃，从造型卖相到入口滋味，再差也差不到哪里。新鲜材料酿上手打鲮鱼肉，吃的时候蘸上甜豉油或者辣酱，够滋味。只是错在那一镬用来煎甚至炸这一类小吃的油，常常都是一马当先“可持续发展”的，循环用完又用，难怪被称为“万年油”。

我的喉咙天生对这些万年油极为敏感，一沾上用这些油煎炸的食物，不出一分钟就喉咙痛、声音沙哑甚至没法出声。屡试不爽的我今天就是一时没有了戒备，马上后悔也来不及。一心企图拯救我脱离劳累的贪食男想不到自己做了“帮凶”，也不知如何做危机处理，只懂得问要不要替我再去买点别的吃的诸如猪肠粉、鱼肉烧卖或者鸡蛋仔。我真拿他没法，只得自行从抽屉里拿出小包食盐，跑到洗手间去用盐擦洗喉咙，这是家传土方法，也着实解决我经常“病从口入”的苦恼。

时隔三个小时，喉咙不再疼痛的我完成一天工作要吃晚饭。走进那以小炒驰名的熟悉有如饭堂的老店，贪食男第一时间挤眉弄眼：在这个可靠放心的安全地带，要不要先来一碟煎酿三宝？

盛记

香港中环士丹利街 82 号铺
电话：2541 5678
营业时间：11:00am – 3:00pm / 5:00pm – 11:00pm

大排档版本的煎酿三宝除了料鲜馅美还会用豉汁勾个芡，是下饭送酒的好选择。

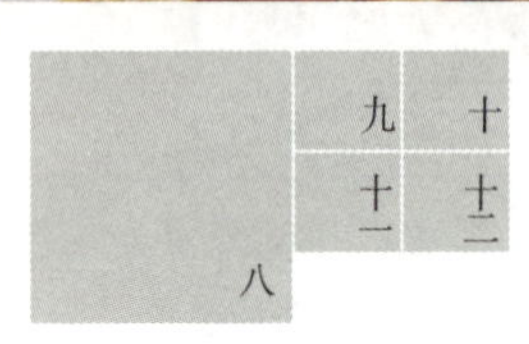

八　一面叫嚷怕热气、怕痘痘，转头又忍不住大快朵颐，矛盾个案才是真实人生。

九、十、十一、十二
可煎可炸的街头小吃的确层出不穷：炸大肠、炸鸡翅、炸云吞，还有那几近消失的炸番薯——

串得起

杂志编辑 曾凡

无论怎样分类，曾凡始终是个不折不扣的文化人，至少是个杂食的文化人。近年他在一家眨眨眼已经有三十年历史的进可攻退可守的本地老牌前卫杂志当编辑，更加不亦乐乎地把生平喜好都炒成一碟：电影、音乐、文学、建筑、设计。当然少不了的还有以城市观察为名的饮饮食食。据他招供，三更半夜下了班伙同一群同事直闯筲箕湾东大街，预留好位更让店东亲自点菜，无论如何花样百出，上桌的美味当中一定少不了他的至爱：煎酿三宝。

自问从小喜爱手打鱼肉那起胶弹牙的口感，即使重手下多了粉、下了味精，糊糊混混变成鱼蛋、生菜鱼肉汤以至酿在茄子、青椒或者豆腐里煎得油香腻口，他也来者不拒、大小通吃。冒着被滚油飞溅随时毁容的危险，更视生痘痘为等闲小事，他从坚守街边一边指一边吃到所有流动小贩木头车已成绝迹而转成上铺摊档，风味略略不同但食味还算不俗。尤其是有心的档口东主坚持用上新鲜大件的材料酿进手打鱼肉，且配上特别调制的带甜味的豉油，滋味分数马上跟一般货色拉开距离，最得阿凡欢心。

说来钟情煎酿三宝，除了要比较勤力地拭走一脸一嘴的油之外，倒是一式保证身心都不会脱离庶民生活习性的招数。既大方随便又刁钻讲究，既有学术理论又有街坊粗口，最个人最集体，又先进又怀旧。他像千千万万个你和我，一串三四件，把香港的核心价值用竹签穿起。

那浓郁蛋味的坚持，半软半硬的执着，
新鲜出炉、逾时弃置不卖的原则，
都是为了把这种街头美味发挥到极致。

一

— 说要给你买一包远近驰名的相传是全香港最好吃的鸡蛋仔，可是每回排队买了满满一包，还未上车赶赴你的住处就已经忍不住吃完一粒两粒三粒了，到最后剩下不到五粒，总不好意思这样给你吧！

124 基因未变

咯咯鸡蛋仔

其实从来没耐性也怕排队，除非是为了鸡蛋仔。排队轮候十多二十分钟，把新鲜热辣、蛋香扑鼻的一纸袋鸡蛋仔捧在手里，也就是因为贪口爽。

从来没有人正式查证过鸡蛋仔的来源出处，这种好像从小就在身边的街头小食，大抵是从西洋甜食华夫饼（waffle）变种出来的。人家的确是有纹路的格格，落到我们手里就变成另一种有板有眼的状态，外硬内软或者一面硬另一面软，都是经过一代又一代的鸡蛋仔高手，心灵手巧地调好蛋浆分量，控制住烘焙时间，然后在众目睽睽下揭盅收成——

亲眼看过有些心不在焉的鸡蛋仔叔叔手忙脚乱地弄出一盘烧焦了的鸡蛋仔，也看过软巴巴未成型的因勉强登场被喝倒彩，至于那些自作聪明做成巧克力或者绿茶或者草莓口味的，怎样也比不上原装正版那纯粹糖甜蛋香的好货色。

看来简单不过的鸡蛋仔，在被街坊尊称为“鸡蛋仔大王”的廖师傅的用心料理下，那浓郁蛋味的

利强记北角鸡蛋仔

香港北角英皇道 492 号
电话：2590 9726
营业时间：7:00am - 11:00pm

店东廖伯仿如鸡蛋仔之王，几年来在港九开出三家分店，坚持原味，注重烘焙前后细节，难怪店前总有人龙不绝。

二　趁热吃固然是又香又脆，但在盛载鸡蛋仔的纸袋上打上细孔，好让热气流散以免鸡蛋仔回潮变软，也是店主细心妥帖的表现。

坚持，半软半硬的执着，新鲜出炉、逾时弃置不卖的原则，以至根据天气、温度、湿度来调节蛋浆的轻稠度或者烘焙时间，甚至把小纸袋打洞透气，都是为了把这种街头美味发挥到极致。

因此我无话可说，只是一粒接一粒地把鸡蛋仔塞进口里，还有半袋是廖伯特别关照的烘焙时溢出铝板的边皮，脆脆的又再加分。

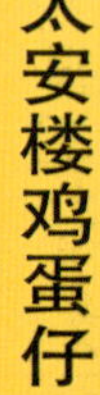

太安楼鸡蛋仔

香港西湾河筲箕湾道 57 － 87 号太安楼地下 A3B 铺
营业时间：12:00pm － 11:00pm

卧虎藏龙的太安楼地铺商场是街头小吃集中地，怎少得了独据一方、长期受街坊拥戴的鸡蛋仔和夹饼，店主一家人胼手胝足忙个不亦乐乎。

三　为了保持每板鸡蛋仔都有稳定水准，店主坚持现做现卖。一旦做好了还未卖出，超过十五分钟变软了宁可扔掉。这种专业精神实在难得。

四、五、六、七
用上北京鸡蛋、糖、面粉和少许发粉拌成蛋浆，不加牛奶、椰汁或香精烘成原味鸡蛋仔。在特制的用铅和锡造的有若球拍状的重约五斤的模板上浇入蛋浆，烘烤约六分钟即成。由于模板两边受热度不一样，所以做成上层较脆、中间半空心、下层松软的效果，咬来口感就有对比变化，新鲜热辣喷香，叫人如何停口？

街头礼仪

记者、旅行作家　陈立怡

立怡外号“陈皮”，这当然与她酷爱这种生津解渴、正气有益的传统凉果零嘴有关，也可以想象这位一有空就在荒山野岭强身健体的女将，行囊里一定有坊间老店的九制陈皮护身解馋，但想不到追问下去，她曾经认真考虑过要开的一家小吃店，想卖的竟然不是陈皮，却是热辣辣、香喷喷出炉的原味鸡蛋仔。

嘴馋当然是可以多元发展的，鸡蛋仔原来也是她的至爱。追溯起与鸡蛋仔的前缘，皆因她小学时期每回默书拿了高分，母亲都会买一包鸡蛋仔加一杯火麻仁以做奖赏。自言特爱面包、蛋糕类食物的她直觉鸡蛋仔是健康而且整洁的食物，至少不像华夫饼蘸酱吃得一手粘连。凡事争取亲身经验、坚持原汁原味的她，自然最推崇本就来自街头的依然用炭炉烘焙的鸡蛋仔，也觉得这些手工成品是最香脆好味的。但时移世易，这类流动摊档几近绝迹，新一代的鸡蛋仔几乎都进驻商铺甚至开始连锁经营，虽然食味不致相差太远，但立怡却很在意店主是否现做现卖，把这视作专业操守。而买来一包刚出炉的鸡蛋仔，她一定在街头把它一口气吃光，而且一定要用手掰开脆皮软心逐粒逐粒吃，顾不了街上灰尘滚滚卫生不卫生，这是作为一个鸡蛋仔忠心拥趸的基本礼仪。

最近令立怡最兴奋雀跃的，是她家楼下竟然开了一家专卖鸡蛋仔的小吃店，而且出品合格，生意不错。我笑着问这家店她有没有股份？她嘻嘻大笑说她只想当顾问。

想来也就是我们这些“老饼”忍不住嘴馋多口、偶尔呼吁，才会有这些有心有力的人继续制作、贩售这些二十世纪的零食。

125 老饼翻身

手工夹饼江湖再现

身边一个馋嘴小朋友有天有若发现奇迹般跑来跟我汇报，说在超级市场里竟然给他看到有用红白塑料罐盛载的麦芽糖出售，他以为这种用来做麦芽糖夹饼的原材料早已经从市面上消失，只属于某些老商户可以通过特殊渠道才能得到的食材。他还精灵地眨眨眼：“以后不就可以自己亲手一叠芝麻饼一卷麦芽糖地自制麦芽糖夹饼了吗？”

我当然笑着说对对对，然后告诉他其实这些罐装的麦芽糖从来没有消失过，只是我们太不把它放在眼内而已。同时我也隐瞒了一些事实，没有用白头阿伯细说当年的口吻告诉他，其实以前独立包装零售的麦芽糖是载在一个深褐色的瓦罐里面的，十分乡土，一时心急且嗜糖的我也不知摔破了多少瓦罐，弄得家里厅堂厨房一塌糊涂，加上麦芽糖本身太黏太稠，把筷子插进去又挑又卷，用力不当的我也不知折断了多少双筷子。

利强记北角鸡蛋仔

香港北角英皇道 492 号
电话：2590 9726
营业时间：7:00am - 11:00pm

既以鸡蛋仔作为热卖主打，内软外脆的华夫饼也有不俗好评。

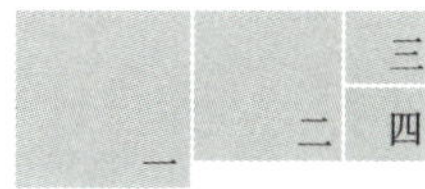

一　当比较大型的以砂糖、炼乳、花生碎做馅的用蛋面浆烘成的夹饼已经绝迹，遗下的只有更接近华夫饼原相的款式，格格作为基本盛馅结构，一板对开对折，自成圆边三角，总算是时空前后断续连接的一种街头甜食经验。

二、三、四
植物牛油、果酱、花生酱、白砂糖、炼乳……自行挑选搭配，关键就在面浆的蛋味是否足够，烘烤得是否外脆内软。

一旦这么详尽地细说从前，小朋友肯定把我当作二十世纪的人。可是想来也就是我们这些“老饼”忍不住嘴馋多口、偶尔呼吁，才会有这些有心有力的人继续制作、贩售这些二十世纪的零食。说实在的，我还未老到够资格用家里废物、杂物从收买佬手里换麦芽糖夹饼——据说这是这种夹饼在战后流行起来的以物换物的源起。

另外一个濒临绝种的零食是糖葱薄饼。同样用麦芽糖巧手拉成雪白的中空若葱管子，成排切成方块，撒上面粉以免互相粘连，做好的糖葱和面粉薄饼皮同时放在小巧的铁箱里，贩卖时把糖葱折叠放在薄饼皮上，撒上芝麻、白糖和椰丝，然后卷好交到客人手中。咬下去又脆又软、又甜又香，完全满足当年小朋友如我的简单欲望。

说来还有另一种比较大型、大制作的砂糖夹饼，混了蛋液的面浆在铁锅上煎烘成型，对折前撒满砂糖和花生碎，更有浇上炼乳然后再切成三角形出售的，外硬内软的口感令人印象深刻，可是这种老饼却真正在江湖绝迹多年了。

泰兴

香港新界元朗流浮山正大街 17 号
电话：2472 3439
营业时间：5:30am － 12:00pm（周一至周五）
5:30am － 5:00pm（周六 / 周日）

流浮山窄窄海鲜一条街，一旁的海味杂货店也兼营传统饼食，除了有讲究手工的蛋卷、皮蛋酥之类，也发现久违了的麦芽糖苏打饼。

五　当然可以自家制作麦芽糖苏打饼，现在也有以塑料袋独立包装好的版本，稍稍留意人多光顾的小铺，才会吃到不至存放太久的货色。

六、七、八、九、十
偶然遇上肩背着玻璃罩铁皮箱的阿伯在旺市街头打游击般贩卖糖葱饼，单看他当街全情表演已经值得捧场支持。这种源自潮州的以薄饼包裹糖葱、芝麻、白糖和椰丝的小吃，是在都市街巷旮旯中侥幸仅存而实在人见人爱的，但以此等微利却恐怕无法吸引年轻人入行承传了。

咸香甜美

编辑 三三

当三三告诉我小时候家里曾经经营小商店，卖的是汽水、凉果、饼干之类的小吃，我顾着听也忘了告诉她当年我的祖父也开过酒庄、杂货铺和鲜鱼档。虽然父亲中途弃商习画，伯父倒是一直坚守鱼档直至退休——这些祖辈们维持生计的经营模式可会悄悄地潜进我们的基因？影响我们对人、对事、对物的判断准则？又或者影响我们的饮食习惯和偏好？

三三说那个时候的确要帮祖母看铺，也要装得成熟稳重地像大人一样去学习算钱。但不知怎么，长大了却对数目的概念完全模糊不清。虽然每天对着那一大堆零食，却没有像同龄的女孩一样，吃罢话梅就吃糖姜就吃瓜子就吃软糖。她对那些用透明纸包着的零嘴根本兴趣不大，吃了也没有胃口吃别的东西（这倒是很适合看铺），而且对其他小孩一定喜欢的果冻有着莫名的恐惧——那些带着颜色的透明感，不软不硬滑潺潺，像是某种说不清楚的化学品，就是无法放进口！

反之她对那位推着小木头车到处兜售麦芽糖的叔叔就记忆犹新。那位叔叔打开黑色的小瓦罐，用扁平的短木棒挑出飘着清甜香气的麦芽糖，放在充满芝麻香的苏打饼上，那种甜美配上咸香，对于不大嗜甜的她，倒是十分合胃口。也可能是她家的小店里并没有卖这种零食，不容易得到就更加回味。

这么多年过去了，那个麦芽糖叔叔、那辆木头车和那一片麦芽糖夹饼，会忽然跑进她的回忆里，以一个美化了的姿态，为当事人甚至路过旁观的都预留一些想象空间——对于一向敏感细致、观察入微的她来说，着实比我们多了这一样零食的选择。

一、二、三

不知是否又要怪罪全球气候暖化，一年下来也鲜有几天真正寒风凛冽冻入骨，令昔日街头人手捧着一包热腾腾炒栗子的氛围打了折扣。但对嘴馋一众来说，碰上这些秋冬时分才登场的糖沙炒栗子、炒白果，还是愿意乖乖地排队等候。

阵阵传来的如此贴近乡土的香气，
提醒你我原来我们的长辈就是这样一步一个脚印地、又咬栗子壳又剥番薯皮地边吃边走过来的。

126 乡土香气

糖沙炒栗煨番薯

永远叫我尊敬崇拜的几位意大利导演如费里尼、安东尼奥尼、帕索里尼和维斯康提，在他们风格主旨各异的好几部经典电影中，都出现过在意大利城乡街头巷尾卖烤栗子的小贩，都是穿得有点褴褛的年迈瘦削老人，有点像老树盘根一样在阴冷风中，在一团白烟热气中吆喝叫卖——每每翻看这些经典，都不由得想起究竟我们的港产粤语经典电影里，可有留下这些在街头用糖沙炒栗子、用铁桶煨番薯的小贩的踪影？哪怕只是不经意地出现在画面的某一角。说实在的也从没人认真地把这些流动摊贩当作主角。

现实生活中在米兰，在佛罗伦萨，在杜林街头，当我看到这些烤栗老人把大颗栗子烤得表皮炭黑，栗壳爆裂后连金黄栗肉也染上炭灰，而且看来干干巴巴的，我总有冲动上前千方百计告诉他们，其实远在香港的同业们用的另一个传统方法，会叫顾客更有购买、剥食的欲望。

流动摊档

香港九龙深水埗地铁站 B 出口附近

每到入秋时分，九龙深水埗地铁站附近便有流动手推车摊档，与这仓促时代“脱节”的架势就像空降一台回到从前的时光机。

四	五
六 七	八

四、五
很少再有青少年入行当家的流动格局，是繁忙闹市中的另类营生。

六、七、八
大铁锅中的烫热黑沙经年累月炒出油亮粉香的栗子，渗糖的薄壳一咬即开。由于优质的良乡栗子大都卖到日本去了，坊间只能用青岛栗子代替，配合熟练讲究的炒制程序，还是可以一尝这松化可口的美味。

糖沙炒栗、煨番薯，每届秋冬就神出鬼没地在这个超速都市的街头巷尾中出现，告知大家需要这一点星火、这一点温暖。也就是这阵阵传来的如此贴近乡土的香气，提醒你我原来我们的长辈就是这样一步一个脚印地、又咬栗子壳又剥番薯皮地边吃边走过来的，新鲜热辣烫口，有一种最原始最鲜活又最充实饱肚的智慧和能量。

经年累月混撒砂糖已经炒成黑亮黑亮的海沙放在大铁锅中和栗子一起炒，热量均匀地传导到每一颗栗子中，从外到里经历几重翻炒、撒糖、筛沙、摊冻再炒的程序，最后从果壳中剥出金黄饱满的粒粒栗肉。而另一边厢的黄皮黄心、红皮橙肉以至紫心的番薯，经过收割后略晒，让水分收干、糖分浓缩，然后再放入自家土制的烤箱中煨熟，冒热剥皮香甜入口——不晓得意大利农家是否有现烤番薯的习惯？香传万里，当中必有其普世道理。

流动摊档

香港九龙深水埗地铁站 B 出口附近

一个手动摊档，通常二人包办，不再多见的流动经营模式恐怕是街头盐焗蛋的最后见证。

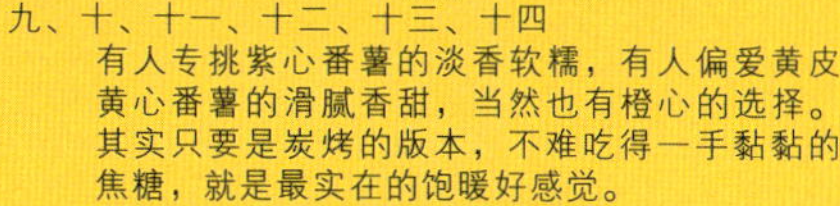

九、十、十一、十二、十三、十四
有人专挑紫心番薯的淡香软糯，有人偏爱黄皮黄心番薯的滑腻香甜，当然也有橙心的选择。其实只要是炭烤的版本，不难吃得一手黏黏的焦糖，就是最实在的饱暖好感觉。

黑吃黑

心性治疗师、作家及演说家 素黑

一如既往，素黑穿一身黑地飘来。好久不见，其实大家都在报纸、杂志、书本上阅读对方，所以我很清楚她继续在吃素，她也应该知道我继续吃得杂七杂八。

素黑其实很爱笑，应该说是越来越放松、越来越爱笑。行动证明黑这个颜色可以超越艰苦、沉重、神秘，也就是说，黑色可以是幽默的。

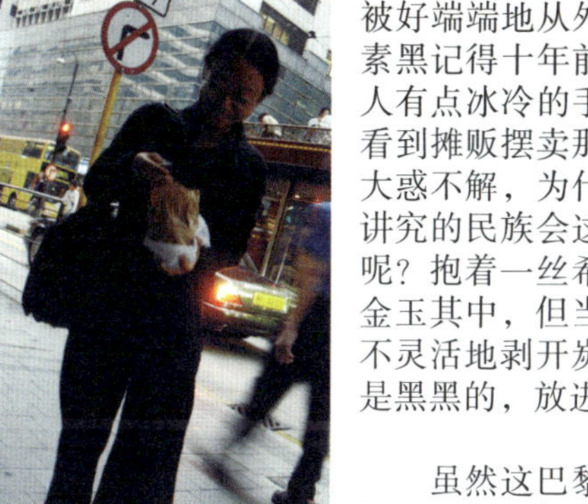

但黑色其实好不好吃呢？我们马上想出了好大一堆型格俱备的黑色食物：芝麻、黑豆、墨鱼（汁）、黑橄榄、龟苓膏、酱油、黑醋……然后素黑笑了笑说："还有巴黎的栗子。"

"其实不只巴黎，"我大胆补充，"基本上全欧洲的烤栗子，都是被好端端地从外到内烤到焦黑。"素黑记得十年前十二月寒冬牵着爱人有点冰冷的手，走在巴黎街头。看到摊贩摆卖那堆焦黑栗子的时候大惑不解，为什么一个对食物那么讲究的民族会这样粗率地对待栗子呢？抱着一丝希冀，或许败絮其外金玉其中，但当她俩用冰硬指头很不灵活地剥开炭黑栗子壳，里头也是黑黑的，放进口里，唔——

虽然这巴黎烤栗子放在手中还是温暖的，但实在叫两人都有点扫兴，素黑自觉从未如此强烈地怀念起香港秋冬街头的糖沙炒栗子。对，那糖沙乌黑得发亮，令栗子外壳有一种微黏和熏香，剥开来将金黄栗肉放进口，细小、温暖、甜美，余香，叫人想到爱。

"太热打不开，冷了不愿吃"，作为爱情治疗专家的素黑这样分析爱情和栗子。我加一句，廿四元一斤。

127 黄金岁月

盐焗蛋卤味烤鱿鱼

自问不是“电脑人”，只是一个努力靠又哄又迫又吓别人替我用电脑完成必需工作步骤的难缠家伙，所以说起那个吸引了中外电脑界有识之士经常出没的九龙深水埗黄金电脑商场，内里乾坤我是一无所知的。如果硬要我说点什么，我会以少年老街坊的身份为一众解说：黄金商场的前身是专门放映邵氏电影的黄金戏院以及外形十分具有包豪斯设计风格的南针织造厂，戏院侧门的零食摊档和厂房后门的一整列十家八家大排档是我十五岁前口腹认知范围里世上最伟大的美食集中地。

黄金戏院侧门那些手绘的大幅电影海报广告下面，吆喝叫卖的手推车式流动零食摊一档接一档，一切该在戏院门口出现的生熟食应有尽有。在爱看邵氏国语电影的外公外婆的领引下，我很快就懂得独立进行自己的觅食活动，而且熟知哪个摊贩该在什么时候开档，什么钟点什么食物刚出场最好味。

焗蛋专卖

流动摊档
香港中环六号坪洲码头前面

主动选择到码头附近摆卖，多少也是档主婆婆从闹市中抽身的表现。
再不多见的流动经营模式恐怕是街头盐焗蛋的最后见证。

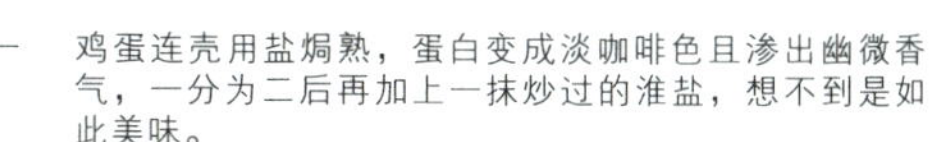

一　鸡蛋连壳用盐焗熟，蛋白变成淡咖啡色且渗出幽微香气，一分为二后再加上一抹炒过的淮盐，想不到是如此美味。

二、三、四　重复了几十年的熟练手法，把温暖和美味直接交到无数过路人的手里。

五、六　从戏院门口设摊到码头外围摆卖，几经改装的流动手推车现在只卖盐焗鸡蛋和鹌鹑蛋。要自行剥壳的鹌鹑蛋会附上一小包淮盐方便蘸食，叫人想起曾几何时差不多格局的摊档，有半透明蜡纸包裹的盐焗鸡腿和鸡翅贩售。

印象最深的是那比较大型的手推车里一整盘有若考古发掘物的盐焗鸡蛋和鹌鹑蛋。顾客指点下档主才用工具把岩状盐巴敲开，从中取出烫热的蛋，冬日端在手里正好取暖，待会 DIY 剥壳吃蛋还可以撒上附送的用小纸包包好的淮盐，我就是在这里认识盐不只是盐还有淮盐这回事。当然那时候也没有人会告诉我鹌鹑蛋原来胆固醇含量很高。

看得见的好滋味当前，亦有隔两条街外也闻得到的炭烤鱿鱼香。挤身近看那用铁丝网夹着的那一块身厚连头的干吊片，明火炭炉上一边烤一边搽上自家调制的豉油，咸香美味。烤好的鱿鱼买来其实又咬又嚼很考牙力和耐力，恐怕是现今惯吃机制的松软易入口两下吞掉的鱿鱼丝的小朋友难以想象的。

至于那把染红的猪肠、猪肝、鸭肾以至鸡脚卤味放在小砧板上一边敲击一边细切，穿好并蘸上芥末和辣酱，又是另一种即使不进场看电影也会心痒痒买一串现吃的。说实在，邵氏电影我真的没有看过很多——

龙城公凤

香港九龙九龙城衙前围道 132 - 134 号地下 6 号铺
电话：2382 2468
营业时间：11:00am - 10:00pm

零食专门店里应有尽有集大成，当然少不了有辣有不辣的鱿鱼干，嚼出一口酥香。

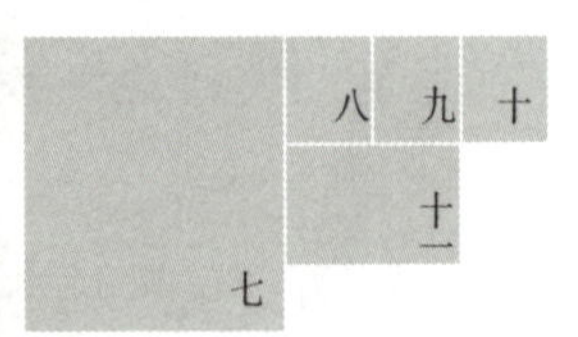

七　遍寻不获、烘焙中香飘街巷的烤鱿鱼干，原只烤得表面焦香入口、极够嚼劲的鱿鱼剪成几段，足以支撑一整场放映一个多小时的电影，现在只能聊胜于无地选择早已烤烘好的版本。

八、九、十、十一
各种压薄切片切丝且有不同口味的鱿鱼干，大抵都是进口货色，唯一有点当地情怀的是放在铁盖高身厚身玻璃瓶内贩卖的。

电影任吃

电影导演、作家 彭浩翔

一如所有嘴馋爱吃的小朋友，少年彭浩翔一天到晚就在为自己的权益努力斡旋争取。可是每次想起要吃什么，一开口向家里大人提出，总是这这这热气不能吃，那那那是凉是寒是燥又不能吃，反正很是受挫、很压抑。

只有全家人去看电影入场前那个特定时空，忽然一切都解禁，什么都让你买让你吃，连平日属于违禁榜首的浸在盐水里的切片菠萝也可以买来在那黑暗的空间里大吃一通。——电影世界就是那么的不真实，什么都可以发生——说不定这就是翔仔立志要成为导演的原因。

言归正传，回到盐焗鹌鹑蛋。翔仔小时候并没有特别迷恋，只嫌它太娇小，不像盐焗鸡蛋可以大口大口吃，但现在因为街头罕见，碰到总想吃它几颗，却又被家里另一半千叮万嘱不准多吃以免让胆固醇读数蹿升。越被禁就越想试，仿佛又循环回到少年时。

还有一点令彭浩翔大惑不解的是，为什么街头叫卖的盐焗鸡蛋和鹌鹑蛋总是要跟糖沙炒栗子在一起？我纠正了他的误会，其实此是此，彼是彼，两者本来只是邻居而不是同居，脑筋灵活的他马上又若有所悟地说，原来两者不一定如旁人眼里是上天注定的怨偶，毕竟感情还是可以有选择的——说着说着，翔仔的成人版又开始现真身了。

本来就脆嫩鲜美叫人不停口，加上美味调料，更叫这炒蚬成为每桌必点。无论是避风塘时代的食艇热卖还是大排档兴旺年月的街坊美食，不登“大雅”之堂没关系，这正就是庶民饮食的中坚代表。

128 超合金海难

又爱又怕东风螺

所谓自律，其实是被迫出来的。

几乎已经忘了有多久没有吃过白灼东风螺、豉椒炒田螺、炒蛏子和炒蚬，唯一敢吃的蚬，是每年跑到意大利看家具展的时候开怀大吃的白酒鲜蚬意大利面——其实一边吃也一边想，为什么我这样崇洋媚外会有信心认定这些贝壳类没有受污染？

一想到这些海鲜和海岸的污染就火起、就生气。身边的环保斗士固然最有资格发言指斥当事的工商机构和责无旁贷的政府机关，而作为一个路过的贪食者，在那些依然灯火通明的海鲜摊档面前，眼见那些看来依然生鲜跳脱的虾蟹，壳上花纹亮丽、内里肉质结实的螺和蚬，真的是百感交集、又爱又恨——

爱的当然是贝类海产那种无法替代的鲜甜滋味，爽的、脆的、滑的、够有嚼劲的，各领风骚。还记得小时候在仍未变身作黄金电脑商场的黄金戏院旁的桂林街与福荣街交界，一整排日夜热闹沸腾

避风塘兴记

香港九龙尖沙咀弥敦道 180 号宝华商业大厦 1 楼（近山林道）
电话：2722 0022
营业时间：6:00pm – 5:00am

招牌避风塘古法炒蟹之前的首选前菜，鲜脆的东风螺肉细细咀嚼更见真味。

二、三
种类繁多的贝类海产其烹调方法层出不穷，蒸的、炒的、白灼的、油盐水浸的都各自精彩。走一趟海鲜档口现场点将，保证好口福。

的绿铁皮大排档对面，每当傍晚就会出现一列矮小的银色的不锈钢面桌椅，桌上像变戏法似的瞬即铺满一碟又一碟依然在蠕动的东风螺、田螺，嘴巴开合的大蚬小蟹，还有新登场的瘦长的蛏子，都是现点现灼现炒，保证新鲜——至于是否干净，从来也没有人可以百分之百保证，都说大菌吃细菌，我们都是这样吃大的。只是很清楚的是，当年的珠三角沿岸海湾一定没有这么多因为工业和填海围海造成的污染，贝类等海产也不会饱含水银、铅、镉、砷等重金属——多吃贝类海产可成为超合金圣斗士，这是我们这些“六字头”“七字头”小时候做梦也想不到的吧！

还记得用那土法上马的自制钢签把东风螺肉从壳里挑出，清走尾巴、蘸上甜酱或辣酱的绝顶滋味。还有炒得乌黑油亮的田螺，放在嘴里那么一吮，浓香鲜美，偶尔一口沙——如果要为贝类海产讨个公道，请告诉我该拨个什么电话号码，该上哪个网站，该有什么具体行动？

喜记避风塘炒辣蟹

香港铜锣湾骆克道 441 号骆克大楼地下 A2 － 3 铺
电话：2838 8565
营业时间：11:30am － 12:00am

豉椒炒蚬炒出一室浓香，此时此刻要亲自“下手”甚至一吮沾满手指头的和味酱汁。

四　用铁叉勾出那一小段鲜甜结实的东风螺肉，蘸上调配好的海鲜甜酱，滋味绝配。最不愿听到哪里哪里海湾又被污染的坏消息，真不甘心就此走上“绝食”之路。

五、六、七
找对安全可靠的店家，海产来货后还经过严格处理，在烹调过程中保证把食材完全煮熟，酷爱美食可得有个健康身体做本钱。

同门中年

设计师 萧华敬

粤语称作师兄，普通话叫作学长，前者多少有点武侠的味道，后者就规矩严肃一点。说来我们曾经先后念过的那所学院那个学系，也的确是设计界的少林寺。如白纸一张的少年男女走进去，理论上都应该练就一身好武功，顺带有大致相同的眼光、兴趣、口味，至少打算求同存异，也已经有一定“血缘”基础。

作为师弟（或者学弟）的我，每次碰见萧华敬（Stephen）都会大喊一声师兄。虽然好长一段时间都搞不清这位黑黑实实而且曾经很瘦的师兄纵横粤港所干何事，反正就是很有技术性的、我怎样听也不会懂的，倒是我忍不住会问他每周花了五天时间在内地，究竟日常吃的是什么？

Stephen看来并不是十分嘴馋贪吃，但说到他无论在什么城乡走动，一有机会一定要尝尝鲜的，竟然是海滩上藏在泥里的蚬——如果还可以卷起裤管和衣袖自己走去挖的话，他还很清楚地知道从小居住的长洲那个滩头那个方位向海走去多远，就是他小时候跟伙伴挖蚬的嬉戏现场。正如所有的恶童日记一定有记述自家发明的烤番薯、玉米烧鱼和煎午餐肉的方法，如何把挖来的蚬弄熟下肚，Stephen笑说不文明不卫生，所以没有仔细描绘，但说着说着那种原始的鲜美的回忆却闪亮在他的眼里，一如当我们说起当年先后在学院里的那些新鲜的好奇的求学经验，那些通宵达旦赶功课的非常日子，都是在记忆体中最有独特滋味的存在。

利兴

香港西湾河太安街12号西湾河市政大厦熟食中心地下2号铺
电话：2567 6906
营业时间：6:00pm – 12:30am

街坊喜爱的饭堂当然不以豪华装修招揽顾客，却以生猛海鲜和潮式打冷赢取掌声。笑容满脸的老板娘蔡婆婆亲力亲为，令小店充满热闹家庭气氛。

斋叉烧、斋鸡、斋烧鹅、斋鸭肾，又甜又酸又咸又辣，而且色彩艳俗，是极大的挑逗和诱惑。

129 斋口斋心

七彩斋卤味

身边虔诚的佛教徒朋友原来不少，当中更有长期茹素的。有缘同台吃饭，从来相安无事、互相迁就，豆腐是豆腐青菜是青菜，即使是鱼是肉，来来往往也是一种尊重和包容，只是有次谈到素食馆门外卖的又红又黄的斋卤味，只见我那位得道的好友眉头一皱，我赶忙也来表白：其实我从来都不觉得这些斋卤味有多“斋”，于我这都是又便宜又多选择又好味的点心而已。

斋叉烧、斋鸡、斋烧鹅、斋鸭肾，又甜又酸又咸又辣，而且色彩艳俗，想来必是某位道行高深的法师兼掌厨精心推敲后发明创造的美味，旨在警示俗世凡人原来日常食物点心之色香味以及正名定位，都可以是极大的挑逗和诱惑。

也许自小就神神化化，也在深夜电视

香港湾仔轩尼诗道 241 号
电话：2519 9148
营业时间：11:00am － 10:30pm

历史悠久的老店却没有因循老化，保持简单美味传统的同时亦对食材及烹调法不断尝新提升。从一碟前菜斋卤味拼盘开始，已经是安心高质素的保证。

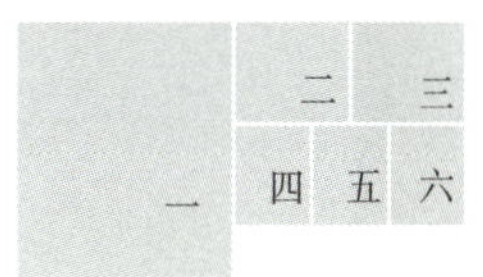

一　一碟斋卤味简单直接地说明两个道理：一是色香味足以诱人，二是百变不离其宗——无论是茄汁甜酸斋、咖喱斋、南乳豉油斋，其实都是调味不同的面筋制品。高筋面粉加水打成烫热粉团，自然发酵后用水多次冲洗，剩下筋性极强的面筋。

面筋搓成圆球放热水中煮熟的称作水筋，面筋挑起放油中分三段温度炸过的称作炸筋。由于工序复杂，坊间餐馆都从有信誉的制面筋厂入货，这些工厂会用上日本高筋面粉做原料，用上加拿大芥花子油炸面筋，保证了产品质素亦合乎现代健康要求。

二、三、四、五、六
早在一九一八年已经创立，经历数番起落仍屹立至今的素食老店东方小祇园，坚持每日分次定量制作各式斋卤味。虽然只是作为餐前小食，但制作却绝不马虎，无论是用炸筋放进茄汁和白醋加糖调味的甜酸斋，用上水筋炸过再放入以南乳、肉桂、五香粉、生抽、老抽加糖的酱汁炆过再扫上麦芽糖的斋叉烧，都软滑有嚼劲，各有个性。

播放的黑白粤语长片中早就认识过由一代粤剧名伶新马仔扮演的济公和尚。这位据说任由酒肉（而且是狗肉！）穿肠过的活佛，以身作则地为一心向善但又忍不住口的信徒如我辈，展示了一种超人的开放和豁达。能够斋口与斋心双修当然好，但积极不干预吃的是什么也更妙。

因此斋卤味是可以继续吃的，问题只是如何找对一家用上有信誉保证、安全卫生的供应商交来的真材实料的面筋，再在自家店里仔细合适地用上咖喱粉、黄姜粉、豆瓣酱来调味出咖喱斋，用上蔗糖来做甜酸斋，用上豉油加上卤水来做豉油斋，更用麦芽糖来烧斋叉烧的店。凡此种种，都是心机时间，都合乎素食馆门外招牌上光明磊落地写着“虔制”的有心有缘的两个大字。至于近年有调查指出斋卤味都是面筋油炸物，烹煮调味时含油量和含钠量容易超标。唔，忍忍口就当你我是跟循初一和十五的吃斋规矩吧。

三德素食馆

香港北角英皇道 395 号侨冠大厦 1 楼
电话：2856 1333
营业时间：11:00am - 11:00pm

用上蔗糖代替砂糖做调味的甜酸斋，为咖喱斋调制的咖喱粉里加上了豆瓣酱和黄姜粉以增加香辣，斋鸭肾和斋叉烧弃用白砂糖而换上原粗砂糖，都是这家素食馆门外长期有人龙的原因。

七、八、九、十

每回跟老外朋友来到店里，前菜时间都是猜谜活动：一箸入口之前先做观察，这块像鸡那片像鸭，还有那可堪咀嚼的斋鸭肾，来龙去脉、前因后果足以乐上半天说个够。

十一、十二、十三、十四

有人在斋卤味拼盘碟中专挑甜酸的，我却先从用咖喱粉和椰奶煮过的咖喱斋下手，各有所好、各取所需、调和融合，这也该是素食店里的一种信念、一种氛围吧！

欲望与需要

广播电台DJ苏耀宗

什么是欲望？什么是需要？第一次正式见面的这位朋友，说来清晰自信，叫我有点惊讶。

大家叫他“细苏”，我跟他说不是故意也真的碰巧，一个星期总有两三个晚上会听到他在黄昏时段下午六时至八时的音乐广播节目，时空氛围拿捏准确，音乐挑选正合口味，我喜欢。

没有告诉他的是十八年前的这个时段，我在同一栋楼的另一个直播室，也在主持一个叫作“边沿回望”的音乐广播节目，我跟他隔了几代人，都站在各自的边沿，竟然有缘相遇。

主动吃素的人该对缘分这回事有一个深刻了解，细苏在三年前用了一个星期去试着开始吃素，他没有反复问自己为什么要吃素，却正面地面对一个更严肃的问题，为什么要吃肉？

细苏很清楚知道，当我们面对一块超大、超嫩牛排而决定要拿起刀叉一口又一口吃掉，完全是欲望大于营养和能量的需要。说起来我们平日很多选择和决定，其实都不是出于真正需要，都只是想占有想操控甚至想发泄。吃，只是其中一种表现。

开始吃素，除了在起初三个月忽然食量大增、体重暴涨之外，最重要的是发觉自己思路格外清晰，反应更加灵敏。当然也叫细苏苦恼的是，走进平日熟悉的茶餐厅，提供的十居其九都不是素食，翻开一本菜单就像翻开生死簿。下班后并没有太多时间自己烧菜的他，就会经常光顾相熟的素菜馆，从前作为下课后晚饭前点心的斋卤味又再回到一个举足轻重的位置，一段从小吃到大、超越时空的缘分忽地重新开始。

扎扎实实，层层叠叠，久远的遗忘了的回忆味道有幸重温，一代又一代的经营者和顾客的共同坚持，缘来有始有终。

一 还未细切薄片的虾子扎蹄，光从卖相就可得知每条所花的人手心力。反反复复折叠卷扎的过程也是一种时间累积沉淀，绝对需要仔细咀嚼才尽得真味。

130 层层叠叠 意犹未尽虾子扎蹄

有天在工作室忙得一头烟，刚回来的伙伴笑着递过来小小的鸡皮纸袋，从来争先恐后、自觉与食有缘的我马上肯定这是好味道。哈，竟然是虾子扎蹄！对，怎可以忘了也在街角拐弯的经典零食老铺陈意斋！

陈意斋的精巧小食中值得大书特写的当然不只面前的扎蹄，可是这手切得薄薄的一片片，入口不硬不软有嚼头，而且豆香、油香、虾子香互相牵引的近乎手工艺品的美味，却是最得我心——

好久没吃过了，顾不得用牙签照顾，赞叹声中伸手拿来就吃。“还记得什么时候第一次吃这扎蹄吗？”伙伴问。这些年来吃过种种类似扎蹄的腐皮小吃，当中有各式各样或素或荤馅料的，有脆炸的，有放在稠稠汤汁里的，不是更硬就是更软，甚至有亲手自家做却以失败告吹的，总不及这结实纤细的版本：看过老师傅把精选的金黄腐皮用暖水鬆软，薄薄一层上再鬆油、鬆特制酱油，再放入上等鲜甜虾子，层层叠好卷起用麻绳扎得稳实，放入蒸笼蒸

陈意斋

香港中环皇后大道中 176 号 B 地下
电话：2543 8414
营业时间：10:00am - 7:30pm

创办于广东佛山的陈意斋本店于一九二七年在香港开业，一直以传统零食小吃吸引着一代又一代的嘴馋人。从虾子扎蹄到鸭膶牛肉干，从有四粒天津杏仁的杏仁饼到蚝油豆到山楂饼，都叫老主顾不折不扣地痴心长情。

二、三、四、五、六　用上炒得香浓鲜美的顶级淡水虾子，配头抽加入玫瑰露酒、盐、糖调味熬煮成的酱油，再加上顶级花生油，还有来自深水埗腐竹老字号树记的豆香扑鼻的顶级腐皮……只见老师傅在腐皮上髹过生油再髹酱油，折叠好放入虾子再卷起以绳扎好——如何扎得不松不紧，令扎蹄蒸得完全熟透又不会散开，就凭老师傅几十年的经验。

七　扎好放进蒸炉前的一批扎蹄简直就是厨房里的装置艺术。

八　除了口碑载道的虾子扎蹄，老牌零食专门店陈意斋的凉果、饼食、软糖、干果、肉干以至那迷你装虾子面和独家燕窝糕，都叫这家小小店堂早晚拥挤着多年捧场的主顾。

好待凉再解绳，心机功夫感动满分。可就是这口感这味道，为什么于我总是有一种遥远的熟悉？

直至最近家庭聚餐和父母闲聊起这经典小吃，母亲冲口而出说最好的扎蹄当然是陈意斋的出品。四五十年前父母在中环一家出版社上班的时候，陈意斋的老铺就在附近！母亲还说，扎蹄从来是金贵小吃，舍不得买，同样嘴馋的她很偶然才会买一点捎回家，而家里那位霸道独占地把扎蹄吃得一片不留的，就是大概才三四岁的我！

我因此没话说了。扎扎实实，层层叠叠，久远的遗忘了的回忆味道有幸重温，一代又一代的经营者和顾客的共同坚持、执着和追寻，缘来有始有终，有根有据。

龙城公凤

香港九龙九龙城衙前围道 132 – 134 号地下 6 号铺
电话：2382 2468
营业时间：11:00am – 10:00pm

八卦好事的会围绕着几家分布港九的类似店名大做文章，我倒是爽快地看哪一家的东主比较宽容大方好客，这里的零食水准毋庸置疑，笑容也满分。

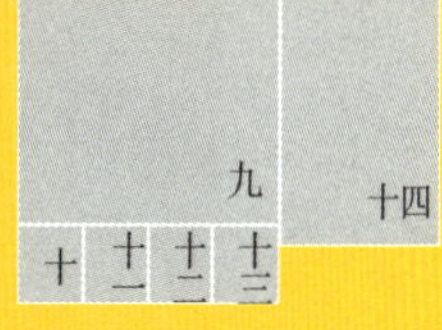

九、十、十一、十二、十三　尽管一般超市、便利店都随时买得到解馋零食，但要有足够规模气派，一字排开、花样百出的零食总坛还是该刻意捧场。走进公凤的店堂，今回主攻的是鱼皮花生、南乳肉、蚝油豆——

十四　久违了的顺德小吃大良崩砂：上好面粉加入白糖、南乳、盐、食粉、臭粉和清水拌匀揉透再擀卷切炸成金黄酥脆，状似蝴蝶。据说顺德俗称蝴蝶为“崩砂”，只是现今贩卖的大多是迷你版本。

飞天扎蹄

性神学社总干事　黄宝珠

总有点后悔当年没有趁宝珠姐放下公关要职远赴温哥华捧起餐盘的那一段日子飞去探她，一睹她放下身段在餐厅楼面以至厨房从低做起的更靠近她所喜爱的饮食事业的英姿。我们这些小辈能够有机会从旁偷师，看着这些大姐大们如何在人生的每个阶段中拿捏轻重，有姿势有实际，真的受用无穷。

一转眼，宝珠姐又回来再战江湖。我这个一路跌跌撞撞的人在有什么重要抉择或决定之际又可以近距离的向她汇报请示了。说到底，无论在地球这边或那边长短勾留团团转，还是会惦念老家的某些人情、某些事物、某些好滋味。作为零食老店陈意斋的老主顾，宝珠姐在彼邦常常想吃的是扎蹄和斋鸭肾。

当年宝珠姐一家三姐妹在圣士提反女子中学上学时，学校的小卖部里寄卖的竟然有陈意斋的斋鸭肾、斋烧鹅和蚝油豆。作为大姐大的她自言自小霸道，每次买了一包零食宁可吃到胃痛还总是占着要自己一个人吃光，两个妹妹只能分到山楂饼、杏仁饼之类。宝珠姐的父亲也是一个嘴馋但却十分关照亲友的人，每半年回加拿大探亲前都会到陈意斋买一打扎蹄，回家马上放进冰格急冻，算准时间带上飞机，飞到加拿大时刚刚开始解冻，不会变坏。

想起当年父亲跟扎蹄的一段逸事，今天她放进口细嚼的这片零食别有滋味。

冠华食品

香港湾仔轩尼诗道 68 － 76 号新禧大厦地下 A 铺
电话：2804 2302
营业时间：10:00am － 11:00pm

相对老牌零食专门店，作为后起之秀的冠华也是全力以赴、应有尽有。宽敞店堂里卖个够，光吃零食把正餐也忘掉。

面对这么多甜的、咸的、淡的、
精致雕花的、粗犷手工的，
都可以选择但都该好好吃完，
厨房食物柜里某天忽然出现半包史前的
饼干的经验是你我共同拥有的。

131 该不该
午夜的抉择

“究竟睡觉前该不该吃饼干、喝牛奶？”

我问身旁在大学时期修读食品营养系但毕业后没有干过一份跟食物有关的工作却跑去画漫画和写诗的老友。在回答我的问题之前他先澄清一点，其实画漫画和写诗也是一种经济活动，也勉强可以挣一点钱来买一点食物，但优质的漫画和诗未必可以换来大量的食物，所以他一直都很瘦，而因为瘦，也更像一个诗人——

“好了，话说回来，关于饼干和牛奶，”他眨了眨精灵的眼睛，“就看你吃的是什么饼干，喝的是什么牛奶？”果然是学有所成的营养师，也太清楚他身旁的经常因为看到那些警告市民大众不要在睡前四个小时内进食任何食物的文章而大感懊恼的我。对，我吃的是牛油曲奇饼，或者是奶油威化饼，或者是巧克力手指饼，不是吃两三片而是忍不住口一吃就是大半盒；

齿来香蛋卷

香港西营盘第三街66号福满大厦地下
电话：2975 9271
营业时间：9:00am － 7:00pm（周一至周六）
10:00am － 6:00pm（周日）

蛋卷小铺除了新鲜香脆热卖，还有自家烘焙手工饼干，如久违了的椒盐饼、烟仔饼，嘴馋人不能不试。

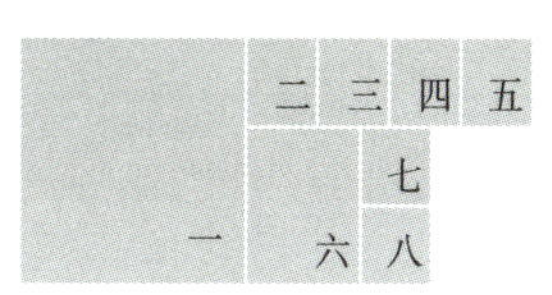

一　先来宠宠自己，拍掉身上平日的街坊平民饼干屑，来几块皇后饼店手工精制的牛油曲奇。

二、三、四、五
先将蛋白和糖加上牛油以搅拌器拌打起，再加入顶级面粉及筋粉混成饼浆，用专用唧管小心唧出花纹状饼块，随即放入烤箱——

六、七、八
同样的饼浆用不同的唧花方法，分别配上核桃、樱桃果渍以及杏仁片，不同款式的牛油曲奇饼香诱人，开始了就停不了。

喝的不是那稀如白开水的牛奶饮品，要喝就喝奶味浓郁的全脂奶，天气凉了心血来潮在小锅里小心地把牛奶以慢火煮热，还放几颗桂圆肉再打进一个鸡蛋——

我明白了，他望着我那一团勇敢地出来了就再也不退缩回去的“腹肌”，微微地笑，很好，开心就好！

因为有了诗人的祝福，我可以愉快地看着他继续窈窕，也放心地看着自己一点一点地成长，唯一要求自己的就是不偏食也不要浪费。面对这么多甜的、咸的、淡的、精致雕花的、粗犷手工的，都可以选择但都该好好吃完，厨房食物柜里某天忽然出现半包史前的（可能还未变坏的）饼干的经验是你我共同拥有的：可能是那方方正正的苏打饼，那长成不同形状的香酥淮盐饼，又或者是那奶味、薏米味浓郁的马利饼，那层层叠叠的奶油威化饼，还有那曾经风靡一时的鸡片、香葱芝麻薄饼……把这久别重逢的“老饼”掰一小块放进口，“噢！潮湿了，软了，变了，早该丢掉了——”

如果我们真的爱吃饼干，该不该如此？

皇后饼店

香港湾仔茂萝街 1 - 11 号 1 楼
电话：2116 1910
营业时间：11:30pm - 9:00pm

从多年前依附皇后饭店的一个角落零售饼食，发展到今时今日成为独立全面的店堂，面包、蛋糕、糖果以外，还有入口松化酥香的牛油曲奇。

九、十、十一、十二

手拿一块小时候熟悉不过的嘉顿饼干，意想不到饼干生产厂房安全卫生、过程不经人手是如此的魔幻——把自己缩小，把饼干放大成美味军队，一口酥化的同时惊叹食品科技的伟大。

十三、十四、十五、十六、十七

规模大厂生产的既有常青畅销家庭装饼干如克力架、芝麻苏打饼、麦芽饼、马利饼，亦有小巧独立包装的花生夹心、芝士夹心（时时食）、巧克力手指饼和多种口味威化饼，各家各派各有特色，都是从小吃到大的早午晚味道。

饼干缘

公关 陈惠明

如果有天流落荒岛，你会最希望身边带着什么食物？

想出了这样一个不太有创意的问题，其实也真的不敢拿来问我面前这位点子特多、脑筋特灵活的大姐大。倒是陈惠明（Evelyn）先下手为强，坦言日常生活中总是有一些东西注定被忽视，不会刻意带在身边，可是到了某些重要关头，想要，但偏偏没有，例如饼干。

“流落荒岛也真的是不能带饼干的，”我说，“因为没有带热牛奶。有了热牛奶，苏打饼干才有存在的意义。或者换过来说，热牛奶是因为苏打饼干的出现并且投入才有存在价值的，不过这是人家的私事，我们还是把焦点放回纯粹的饼干身上——”

“随便举个例，”Evelyn说，“看着办公室里墙上的挂钟，都快七点了，老板还在跟别的人别的事纠缠着，还未轮到跟你检查工作，实在饿得很，又不好意思叫外卖吃得夸张（那太像要主动留下来加班了），所以饼干就大派用场，至少不会叫你饿晕这么难看。”

“又或者剪接到更早些时日，”Evelyn一脸温馨地回忆说，“应付中五会考和预科高考的那些不眠不休的晚上，每到深宵一两点，妈妈就会敲门进来，手中捧着一杯热巧克力和几块麦维他消化饼，就因为这个画面，努力读书考试进入大学是必要的，要报答的是那几块饼干。”

再仔细想想，Evelyn和我忽然发觉香港说不定是全球可以吃到饼干种类最多的地方，但我们从来都没有尝试努力去吃个够。她说最近为了身体健康，已经戒吃谷蛋白（gluten）类食物了，所以在一段时日里都要跟饼干绝缘。绕了一圈，原来回到了一个缘分的关键。

各大超市及便利店零售

创建于一九二六年的本地面包饼干经典品牌，从当年的香葱薄饼、鸡片、麦芽饼，到今日的牛油曲奇、华夫饼及巧克力脆皮威化条，都是正气十足的苏打饼以外的香甜选择。

尽管坊间便利店廿四小时都有软雪糕出售，但我和身边一众始终认为百分之百本地品牌富豪雪糕的流动雪糕车是大哥大，出售的软雪糕是最滑、最香、最有奶味的。

我平生吃到的第一口雪糕，不是作为什么餐后甜点，而是一种奖励甚至是一种镇痛的“药”。

132 痛快勾引

雪糕是一种药

心情好的时候要吃雪糕，心情差的时候更要吃雪糕。大伙儿欢天喜地伸手举匙进攻同一盘超大号香蕉船，又或者孤独一人默默舔完一个在溶化边缘的软雪糕，雪糕不是雪糕，雪糕是一种心情、一种状态。

我平生吃到的第一口雪糕，不是作为什么餐后甜点，而是一种奖励甚至是一种镇痛的“药”。看来只要牙医科技一天没有到达“无痛拔牙”这个境界，雪糕永远是鼓励小朋友勇敢面对那拔牙过程中牙齿的疼痛和无法名状的心理恐惧的良方。在麻醉药消失的一刹那，雪糕就负起了冰镇止痛的责任。牙肉敏感如我，仍有能力跟父母纠缠出三个不同口味的莲花杯来度过这个先痛后快的冰河时期，一不小心紧接牙痛的就是肚痛。

至于那个矮矮圆圆的分别盛载云呢拿（香草）口味、草莓口味和巧克力口味的小纸杯装的雪糕会被昵称作“莲花杯”，是因为那纸杯盖边内折的凹凸纹（那顶多像荷叶吧）？又或者是因为纸盖掀起

富豪流动雪糕车队

停泊处：中环天星码头、港外线码头、铜锣湾崇光门外、金紫荆广场、尖沙咀文化中心

一人做事一人当，既是雪糕车司机亦是售“货”员，按钮播放《蓝色多瑙河》的是他，在雪糕机前转出两圈半软雪糕的是他，推介其他产品如果仁甜筒、珍宝橙冰和莲花杯的也是他。怎么可以不说声谢谢？

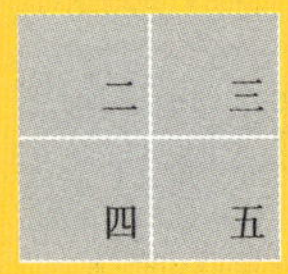

二、三、四　打从一九六九年开始出现的富豪雪糕车，迄今还有十四部车奏着《蓝色多瑙河》在港九来往经营。从当初的每杯五角到今天的六元，依然吸引一代又一代的嗜甜嘴馋人。相信每个小朋友都希望可以亲手操控车上这调好雪糕原料放进去就会自动制成雪糕的雪糕机，手持雪糕筒把手一拉，标准的两圈半软雪糕之外是否可以偷偷再多加一两圈？

五　如果碰不上流动雪糕车，还可以等那种快要被淘汰的由绵羊仔摩托机车改装的由上年纪老伯驾驶的雪糕车，否则在街头就只能光顾一些贩卖雪糕、汽水的临时摊贩。

— 所有冰淇淋类在香港都被称为“雪糕”：装在纸杯里的称“莲花杯”，“软雪糕”就是台湾所说的霜淇淋，“雪条”即为冰棒。

后雪糕面的一些起伏花样？还是牛奶公司早期雪糕纸杯上就有莲花图案？（印象中倒更像皇冠！）左问右问还是无从稽考。只是吃到雪糕一点不剩，用木片小匙把纸杯上的蜡也一丝一丝刮下来的情景仍然历历在目。

从一人份独尝的莲花杯时代进化到三色雪糕砖的日子，突破性的胶盒版本之前还是纸盒装，一撕就露出贪婪和野心。雪糕口味、质感分明是一样的，但放肆程度却倍增，大口大口啖惯了，也就对那小家子气的用两片威化饼皮夹着一片雪糕的雪糕三明治没有好感，觉得不过瘾。

至于那神出鬼没的富豪流动雪糕车上的奶味香浓、口感细滑的软雪糕，那告知大家雪糕车来了的我响故我在的《蓝色多瑙河》乐曲，竟又是另一种主动出击、让你无法抵抗的勾引。

农场鲜奶

香港新界元朗石岗甲龙村雷公田 78 号
电话：2832 9218
营业时间：周一至周五（全日休息）
9:00am - 5:30pm（周六、周日及公众假期）

可算是本地仅存的小规模生产的鲜奶品牌，出品从不掺入任何水分、奶粉等杂质，百分之百无添加。奶味香纯、奶质细滑，明显比其他大规模生产的品牌奶品优胜。

十 十一 十二 十三 十四 十五

六

七 八 九

六、七、八、九

说到一众在本地发迹的牛奶品牌，从大屿山神学院十字牌鲜奶、农场鲜奶、维记鲜奶到牛奶公司鲜奶及奶类产品，都以新鲜、营养、健康作为经营及建立品牌形象的指标。近年更在传统的优质牛奶中加入高钙、低脂、脱脂、高纤等功能元素，甚至更加入螺旋藻。面对市场上进口奶类产品的激烈竞争，研发健康牛奶产品看来是本地牛奶生产商必要的发展方向。

十、十一、十二、十三、十四 、十五

从莲花杯到三色雪糕砖到雪糕三明治，从果汁孖条到凤仙雪条到芋粒喳咋雪糕到杨枝甘露雪条，雪糕、雪条其实是没有季节没有时段地讨人欢心的恩物，走一趟超市和便利店，把头靠贴冰柜，感应一下潮流线上最年轻、最本地的口味与颜色。

曾经沟过

文艺工作者 何秀萍

当沟已经变成锑，你我大概也不得不承认这真的是个暴力世界。色不色情是其次，那是比较私人的事，但暴力，就会影响以至破坏、损害人。

所以跟秀萍在茶餐厅坐下来，还算不太拥挤的傍晚时分，我们都忽地怀念起那个“沟”来“沟”去的年代。家里一向比较在意我们几兄妹的言语，“沟”这个字只用在厨房里固体与固体、液体与固体、液体与液体的混杂交流，我从来不会说“沟女”“沟仔”这些俗语。认知里面，人始终是人，不能就此物化，所以沟，最前卫、最主动、最越界的，莫过于也只能是香草苏打汽水混鲜奶。

我善忘，已经忘了第一回喝香草苏打汽水混鲜奶是在什么时空。她倒印象深刻地记得是当年在电视台当编剧的当儿，和同事在食堂一边“脑震荡”一边喝的。身为创作人，至少也得开放自己接受不同事物，你沟我我沟你，而庆幸香草苏打汽水混鲜奶总算是一个可口美味的互沟。

我们显得有点天真地问茶餐厅伙计有没有鲜奶，他说当然有，然后问他有没有香草苏打汽水，他说没有。一意孤行决定要混的她和我已经欲罢不能，在问准了女掌柜可否自带饮料的情况下，走到对街便利店买了一罐易拉罐装香草苏打汽水，回到座位中马上混起来——味道始终未变，连感情也（很肉麻的）有增无减。毕竟是认识了超过二十年的老朋友了，早就没有受不受这回事。

究竟维他奶有没有一如广告所说令我“更高，更强，更健美”就见仁见智，但肯定喝多了会令人有一种痴情、一份固执——

133 一汽呵成

维他绿宝情意结

当我确定面前这位眉目清秀的朋友就是当年的那位机灵活泼的小模特儿，身穿光鲜笔挺小礼服还打了领带，神气活现地走在应该是半岛酒店的大堂长廊中，然后坐下来向毕恭毕敬的服务生说了一声“绿宝”——我几乎冲口而出又礼貌地把话吞回来：当年在电视机前的我以及一众同学，是多么的妒忌和讨厌你啊——

现在的小朋友甚至不知道什么是“绿宝”了。这种并没有太多“汽”的瓶装汽水其实是一种橙汁饮品，矮矮的玻璃瓶容量好像特别少，插了饮管几乎可以一口气喝光，所以也就格外的意犹未尽。当年看着这个绿宝电视广告的时候，心想这个小家伙肯定可以因利成便地喝完又喝，真幸福也真不公平。

相对于“汽”量充足的可口可乐和玉

维他奶

作为港产经典饮品的代表，除了以豆奶为基础的维他奶，产品多元化，包括果汁饮品、柠檬茶、牛奶蒸馏水、豆浆等，产品亦行销全球各地，更在美国、大洋洲及中国内地自设厂房处理生产及分销业务。

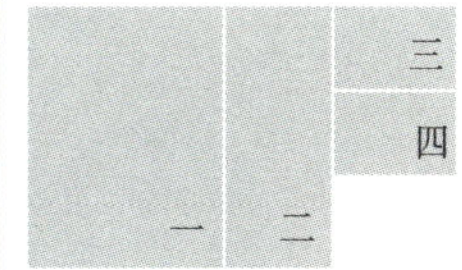

一　实在太深入民心的早已融为一体的现实与广告意象：寒冷冬日清晨，上班、上学的街坊一众在街角杂货早餐店买来人手一瓶热腾腾的维他奶，这个画面肯定在香港人集体饮食回忆中占一席位。这么多年来，冬日热维他奶已经成为一个愿意早起的诱因。

二　喝的该是原味还是麦精口味？我倒是两者皆可，但最重要的还是坚持喝瓶装！虽然知道瓶装跟纸盒装的内容味道其实完全一样，而且喝了都会“更高、更强、更健美”。

三、四
路经维他奶位于屯门的生产厂房，只见整幢黄白相间、占地几乎整条街的厂房很有架势，而且街上都泊满了并往来着把各种包装和口味运往零售店的重型货车，顿时明白什么叫“货如轮转”。

泉忌廉苏打水，绿宝橙汁是比较温柔的，不过更正“气”的一定是维他奶。究竟维他奶有没有一如广告所说令我“更高，更强，更健美”就见仁见智，但肯定喝多了会令人有一种痴情、一份固执——身边的确认识几位男女老友，从小到大都坚持只喝瓶装维他奶，虽然他们都知道无论是瓶装、纸盒装、易拉罐装的维他奶都是一样的维他奶，但竟都一往情深地迷信瓶装总是比较好滋味，无论是上完体育课一身臭汗喝的那一支冰冻的，还是冬日清晨穿得像裹蒸粽一样地手捧一支烫手的热的；无论是原味还是麦精味——恐怕对这些有点年纪的顾客来说，新推出的针对年轻族群的各种口味是无法打动他们的。一个本地品牌能够培养出一群死心塌地的捧场客，需要的正是诚意和时间。

当年喝的高贵的绿宝橙汁和廉价的珠江牌汽水如今都不知到哪里去了。维他奶倒是从一九四〇年以来一直陪伴着香港好几代人一直承传同时更新，“点止汽水咁简单”原来不只是一句广告口号。

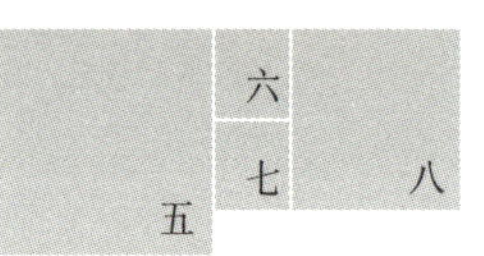

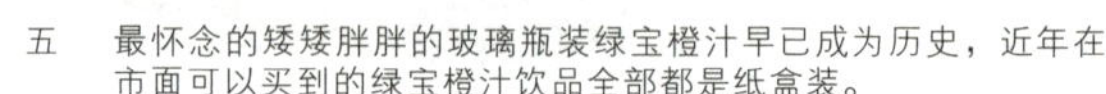

五　最怀念的矮矮胖胖的玻璃瓶装绿宝橙汁早已成为历史，近年在市面可以买到的绿宝橙汁饮品全部都是纸盒装。

六、七　维他奶于一九七五年直接由瑞典引入纸盒装饮品技术，当年的纸盒依旧在瑞典生产，到中国香港后才注入维他奶。到了一九八四年生产第一代三百七十五毫升的维他奶，纸盒已经改由维他奶公司直接生产。

八　为了迎合新一代消费者的多元口味，维他奶在近年继蜜瓜和巧克力口味以后也推出了摩卡（mocha）咖啡巧克力口味、香芋口味和红豆口味，打从一九四〇年就创立面世的经典品牌亦深知与时俱进的道理。

唯我以外

专业经理　宋轩麟

轩麟有个笔名叫阿拔。阿拔记性好，擅长说故事，而且都是峰回路转的真人真事，就连喝一瓶维他奶，都喝出激流三部曲。

每一个在香港长大的都有资格说自己喝维他奶长大，阿拔也是。但他正式跟这饮料有第一次刻骨铭心的碰击，不是在冬日的小学校门口由心仪女班长递过来暖手的一瓶，而是在中七毕业后到了美国得克萨斯州休斯敦上学，自觉英文不错的他竟然听不明白周围的人在说什么，自信心大受打击。在那个连电邮还未流行、长途电话又太贵的年代，他很快就"染"上了思乡"病"。每次开四十五分钟车到了中国人聚居的地方，买一份《世界日报》和一盒维他奶，一看包装后的工厂地址写着香港屯门什么什么的，他简直就要马上掉泪。

第二回合是家人忽然移民加拿大，他也忽然从美国飞去重投家人怀抱，从一个穷学生一变而成跟家人看大屋买豪车的富家子。他曾经努力地希望融入当地社群，但身边的香港人圈子势力实在太大，一切香港发生的都即时同步转播，令他永远有种这么远那么近、这么近那么远的困惑。而他在超市买到的维他奶，一看竟是美国生产的——原来打从一九九八年起，维他奶已经在当地生产？！喝来更叫阿拔神经错乱。

心生去意的阿拔考完毕业考试的最后一科，头也不回地就跑回香港，赶得上他一直希望入职工作的航空公司的最后一天面试。以他自小对飞机的迷恋和惊人的航空知识，这个职位当然非他莫属，不到两年，他就成为航空公司派驻柬埔寨的代表，年方二十五就变成了"特权阶级"，有司机有豪宅宿舍，还得代表公司甚至特区政府出入当地上流社会。阿拔很清楚这只是一个过渡，他更关心的是当地的贫富悬殊。有一趟司机载他到专为外宾服务的超市买面包和维他奶，回程时被一群在污水沟里玩闹的街童拍打车身骚扰，坐在车里的阿拔以当天空运到的《明报》做掩，泪流了一脸。柬埔寨的维他奶虽然也是香港屯门工厂制造的，但味道却特别甜，后来有朋友告诉他，这里曾经长期战乱，食物都不新鲜，都得以大量调味料提味，咸会很咸，甜会很甜，大家都习惯了，就连苦，也很苦。

— 说来话长，断断续续吃了这么多年的啄啄糖，还是直到最近才目睹啄啄糖的制作过程，多少有点开山劈石然后真相大白的感觉。坚硬有如小石子的糖块几乎不能咬，只能让它在口里慢慢融化。

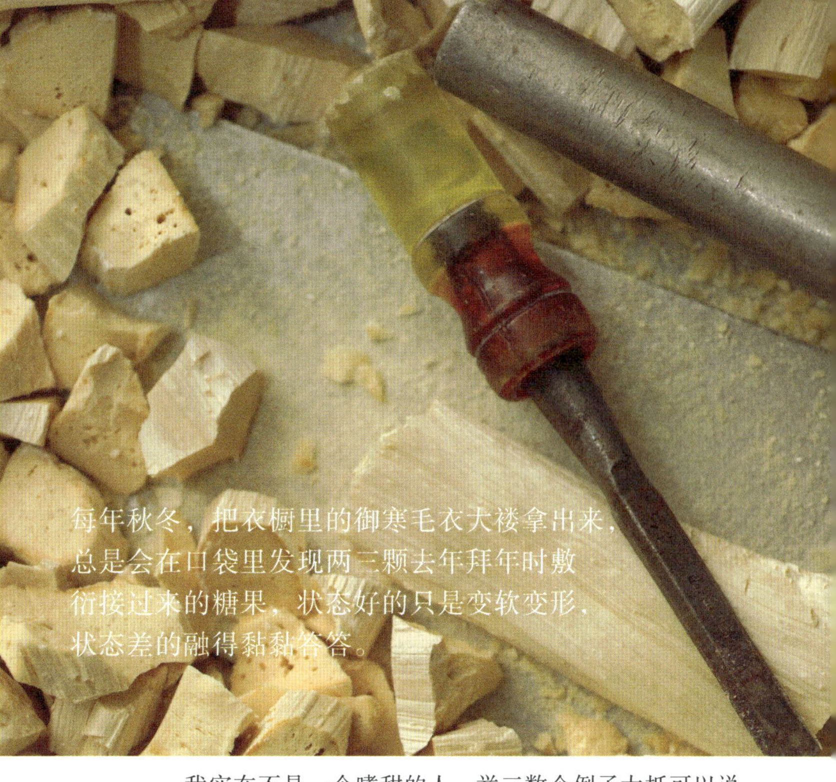

每年秋冬，把衣橱里的御寒毛衣大褛拿出来，总是会在口袋里发现两三颗去年拜年时敷衍接过来的糖果，状态好的只是变软变形，状态差的融得黏黏答答。

134 甜头尽尝

糖果犹豫

我实在不是一个嗜甜的人，举三数个例子大抵可以说明证实——

一、我喜欢喝番薯糖水，但每次都要下很多很多的姜，越辣越好，所以身边伴认为我其实喜欢喝那暖胃姜汤。

二、前些年SARS猖狂，我的心情与大家一样，苦闷沉郁，如坠深谷，眼见身边平日最紧张体重升降的女性友人们都豁出去捧着桶装雪糕放肆大啖，以吃解忧去愁，我选的是巧克力，但还是偏爱少糖少奶苦涩原味。

三、最怕看到中文把“sweet heart”硬译作“甜心”，每次都打冷战，把“honey”译作“蜜糖儿”也好不了多少，但蜜糖始终比较天然，总比那些从甘蔗出发百炼精制的白砂糖好一点。

四、每年秋冬，把衣橱里的御寒毛衣大褛拿出来，总是会在口袋里发现两三颗去年拜年时敷衍接过来的糖果，状态好的只是变软变形，状态差的融得黏黏答答，分明就是控告我其实心不在焉，志不在此——

钵仔王

香港湾仔道160号A地铺
电话：2893 7178
营业时间：10:30am – 10:30pm

啄啄糖其实跟潮州甜食糖葱的原料做法类似，只是不只酥化爽脆更添几分硬朗。除了姜汁原味，更演化出薄荷、杧果、巧克力、椰子几种新口味。本以为已式微消失，怎知又推陈出新。

二	三	四	五
六	七	八	九
		十	

二、三、四、五
寻根究底，用上麦芽糖、玉米糖浆、白砂糖约煮半个小时，并加上香精提味，煮成稠稠糖浆。撒进少许芝麻后转放锌盆中，连盆置于冷开水里让糖浆待凉凝固。把半凝固的糖块置于金属工作桌面，让糖块继续冷却也明显转成浅色。

六、七、八
最神奇又最有动感的一刻来临：只见师傅把糖块移挂于墙上铁管，不断拉扯抛荡，令大量空气进入直至糖块转化成为乳白爽硬长条，再置于工作桌上，最后定型。

九、十
只见女工们在圆形铁盘中把糖条以锤凿敲成小块，啄啄有声，因以得名。啄啄糖经人手包装好运到街坊店铺寄卖，从前靠流动小贩在街头巷尾持盆现凿现卖的方式已不复现。

也许那种能够与糖果亲近的悟性已经退化已经被收掉了，也再无能力因一颗糖果而雀跃兴奋，即使把糖果递给你的是个陌生人。只是最近我发现有个本地药业品牌推出了一系列以纯草木植物精华配装、不含人工色素和防腐剂的软糖。一口气买了桂花蜂蜜、无花果百合、红枣山楂等口味。第一回尝试入口是在长途客机飞至半空中，那种软那种天然果香，据说还能净心开窍、消烦解躁、滋润肌体、解渴生津，超越了单纯甜蜜蜜的境界，唤回一点对糖果的依恋与想象。

无论如何，糖果于我现在是视觉刺激多于味觉经验。我会留意到甄沾记椰子糖和瑞士糖的包装纸都转了颜色图案，史密夫软糖还是那几十年不变的玻璃纸透明包装，大白兔奶糖连商标也换了（虽然整体色调还坚持蓝蓝白白的），啄啄糖那几乎没有包装的包装十分类似无印良品，牛奶鸟结糖的蓝白格包装自成经典……那可真是一种无可奈何的设计职业病，就像身边一些广告高人，在滔滔不绝跟那动辄营业额过亿的糖果客户大谈商标呀包装呀行销策略的同时，其实自己不吃糖。

因此由衷地羡慕那条件得天独厚的好甜一众，不必斤斤计较那由政府批核出的八种代糖的摄取量，能够在真正的糖果里得到如此单纯直接的快乐，尽尝甜头，就是快乐。

和发隆饼家

香港九龙佐敦官涌闽街3号地下
电话：2735 5505

曾经风光一时的潮式老店家，仍然坚持每日现造各式花生糖食，少量生产但还保持一贯口味——甜！

十一 作为皇后饭店的驻店王牌糖果产品，牛奶花生鸟结糖（Nougat）比一般果汁糖明显高一个档次，一直受广大嘴馋食客捧场欢迎。

十二、十三、十四、十五、十六、十七、十八
先将玉米糖浆煮溶后倒入蛋白，以专业搅拌机发打至起泡备用。再用砂糖、玉米糖浆加水煮溶并加入花生，马上将两种糖浆材料混合揉好铺成块，待糖块完全凝固后再切成长方小片，最后用米纸逐片独立包装入盒，一代糖果经典大功告成。

十九、二十、廿一、廿二
传统潮式糖果花样百出，但说来原材料也不外麦芽糖、花生、芝麻、椰丝几种。先后配搭组合成焗糖、明糖、椰丝糖、鸭颈糖、花生酥、黑芝麻糖等，偶尔也会发展糖果以外的糖番薯干或者糖渍柚皮以飨念旧一众。

糖山大兄

销售主任 武剑英

我跟武剑英（Mann）说我认识的另一个姓武的男人就是武松（当然还有武大郎），而认识的另一个叫作“剑英”的男人就是开国元帅。

我在想的，其实是历代这些男人们究竟是否都像Mann这样爱吃糖。从啄啄糖到椰子糖到史密夫橙花软糖到话梅糖，还有太空糖、爆炸糖、汽水糖，加上高贵一点的盒装花街巧克力和金杯巧克力，千奇百怪诸如此类，都是从一个小朋友长大成为一个男人过程中的回忆能量。

Mann是北方人，人高马大，小时候应该也有一定斤两。他是三兄弟里的老三，在那个父母都得艰苦拼搏的二十世纪六七十年代，三兄弟自出生就得分别寄养在不同的亲戚家，所以其时两三岁的Mann说实话也不怎么记得起大哥的模样。只记得有一次在他三岁（？！）的时候独自一个人跑到住在附近的外公家，碰巧外公也拖着一个小男孩，外公跟他说这就是他的大哥了。作为大哥的也很大哥，央着外公掏出一两毛钱给三弟买了一些一直在街角啄啄作响的啄啄糖，这是两个兄弟深厚感情之始，因为糖。

Mann说他不怎么喜欢大白兔糖那种牛奶味，也不太喜欢拖肥的黏黏结结，至于久违了的有如变魔术一样的由砂糖变成的棉花糖，他告诉我该去九龙湾的商场或者牛头角的屋村那一带找找看。

Mann现在该没有那么疯狂地吃糖，因为这个“糖山大兄”现在迷恋热衷的是探戈（Tango）——一边跳一边吃糖，好像不太好。

皇后饼店

香港湾仔茂萝街1－11号1楼
电话：21161910
营业时间：11:30pm － 9:00pm

除了同系同门饭店里的招牌俄式西餐名菜，饼店里的牛油曲奇，还有那叫人一试难忘的香脆软韧共存的牛奶鸟结，喜欢尝新的可一试咖啡米通口味或者蓝莓口味。

说来无论是柠檬是榄，是甘草还是陈皮，在那些吃巧克力或者软糖都总不对劲的大山大水当中，都是十分适合十分过瘾的。

135 大漠救星

出生入死咸柠檬

经常在书店里碰上那些哗众取宠的书名，以死相迫，诸如《死前要去的五十个旅游地方》《死前要看的五十本经典名著》，看来那几本《死前要吃的五十道世界名菜》或者《死前要吃的五十种街头小吃》《死前要吃的五十种中国点心》以及《死前要喝的五十碗广东老火汤》都正在赶工撰写中，说不定已经编好印好，即将发行。死前应该要做的事其实多的是，但无论如何，经这些畅销书当头棒喝，我倒还真的认真起来计算准备一下。

常常有媒体朋友半夜三更在电话那端突然希望我推荐最喜爱的旅游热点而且最好提供十张以上作为到此一游证据的生活照片。推介什么好玩地方我愿意，但自问东奔西跑却从来没有把自己和身边伴连同背后“十大风光名胜奇观”也拍进照片里的习惯。唯一一次是在阿拉伯半岛国家也

大笪地榄王

电话：9281 1613

工序繁多，利润微薄，传承父业也只求“完成”一个心愿。除了有口皆碑的甘草榄以外，还有自家制的柠檬王、冬姜王及贵妃梅、甘草梅等。

	二	三	四
	五	六	七
一	八	九	十

一　背负当年在上环大笪地摆摊卖榄的父亲的口碑名声，自小在甘草榄味包围下长大的王耀璋俨如新一代“榄王”，特选来自潮州的爽脆无渣的嫩榄，在制榄前还得在几百粒榄中亲手剔走不合格的货色。

二、三、四、五、六、七、八、九、十
先将来自内蒙古的甘草自行研磨成粉末，加入丁香、肉桂、陈皮、茴香、薄荷等香料，与已去皮及用糖水腌过的榄一道入罐，以人手用力摇约两分钟，取出倒入胶箱内腌制约四五天。腌好的甘草榄量重后简便包装，送往各区零售店铺。

门的沙漠里，让陪伴横越沙漠的向导给我们拍了一张筋疲力尽但仍然一脸笑容的夕阳残照，值得回味的是因为我的手里拿着一袋咸柠檬。

咸柠檬当然不是当地特产，是我们出发上路前心血来潮刻意准备的。因为预知沙漠日间气温奇高，行走其中人体出汗量大，恐怕会流失太多盐分，既然不能干巴巴地光吃盐，就想起这些可以救命的生津解渴、醒胃提神的咸柠檬。其实八宝袋中还有甘草柠檬、薄荷甘草柠檬、陈皮柠檬、姜汁柠檬和川贝柠檬，都是三十年老字号上环永吉街正牌“柠檬王”唐伯给我推介的，他还以一袋柠檬走遍全球的豪气姿态，要我多拍几张手携柠檬到此一游的照片给他看。

说来无论是柠檬是榄，是甘草还是陈皮，在那些吃巧克力或者软糖都总不对劲的大山大水当中，都是十分适合十分过瘾的。寻常味道有不寻常功能，在开始认识了解以至热爱起异域风俗文化的同时，也继续为自家源远流长的饮食大智慧小聪明而自豪骄傲。

柠檬王

香港上环永吉街 FP - 20 排档
电话：9252 2658
营业时间：10:00am - 5:00pm 周一至周六
（周日及公众假期休息）

同样是子承父业的营生，唐伯和儿子超哥父子拍档，
镇店之宝当然是甘草柠檬，咬来软硬适中，幽淡而不呛浊。
还有柠汁姜、化核梅也是热卖，值得一试。

十二 十三 十四
十一 十五 十六 十七

十一 正宗古法晒制凉果除了严选坯材，还得看天色靠太阳。加上凉果行业占地多，香港本地的生产者大多在内地设厂加工，减轻成本。

十二、十三、十四
由泰国进口的用盐腌好的柠檬坯，筛选后放入清水里漂洗约十四天，然后放入煮好的糖水中“糖”约一星期，每天必须翻动以保证入糖匀称，最后还得日晒四至五天，色泽金黄通透才可剪碎去核。

十五、十六、十七
纵观整个晒制过程，工序繁复严谨，一举一动均直接影响成品质素。柠檬晒好后独立人手包装，并附上小包甘草粉让客人自行调味食用。

忽然一枪

原演艺学院电影电视学院教授林汉勋

飞机榄那么一抛一掷，竟然和枪声一响重叠，竟然影响了林汉勋（Stephen）这一辈子。

中枪的幸好不是他，但更甚的是不知中枪的是哪一个他，之后他一直追问家里的大人，为什么卖飞机榄的阿叔那天没有来？为什么有暴动？为什么要戒严？为什么会有穿军装的印籍英军开了那致命的一枪？无人可以也无人愿意回答他。

大概是一九五六年或一九五七年，九岁的Stephen和家人住在土瓜湾谭公道的三层唐楼，板间尾房连着大骑楼，Stephen每天下课玩累了就倚着那围栏樽柱等卖飞机榄、茶果或者吆喝磨剪铲刀的阿叔阿伯出现。只是那天午后异常平静，本来繁嚣的街头忽然死寂无人，照样在骑楼凭栏的他目睹一批军人罕有地出现在楼下，然后就是那一枪，一个路人应声倒下——

事关重大的这一枪，成为永不磨灭的印记并开启了一个少年对这世界对这社会的困惑好奇：种种政治势力的拉锯，殖民统治时期社会民生策略的因果伏线，在这个极敏感极反叛的家中儿童老大的眼里桩桩件件显现。从此他很明确的知道，所谓爱一个地方不只是多吃两颗飞机榄、两件钵仔糕便算是支持本地街坊制作，而是要尽力关注、仔细观察社会事务，在自己的能力范围里发挥一个本地公民该尽的义务责任。

Stephen曾在学院里教授录像，将自家经验观点角度热情传递，鼓励学生积极主动地记录身边变动的一切人和事。不认识自己成长生活的地方就谈不上有生命力，谈不上创造力。有根，才能长出枝叶花果，然后才有收成（才有榄，才有甘草榄、飞机榄，我插嘴说）。

最后其实忘了问Stephen，我特地买给他吃的甘草榄到底好不好吃？

冠华食品

香港湾仔轩尼诗道68－76号新禧大厦地下A铺
电话：2804 2302
营业时间：10:00am－11:00pm

曾几何时还可以目睹肩背榄形绿色铁罐的叔伯手执飞机榄，准确由地面抛上几层楼，叫窗边梯巷买榄的顾客雀跃叫好。如今此调不弹，唯有在明亮店堂里买来包装讲究的飞机榄尝尝，聊胜于无。

身边有在学院里从事性别研究的博士男，明明爱吃话梅也放不下大男人身段，不太敢在大庭广众吃话梅，累得我每次给他买一小包高价特级话梅王，偷偷摸摸的竟像个毒贩。

近距离细看一粒布满活像传统国画山岳纹理，又似饱历风霜、心事重重的话梅，不知谁会勇敢地对号入座，坦然自觉这就是自己。

136 越丑越美

传统凉果再出发

你是我的星星月亮太阳都说过了，甚至是巧克力是芝士蛋糕说来都没有新意，如果说你是我的话梅或者陈皮梅或者嘉应子，你会有什么反应？你会不会说我咸湿？

咸湿同时甘甜的是陈皮梅、嘉应子，话梅又咸又甜又酸，而且是干的。如果要为话梅、陈皮梅、嘉应子拍一部前传，看到那有如乒乓球一般大的饱满光亮、皮嫩肉脆的来自福建或者潮汕的李子，很难想象经盐渍再漂洗再生晒再浸泡再生晒的繁复过程后，李子面目全非成为深褐色的芳香稠浓的有核陈皮梅和去核嘉应子，而话梅也同样经过盐腌脱水再漂洗刺孔浸泡入味然后烘焙，长出一身皱纹、附有糖盐晶体的模样。你很丑，但你很厉害。

曾经十分敏感这些传统天然凉果一旦面对吃化工生产糖果长大的新一代，是否可以自持而且继续争取一个位置？加上时下采用的所谓现代化的科学的卫生的标准，传统凉果生产过程中的天然腌泡生晒，就变得危机四伏、急需规管。当然凉果业界内

邓海满记

香港上环永乐街 175 号地下
电话：2544 6464
营业时间：9:00am – 5:30pm

曾经对传统凉果有怀疑有偏见的身边友人，一起看过邓海满记作坊的生产过程，信心大增且明白分别优劣的细节关键，对发扬传统、力求创新的经营操作有了新的体会。

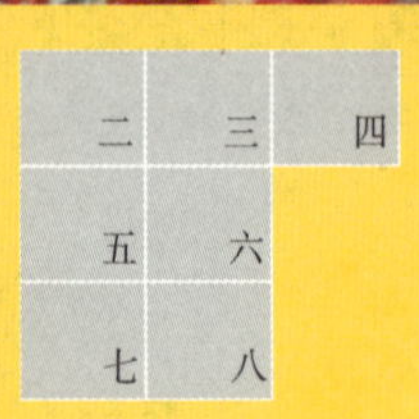

二	三	四
五	六	
七	八	

二、三、四

走进凉果和果仁批发商万顺昌的店堂，在一列排开上百种自家制作和加工的产品中，先来认识最有江湖地位的话梅王，接着亦有各种级数的话梅、花旗参梅等选择，有空还得细听东主陈氏兄弟细说梅子如何盐腌做梅坯，再经刺孔、真空消毒杀菌，以仪器检验酸碱度，再用真空煲以盐、糖、甘草浸泡，最后用烘炉焗干处理的新一代先进话梅制作法。

五、六、七、八

元梅、青竹梅、甘草梅、乌梅……一粒梅子经过各有千秋的调制处理方法，有了不同甜酸食味、不同爽韧口感、不同形体长相——

也有不甘被淘汰而努力在生产技术和经营手法上钻研领先的，破旧立新反更留得住传统精华。

身边有在学院里从事性别研究的博士男，明明爱吃话梅也放不下大男人身段，不太敢在大庭广众吃话梅。累得我每次给他买一小包高价特级话梅王，偷偷摸摸的竟像个毒贩，我只好赌气地说失败的不是他而是万恶的封建旧社会和失败的教育制度。博士如他，该争取在下学期开一课“如何单独或者与女朋友或者与男朋友一起公开吃完一粒话梅王”。

至于陈皮梅和嘉应子，还算光明正大一点。眼见中医中药传统越来越被新一代接受，有苦茶苦药就得有那蓝白蜡纸包裹的生津去苦的救兵出现。

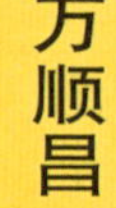

香港上环永乐西街 199 号万顺昌大厦
电话：2545 1190
营业时间：9:30am - 5:30pm

生津止渴，消痰开胃。随口说来容易，但要真正找到一粒如此高档次的话梅王，还是该找这家有信誉保证的老店。

九	十	十一	十二	十三	十四
	十五		十八		
	十六	十七	十九		

九　几十年不变的蓝白纸三层包装，邓海满记的陈皮梅和嘉应子除了稳占海外市场第一把交椅，更是本地四成以上中医药局替客人煎苦茶时会附送的去苦良品。

十、十一、十二、十三、十四
反复谨记有核的是陈皮梅，去了核的是嘉应子，此外还有陈皮柠檬、柠汁姜、甘草柠檬、杏脯等各款自制凉果的选择。

十五、十六、十七、十八、十九
有机会探访邓海满记位于江门的厂房，目睹熟练工人有条不紊地先将梅坯漂洗除咸，然后再在晒棚晒干，接着再以甘草、陈皮、丁香、桂皮及糖、盐煮泡，入味后再放晒场晒约一周，制作全程长达三个多月，叫人真正明白所谓“九蒸九晒”的说法并不夸张。

先苦后甜

民间旧物收集者 吴文正

俗语说“久病成良医”，阿正虽没有成为正式的医生，但终于长得壮壮粗粗的，看不出来他小时候曾经是体弱多病。

多病的小阿正被祖母牵着手去看中医，喝过不知多少剂草药苦茶。相信天下间没有几个小朋友是会这么先知先觉地爱上苦茶的，阿正也不例外。但对于喝了苦茶后作为鼓励或者补偿的陈皮梅和嘉应子，阿正倒是视之如甘如饴，又的确是酸酸甜甜，很像一种解药——一切江湖恩怨、郁闷不快都会因为味蕾的良好新经验而转化消散。阿正相信，如果当年他吃的是那种轰你一拳就以为药到病除的西药，今时今日的他会完全是另一个人。

还庆幸我们是在这个中医中药以至中式零食的系统里长大，身边有老人家言传身教，随便扔来一句“先苦后甜”，都是几千年民间智慧浓缩精华。果然每次喝过了几剂苦茶，吃了几颗嘉应子、陈皮梅，咳嗽就会渐渐消退。当一个小朋友可以这么直接地面对吃苦这一回事，他肯定更快长大。

念设计、弄摄影、长期在媒体工作的阿正，年前有过一个以一己之力搜集整理本地传统药行医局自制药膏丸散并包装设计的个人计划，也将材料整理成书出有中、英文版。这种不辞劳苦走遍街头巷尾而且逐家逐户敲门解释，然后翻箱倒箧拍摄访问的工作，跟那种九蒸九晒才炼制而成的入口回甘的凉果，竟也有一种异曲同工之妙。身处滥竽充数、弄虚作假充斥的今日，阿正坚持原装正货，相信并肯定先苦后甜的做人价值，就像一颗优质上乘的嘉应子、陈皮梅那样难得。

龙城公凤

香港九龙九龙城衙前围道 132 － 134 号地下 6 号铺
电话：2382 2468
营业时间：11:00am － 10:00pm

如何能够一一仔细认识入口的各式零食？倒得有个专业知识丰富的老行尊指点。任职凉果行业过半世纪的波叔当然最有资格教你如何挑选一粒极品话梅。

人龙中众目睽睽之下把虾膏拿出来，
我突然真正明白什么叫犯罪快感！
扑面而来的是咸香鲜美的大海味道，浓烈同时细致。

137 大海滋味

大澳虾膏放洋记

巴黎戴高乐机场新翼海关，清晨五时四十八分，睡眼惺忪的我跟看来也是刚穿好制服值班的关员面对面，他示意我打开随身手提行李检查，我的心一沉：这回糟糕了。

糟糕的不只是我，还有我随身带着的大澳郑祥兴虾膏：整整六块小心排好，还用防震泡泡胶结结实实再包围。这是我在离港前一天专程跑了一趟大澳买的手信，准备以此分别引诱几位赖死在巴黎暂不回家的老友，希望能够动之以情晓之以大义，逼迫这些海外精英回港建港救港，除了以真正地道的香港食物香港味道做饵，看来别无他法。

人龙中众目睽睽之下把虾膏拿出来，我突然真正明白什么叫犯罪快感！扑面而来的是咸香鲜美的大海味道，浓烈同时细致，我

大澳顺利号

香港大屿山大澳永安街 45 号地下
电话：2985 7083
营业时间：9:00am - 6:30pm

美姑与王牛仔的老铺叫顺利号，分明是困苦年代的美好愿望。坐落在往日的大澳横水渡旁，如今架起铁桥照样疏导当地居民和游客，来来往往叫老铺从早到晚人声鼎沸。铺内除了零售自家腌晒的咸鱼，亦兼卖虾干和虾膏等大澳特产。

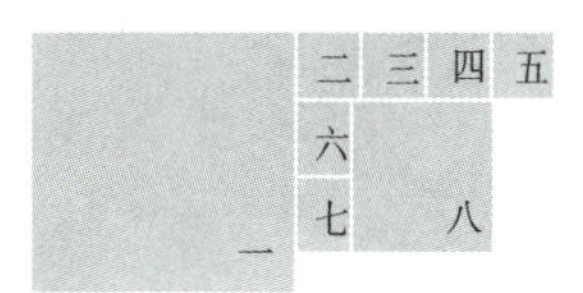

一　着实是大澳之宝的七十高龄夫妇档张美好和王新结，是腌晒特产密肚咸鱼的专家，人称“美姑”的老婆婆与人称“王牛仔”的老伯伯，每年农历年后到九月初分别按造腌晒马友、鳝白、牙鰔等咸鱼。大澳对开海面珠江口，正是捕取肥瘦适中的本地鳝白和马友的好地方。只是近年水质转差，渔获失收，加上老一辈制作人年事渐高，新一代又无心入行，盛极一时的密肚咸鱼制作技术恐怕有失传一日。

二、三、四、五　制作一条密肚咸鱼，工序复杂不能有错漏：鲜鱼不开肚，以铁钩从鱼鳃伸入挖清鱼肠，马上再以盐填满鱼肚及鱼鳃，原条插盐腌上几天，准确拿捏时间配合天气，待鱼肉开始发酵的关键时刻，把盐冲洗抹干之后以玉扣纸或报纸包封鱼头鱼鳃，才可以铺在木排上晒制。其间得经常替咸鱼翻身，以疏风透气，晒得均匀结实。遇上雨天或者潮湿日子，还得把正在晒制的咸鱼转入冷气房继续抽干。

六、七、八　晒咸鱼固然是小铺的主打热卖，但生晒虾干虾米也甚受欢迎。用来加豉油清蒸、蒸蛋或者做粉丝煲，都格外鲜香甜美。

不晓得此刻此处来自五湖四海、不同肤色、不同高矮肥瘦的各式人等，有多少真正是来自湖边、海边，这虾膏的摄人滋味又会勾起他们多少往事回忆？

不出所料，全能的虾膏已把周围游散的眼神吸引过来，大家诧异好奇的目光，聚焦在这一块块朱红近紫的物体上。“What is this？”肯定大家心里都在问。这当然也是关员开口向我提问的第一句。

我用最简单直接的方法回答他，虽然忍住口没有向他详尽述说大澳郑家四代人百年来挣扎奋斗经营虾膏厂的动人故事，但还是由衷加上一句：“It's really really delicious！”经验丰富的海关叔叔依然有点酷地把虾膏拿起，耸耸高鼻用力嗅了一嗅，脸上首先展露一个有点奇怪有点迷惘的表情，然后我目睹一朵赏识的微笑之花在面前点头绽开——通行。

本来我还准备如有什么“不测”，会继续努力解释虾膏于我们这些在海边长大的人是如何如何重要，大抵就像在潮湿山洞中发酵变蓝、被法国老饕视为“乳酪之王”的羊乳干酪“Roquefort”一样，是香是臭争议很大；又或者搬出法国名产鲜腥的生蚝、肥美的鹅肝、奇香的松露菌来借力打比方。而这个关员分明也是嘴馋一族，不用多说已经心知肚明，不加留难顺利放行，叫我真想亲手用虾膏蒸一碟半肥瘦猪颊肉给他下饭好好一尝。

郑祥兴虾铺

香港大屿山大澳石仔埗街 17 号 A
电话：2985 7347
营业时间：8:00am － 6:30pm

经历四代人的百年老店，一直稳守港产虾膏虾酱的领导地位。游人往大澳也专程到老铺买回当手信。

	十	十一	十二	十三
九	十四	十五	十六	十七

九　朱红泛紫的虾膏，鲜甜咸香味集一身，从来都是炒菜蒸肉的极品。撒盐捞匀搅碎的银虾蓉经日晒后入桶继续发酵，熟成后才用人手压至块状做成虾膏包装出售。

十、十一、十二、十三
无论是虾膏还是虾酱，原料其实是简单不过的银虾和盐。特选虾身无泥的“晚头虾”用磨机搅碎后将虾蓉放于竹筛上，撒盐捞匀后在日光下晒上八个小时，干爽后便可压成虾膏，至于虾酱则须在阴凉处再发酵约五个小时，反复晒歇数次才可入樽。其实未压成块的虾膏或未入樽成虾酱的原材料都可储存，大澳老铺郑祥兴的晒虾膏工厂内有一个高一米四、直径一米八的大木桶，每次可容纳近三吨虾膏。

十四、十五、十六、十七
无论外间酱园如何扩充规模，如何发展不同产品类型，地处没落渔村边陲的专营虾膏虾酱的百年老铺还是以自家步伐速度匍匐前行。近年的虾膏虾酱已经追上健康潮流标准，明显减少盐分，也弃用了令产品成色红润的花红粉，为求忠于原色，稳定保持优质水准。

咸鱼震撼

饮食旅游作家 纪晓华

还未跟这些小朋友说到鸡蛋的一千几百种烹调法，单就看着她们当中有几位拿起鸡蛋要敲破之前的那种不寻常的陌生和犹豫表情，纪晓华（Walter）就已经知道这些十二三岁的女孩子的确从来没有亲手打开过一颗鸡蛋。而接着“啪”的一声，蛋白蛋黄硬生生落地，抢救也来不及。“没关系，”Walter跟她们说，“有的是鸡蛋，一颗两颗三颗，用到熟练为止。”

因公因私到处吃到处玩的他，最近的游戏是有了一个可以让大家边学边做边吃的空间，既是一个厨房又是一个课堂。当中有些活动特别针对年轻小朋友，接触下来Walter发觉其实从她们身上可以知道很多学到很多。这些来自中上家庭的小朋友从小没有看过母亲亲手烧菜做饭，吃的都是家里菲佣做的饭菜，可以断言她们一定没有在家里吃过煎咸鱼。

作为在香港出生的“外省人”，Walter的咸鱼经验来自小时候住过的板间房，本来不在自家餐桌上出现的这个香港味道，先从别的房间里飘过来。有机会亲尝一口，更认定这既咸且香的滋味、先蒸后煎得外脆内软的厉害本领不得了。八十年前、三十年前和去年煎的一块咸鱼，也只能用同样的方法去慢慢煎好，食味也不会偏差多少，说不定咸鱼就是在这个一味求新求变的现实环境里最能够长久保持南方沿海饮食文化原味真味的少数。如果要这些连打蛋也觉得有难度的小朋友去煎一块咸鱼，又会是怎样一种震撼？

从打一颗鸡蛋到煎一条咸鱼，两个关乎饮食又超乎饮食的事实，都是Walter关心的身边现象。有关无关，原来都有触动，都涉痛痒。

始终坚持全天然古法酿制的豉油，是真正食家用家一致推崇尊敬，也是九龙酱园最值得骄傲的产品之一。

拜宣传广告和饮食文字影像所赐，耳濡目染下大家忽然都有兴趣做豉油专家，像品红酒、橄榄油和陈醋一样，空口细尝豉油。

138

不识咸滋味

豉油等级战

究竟一瓶豉油（酱油）可以用多久？对于不怎么在家里做菜的模范无饭夫妇来说，搞不好从新婚新居入伙到第一个小生命呱呱坠地，历时一年半载至三五七年，那瓶用来镇宅的豉油都还未用完。

至于豉油为什么又分生抽和老抽？近年为什么又流行热卖头抽？然后又再有标榜古法的双黄生抽，用福建厦门传统制法的翕仔清，更有迎合新一代健康要求的低盐豉油、蒸鱼豉油等。拜宣传广告和饮食文字影像所赐，耳濡目染下大家忽然都有兴趣做豉油专家，像品红酒、橄榄油和陈醋一样，空口细尝面前等级、价钱和食味都相差甚远的豉油一众。

身为半个福建人的我当然不忘从前家里外公外婆“私藏”的那两小瓶翕仔清，那甚至不是一般市面可以买得到的货色，据说是某位在著名酱园工作的厦门亲戚用尽人事关系才得到手的极品。少年不识咸滋味，只觉那贴着红色包装纸上书“翕仔清”三个娟秀小楷的瓶里的豉油，比家里平日常用的珠

九龙酱园

香港中环嘉咸街9号
电话：2544 3695
营业时间：8:30am – 6:00pm （周日及假期休息）

坚持古法天然生晒优质豉油，求质而非求量，走进整洁的小小店堂里，从豉油开始品尝的每一种酱料和渍物，背后都有学问有故事。

二、三、四
占地超过两千七百平方米的美珍酱油果子厂（九龙酱园的母公司），远远就看见一排排晒豉油用的酱缸，已经用上几十年的酱缸防水透气，铜盖子一掀便可进行日晒。

五、六、七
传统古法酿制豉油历时至少三个月。先将黄豆焓熟，待凉后加入面粉拌匀，然后平放于筲箕上放入行内称作“黄房”的发酵房做天然发酵，维持在相对湿度百分之九十、温度二十八摄氏度上下，让黄豆在一星期内长出霉菌。发酵后的黄豆放入酱缸内，加进盐水，于太阳下生晒并定时翻动，让太阳热力分解黄豆的蛋白质和氨基酸，太阳越猛豉油色泽越深，香味也越浓。晒满至少三个月之后便可隔走豆渣，留下黑漆液体便是原汁原味“头抽”豉油。

八、九、十
九龙酱园的酱料主要行销海外，在港只剩下唯一的自家门市专卖，店堂陈列架上当然有一整列金牌生抽王。

二	三	四
五	六	七
八	九	十

一 头抽是酿制豉油熟成的第一轮“生抽”，而被称作“双黄”的豉油便是将头抽再加入新豆再浸，香味更鲜浓，也听说过有酱园自制“三黄”自用。相对于生抽，老抽是用头抽拌进二抽、三抽再加糖和焦糖浆煮成，食味较甜成色较深，烹调菜式时一般用来调校色泽。至于近年重新大热的“翕仔清”，是源自福建的一种古法制豉油。用上高蛋白质黄豆，严格先后进行干发酵制曲和湿发酵注盐水日晒的过程，保证成品香浓味鲜色绝。

江桥牌生抽王、老抽王以至草菇豉油，都要来得稠来得咸，至于何谓豆香，五六岁的我又真的没有能力去比较去形容。时空交错到最近买来一瓶看来是全香港豉油中售价最贵的同样是小瓶装的翕仔清，些微进口就知道这咸这香完全是时间是耐心是专心的沉淀蒸晒结果。我犯贱，那天我竟然用翕仔清加上顶级麻油和辣油调好，用来搭配即食鱼肉烧卖，也因为碰击冲突太大，口腔里留香回味的，完完全全、真真正正的就是豉油好滋味。

八珍酱园

香港中环威灵顿街 75 号
电话：2545 6700
营业时间：10:00am – 7:30pm

以甜醋闻名的老字号，自酿豉油也是出味出色过人，家里有一瓶八珍七十周年纪念浓缩生抽，迟迟不舍吃完。

十一　冠和酒庄还保持着散卖散买豉油的传统习惯，客人自携豉油瓶决定要多少分量。

十二、十三
不妨参考品酒方法来品尝豉油，试试豉油在碟内是否像红酒挂杯一样“挂碟”，亦可尝试比较生晒时间不同的头抽，此间代理的草菇生抽可会是鲜上鲜的美味？

豉油优势

资深传媒人 黄源顺

每回给黄源顺（Peter）打电话，开场第一句一定问：你在香港吗？

作为一个活跃于大中华地区的媒体集团的高层要员，友侪间一致公认的这位头号好好先生近年成了“小飞侠”，一觉醒来要定一定神才知道自己身处的究竟是北京、上海、广州、巴黎、米兰、东京还是香港家里。有一阵子见他奔波劳累消耗得有点过分，但最近见面又明显恢复元气神采，赶忙交换心得，发觉除了工作合理分配调度以外，关键不在什么护肤保养或者中医中药秘方，而在一瓶港产头抽豉油。

因公因私对国际奢侈品牌十分熟悉的 Peter，近年迷上的是更具体实在、更贴身窝心而且可以亲尝入口的豉油。当中没有什么故弄玄虚、意想不到的特效，只是周末争取回港回家简单用瓦煲煲好靓饭，煎好两颗一级农场走地鸡的蛋，饭面浇上些许千挑万选后决定采用的头抽豉油。放肆的话间或会加点猪油拌饭，加上一碟青菜、一碟煎鱼，两口子的一餐住家饭，幸福满溢。

回到基本、回到细节、回到生活实在，我们在香港长大的这一代其实还是有条件更应该对自己有要求。尽管周遭匆忙混乱浮躁，我们还是自信精致得起——不在表面衣装穿戴，不求全球目光焦点注视，却在早晚吃得安心的一瓶港产豉油、一樽港产腐乳，甚至一瓶从小吃到大的港产辣椒酱。如果连我们这些土生土长的也不尊重本地的坚持自家的优势，那就不必讨论什么融合什么机遇什么被人家边缘化了。

特地带 Peter 走一趟经典酱园老字号，只见他十分投入地跟店员询问豉油产品的种种，我就知道下回跟他相约就可以用这个密码：老地方见！

颐和园酱油

港产豉油中的低调传奇，颐和园的翕仔清用上九成黄豆拌上少许面粉做材料（一般会用五成黄豆五成面粉），经过一年半的时间发酵，限量供应，酿制打造成极品中的极品。

不要忘了这么远那么近，走入本地身边传统菜市场，为数不多还是有好些酱园的门市，依然在售卖自家精制的酱料、豉油和调料。

139

混世好酱

不可一日无酱

花个上万元来一趟东瀛豪华饮食精华游，据说是吃尽山珍海味还可以亲自进果园现采现吃水蜜桃或者巨峰葡萄，还可以去参观清酒酿造和进行手工味噌制作，回来还啧啧称奇大喊值回票价——有钱有闲心到处看到处吃固然是好事，但其实不要忘了这么远那么近，走入本地身边传统菜市场，为数不多还是有好些酱园的门市，依然在售卖自家精制的酱料、豉油和调料。

当我们习惯了干手净脚地在超市里执药一般地把调味的瓶瓶罐罐随手拈来，就再也不光顾那些由上年纪老板、老伙计一守就守住半个世纪的酱园。其实只要多花一点时间和心思先在家里准备好贮藏酱料的瓶罐，甚至把这些可以循环再用的盛器带到酱园去让老伙计可以把这些“散装”的豆豉酱、磨豉酱、麻酱、麻油，以及春夏之交当造的仁面腌制处理后的仁面酱

九龙酱园

香港中环嘉咸街9号
电话：2544 3695
营业时间：8:30am – 6:00pm（周日及假期休息）

走进九龙酱园位于嘉咸街斜坡菜市场一隅的整洁店堂，左右排开瓶瓶罐罐都是花人手时间、动细密心思精制的各式调酱和渍物，俨如粤式酱料博物馆。

	二	六	七	八
	三			
	四	九	十	
一	五			

一、二、三、四、五
从磨豉酱到原锦豉到古劳豉到香豆豉，从海鲜酱到柱侯酱到苏梅酱到芝麻酱，还有蚬介酱、仁面酱，形形色色都是饮食生活中的丰富调味，从传统口味，一直延伸到今日演绎——

六、七、八、九、十
就连一粒豆豉也发出异于坊间一般货色的浓香。先将黄豆浸泡蒸煮待凉，放进黄房发酵制曲，冲洗后加姜及适当调味料让它再次发酵，再晾干便成豆豉。

一一为你装好，当然那些又高又厚的玻璃瓶里还有柱侯酱、沙嗲酱、豆瓣酱、海鲜酱，你也可以买到咸柠檬、酸荞头、酸子姜、酸梅、咸金橘等久经腌制、令传统菜式调出真味的绝好帮手。“酱，将也，制饮食之毒，如将之平祸乱也”，老祖宗在《尔雅·释名》中的说法，果然直到现在依然很“豪”而且很“潮”。

虽然不是每种酱料都经过九蒸九晒的复杂过程，但强调天然发酵、生晒，而且有诸多规矩手续禁忌，全天候专人侍候，都叫大家对这幕后英雄不禁刮目相看。在人人争做主角的今天，你有没有下定决心知轻重有分，做一匙不多不少、恰到好处的好酱？

— 九龙酱园店堂主理邓姑娘不厌其烦地向我解释每种酱料渍物的制作和应用。鲜脆的荞头，用糖、醋和盐腌制，一吃知高下。

— 仁面酱用六月当造仁面加入子姜、辣椒、酸糖梅水和糖煮成，最宜配搭蒸馔。酸梅子用上原粒梅子加盐水浸腌，蒸排骨最正点。

— 磨豉酱也就是面酱，用腌浸豉油的黄豆磨细便成。

— 海鲜酱就是以磨豉酱做基础加上五香粉、红曲米和砂糖调成，成色深红，香气扑鼻。

— 用以炆煮肉类的柱侯酱亦用磨豉加上葱、蒜及芝麻磨成，浓厚芳香。

冠和酒庄

香港九龙九龙城侯王道 93 号
电话：2382 3993
营业时间：8:00am – 6:00pm

单单为了见识这里最著名热卖的柱侯酱，就值得特意跑一趟这旧区街坊老店。用上南乳、芝麻酱、磨豉酱、五香粉等七八种酱料，即日在上水工厂现制再运到铺里贩卖，需求大流量大，自然不会存积亦不必像坊间樽装那样加进防腐剂保鲜。

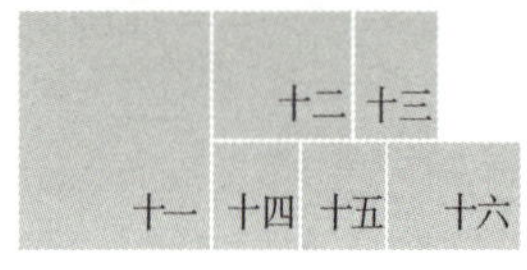

十一 如何将传统美味承传保留？爱吃会吃的苏三在她经营的小小茶室里身体力行地实践发扬，一份蒸蛋配上仁面酱，让传统的下饭菜变成精致前菜。

十二、十三、十四、十五
动员家里长辈重出江湖担当茶室的饮食顾问，作为媳妇的苏三名正言顺地偷师学艺。每年仁面当造的五六月间，便是煮制仁面酱的时期。仁面取肉并拍开仁面壳，用廖孖记的甜面酱和冰糖先煮过，然后把浸好的冬菇、虾米亲手细切，再配上瘦肉粒和红椒、黄椒、绿椒粒，炒香配料后把面豉酱和仁面放下，用文火熬煮且不断翻动。做好的仁面酱待凉入樽，早已有一群嘴馋的亲友和顾客在等候这个一年一度的美食时光。

十六 老牌酱料专家九龙酱园也有自家制的仁面酱和豉油仁面出售，用上新鲜仁面、子姜粒、辣椒、糖和酸梅水煮成的仁面酱清香酸甜，是夏日蒸煮各式食材的最佳搭档。

仁面杀手

殷实商人 甄伟豪

同台吃饭，千万要注意那些起先不怎么张扬表态，从一开始就静悄悄在仔细吃，偶尔眉头一皱，然后又舒展笑靥的朋友。几道菜下来，如果你趋前问他一切可好，他缓缓放下手中碗筷，喝一口面前还未凉掉的茶，开始逐一跟你分析评点之前吃过的，从材料新鲜程度、配搭方法、烹调技巧以至餐盘布置、服务态度、装潢环境，原来都有精辟独特见解——我面前的初相识的甄伟豪（Howard），肯定就是这种人。

一个从小在加拿大念书然后工作多年的男子，会跑进香港一家老字号酱园买一瓶仁面酱去孝敬未来丈母娘，这除了为他自己增添一些胜算分数之外，也反映了他实在对广东传统饮食调味有其坚持和关注。如果碰上新鲜仁面果当造，他肯定会买来自家腌制存藏，方便日后烹调菜式，又或者按照传统方法做一批极好下饭的仁面椒酱肉，好好存在冰箱里吃它半年。

原来我们身边的确有不少像Howard一样嘴刁的人，可以一口气跟我解释仁面这种清涩“瘦物”如何跟味浓肥腻的肉类搭配。话题一转又开始评价那一家云吞面、那一家牛腩粉还保持怎样的水准，至于某家名牌餐馆在某一游客出没区的分店的味精用量明显升级，看来是因为要迎合北方自由行来客的口味……凡此种种，竟都是两个男人之间的美食话题。

叫我有点惊讶的是，他竟然知道顺德乡下会把蒜头和辣椒酿进仁面里腌渍作凉果，佩服佩服。

苏三茶室

香港九龙土瓜湾美善同道1号美嘉大厦地下10号铺
电话：2714 3299
营业时间：12:30pm - 3:00pm / 6:00pm - 10:30pm（周一休息）

从饮食杂志资深记者进阶成为茶室掌门人，不断研发配搭季节美味的同时，刻意保留传统饮食精华。

— 走进廖孖记腐乳店堂后的小小工场，女工轻手轻脚地把一块块已经发酵腌制完成的腐乳小心移装小瓶，扑鼻豆香，迫不及待想象入口那一刻的柔滑乳化。

父亲这时从冰箱中拿出一瓶腐乳，捡出两块，随手涂在一块薄切白面包中，还撒上一匙白砂糖。

140 发酵年月

腐乳小插曲

相对于家里其他贪吃爱吃疯吃的人，我的爸爸算是吃得最不讲究的了。

七十岁过外，昂藏一米八，一日三餐，基本上是面前有什么就吃什么，尤其是可以饱肚的绝不花哨的粥、粉、面、饭、面包之类，是他的必需。准时随便吃过，他就全天候埋首在他的书画拥挤堆叠的画室里画案前挥笔写画，或者风尘仆仆带着学生在大江南北街头巷尾写生取景，一出门就是半个月——也不知他外出时候更随便更简单地吃什么。

所以当他听着我弟、我妈和我一坐下就兴高采烈、眉飞色舞地交换最新饮食情报，他通常只在旁边赔笑，可能心里正在纳闷疑惑为什么劳碌了大半辈子结果拉扯大了一帮这么嘴馋的家伙。可能已经暗暗认定这一切吃食其实都是那么肤浅表面，跟从前乡下的真材实料相差太远——根据爸爸口述，祖父在战前从乡下来港，经营的是酒庄，铺址就在湾仔。战后经营杂货铺以及鲜鱼档，我的二伯父也就承继了祖父的鱼档，一直经营到晚年退休为止。可

廖孖记

香港九龙佐敦官涌闽街 1 号地下（官涌街市附近）
电话：2730 2968
营业时间：9:00am - 6:00pm（周一至周六）
12:00pm - 5:00pm（周日）

和身边叫我真正佩服的老饕聊起他们推崇的本地腐乳品牌，众口不约而同地推举廖孖记。要准确地形容腐乳的极其浓缩强烈的口感和食味，恐怕要借用一下形容乳酪的词汇。

二、三
深为中外食家追捧的低调老店，并没有急进扩充的打算，只是严格把关，坚持古法秘制人人称颂的顶级腐乳。即使推出腐乳酱也没有大张旗鼓，研发豉油也是默默行动，深信慢工出细活。

四　用芋头加入盐、糖、红葱、料酒制成的色泽深红的南乳，是腐乳以外用来焖煮菜肴的上佳调料。

— 一般制作腐乳的作坊都不太愿意公开制作过程，大抵怕的是那个放菌发酵的过程吓坏了街坊，其实腐乳的制坯过程和制作豆腐差不多，豆腐不妨“老”“实”一些，凝固后切成小方块，腐乳坯经过晾干后就可以放上菌种自然发霉，不同省份地区用上的菌种不一样，所以也就生产出不同口味和质感的腐乳。发酵后的腐乳坯跟盐、黄酒、米酒和糖等作料一起腌制，进入熟成状态后便可小心夹起装瓶出售。

— 从营养角度分析，腐乳富含植物蛋白质，经过发酵后蛋白质分解为各种氨基酸，亦产生酵母物质，说来也是一种营养丰富的健康食品。

是父亲早就“背叛”了家族生意，一头闯进了书画世界，有了新的食粮。

记性依然很好的爸爸肯定还记得从小生活在酒庄、杂货铺店堂里的点点滴滴，只是他并不特别爱吃（还是都吃过了吃够了？），所以忆述起来并没有加盐加醋——究竟当年卖的盐从哪里来，醋又是谁家酿制的，当年店里有卖腐乳吗？我一直好奇地问个不停。

父亲这时从冰箱中拿出一瓶腐乳，捡出两块，随手涂在一块薄切白面包中，还撒上一匙白砂糖。“好，要听故事，就等我慢慢一边吃一边说——”

有利腐乳王

香港湾仔鹅颈桥坚拿道东 1 号 A 地下（即登龙街口）
电话：2891 0211
营业时间：9:30am – 8:00pm

街坊老铺在大型超市的强烈竞争下还能保持一种认真的老派的经营，自家制的腐乳豆味香浓，伴粥伴饭吃出真滋味。

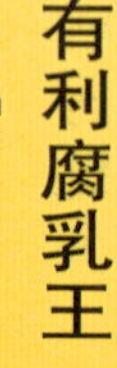

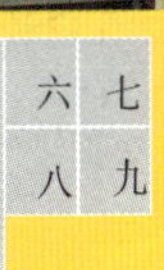

五、六、七、八、九
对自家研制生产的货色有多自豪骄傲，绝对可以从走进有利腐乳店堂的一刻强烈感受到。有如装置艺术的陈列，原味腐乳与辣椒腐乳瓶瓶连接，相互辉映。

无辜腐乳

广告创作人 Lawrence Yu

先来一个关于吃饭的心理测验——

a. 先把面前的菜都一一吃掉，到最后才再吃那碗一直都未动过的白饭。

b. 一边吃白饭一边吃菜。

c. 先把白饭吃掉，然后才慢慢细尝每一道菜。

对号入座，究竟你是哪一种人？其实说来这个测验也并没有什么颠覆性的启示，也就是分别代表先甜后苦、平衡稳妥以及先苦后甜几种取向。可是年少时期的 Lawrence 对这个分析倒是深信不疑，所以他便认定父亲是那种宁愿先甜后苦的享乐主义的人，加上那个时候家里条件很不好，而父亲偏偏在把饭桌上并不丰富的菜肴吃完后，才独自慢慢吃一碗白饭，还优游地配两块腐乳——腐乳也因此被 Lawrence 看成某种既代表贫穷愁苦但同时也放纵享乐的象征，十分矛盾也十分自然地对腐乳味道有了偏见有了抗拒。在往后很长的一段日子里，Lawrence 都不吃腐乳，甚至把咸菜、梅菜等都牵连进去——

直至长大成人，得知成人世界的种种无奈与限制，Lawrence 才放下早年的情意结，才有能力发现这些所谓心理测验的空洞、单薄、可笑。也不晓得从哪一天开始味蕾就开放地接受了腐乳的独特的口感与滋味——一啖入口或者椒丝腐乳通菜都不再抗拒，对父亲的误解也烟消云散。

腐乳终于被证实是无辜的，虽然过分的赞美也显得有点造作，反正先甜后苦、先苦后甜都一一经历过了，Lawrence 更进一步明了什么叫甘苦与共，当然还有咸。

大孖酱料

香港九龙官塘崇仁街 33 号地铺（瑞和街街市后面）
电话：2342 6378
营业时间：8:30am – 6:30pm

老区一隅三代相传的一家低调老铺，坐落边陲全不起眼，但却得到不只是同区的顾客口碑相传，腐乳最是热卖，各种传统酱料也有很高评价。

出现在我们面前的叫 XO 酱。道听途说“特陈”（Extra Old）自然就是好货色，借用到辣椒酱中，又会是怎么一回事？

141

天兵天酱

跳级突围 XO 酱

正如吃鱼是为了吃混了鱼汁的鲜甜豉油，吃猪肠粉是为了吃那甜酱、辣椒酱、麻酱和豉油混起来的酱，吃火锅也当然不能没有我最爱的腐乳加辣椒捣成的酱，就连吃即食面的时候，下的两片柠檬叶在汤中扭转乾坤之际，也心念念下一匙日本麻酱打开新局面。有酱没酱，是态度和原则问题。

三级五级跳，忽然出现在我们面前的叫 XO 酱。家里人从来不怎么喝酒，所以客厅中并没有专柜供奉这种陈年佳酿白兰地（XO 酒），更没有机会偷偷喝个醺醺大醉。道听途说“特陈”（Extra Old）自然就是好货色，借用到辣椒酱中，又会是怎么一回事？

当然借来的也只是个名字而已。XO 辣椒酱中是完全没有 XO 白兰地的成分的，

利苑酒家

香港中环国际金融中心二期 3008 - 3011 室
电话：2295 0238
营业时间：11:30am - 3:00pm / 6:00pm - 11:30pm

在各大酒楼和酒店中餐厅都推出自家厨房精制的 XO 酱的今时今日，作为传说中 XO 酱发明者之一，利苑的大厨们当然责无旁贷，亲手“推”好一盘鲜浓香软的极品 XO 酱。

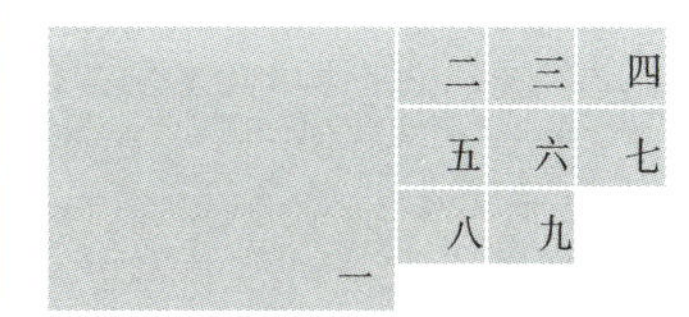

一　约定俗成，相信没有多少人会再花力气去把 XO 酱更名为瑶柱火腿虾米辣椒酱，“XO”两个字母一出，就似乎有了一种江湖霸气地位。

二、三、四、五、六、七、八
花再多的气力时间去追查谁是 XO 酱的创始人也没有太大意义，倒不如留心留神细看师傅如何亲手“推”出一盘 XO 酱，好好偷师——用上日本瑶柱、金华火腿、指天椒、大尖椒、虾米、虾膏、蒜头、红葱头等材料，切得极细后先后下锅用油炒透。由于材料众多，得以文火慢慢推炒，瑶柱必须后下，否则会变韧变硬，提鲜的虾子也得在瑶柱炒好后才放进。最后出场的是指天椒，放入锅中炒至一转色便是酱成时刻。

九　当然不少人空口就能吃掉半瓶 XO 酱，但作为高档调料，也的确是常被用来配炒海鲜海产，一口香辣鲜脆。

倒是真材实料地用上北海道宗谷元贝、金华火腿、金勾虾米、虾子、红葱头、蒜头、盐、糖、豉油……当然不能少了指天椒、大尖椒。即使有辣椒，这种非一般的辣椒酱其实也不能算是辣椒酱，因为主角根本就是元贝，倒是叫作元贝酱比较合适。

至于 XO 酱是哪位食家、哪家餐馆发明的，坊间众说纷纭，也各有口味偏好各有捧场客。从三四十元一瓶的超市货色到大酒店中餐厅巧制专卖的二百八十元一小瓶，XO 酱尊贵得起是因为你我都懂得宠爱自己也让自己偶尔放纵。自问口味飘忽善变的我未至于死忠哪个名牌的 XO 酱，倒是对挚友秀萍当年旅居旧金山时最爱的而且专程携回来相赠的那一瓶当地羊城茶室精制的豆豉 XO 酱十分有好感。一般自备光环的高贵 XO 酱绝不会加进豆豉这种平价材料，我就是爱它的雅俗共存，就像早年远赴旧金山闯天下讨生活的老华侨。嘿，有什么没有吃过！

余均益

香港西环西营盘第三街 66 号地下 A 号
电话：2568 8007
营业时间：8:00am – 5:00pm（周一至周五）
9:00am – 1:00pm（周六）周日及公众假期休息

始终保留一点神秘的余均益辣椒酱，几十年来其实早已渗透大小酒楼餐馆，嘴刁食客在外一试便知这一碟猪肠粉那一碟干炒牛河是否用上他们喜爱的余均益辣椒酱。

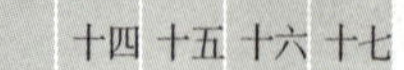

十　“不识庐山真面目，只缘身在此山中。”位处西环老区半山的余均益食厂，主力出品辣椒酱，曾几何时是街知巷闻的厉害牌子。近年低调经营，鲜有媒体曝光，渐次成为嘴馋老饕之间的一则民间传奇。

十一、十二、十三
炒制鲜辣酸香的辣椒酱，先用上已经用盐水浸制的一根根辣椒坯搅碎成蓉，跟糖、醋、蒜片等材料一同熬煮，变稠，再以磨机把辣椒酱磨滑才入瓶包装。除了传统的一高一矮玻璃瓶装，也有方便馈送亲友的大红礼盒装。

十四 、十五、十六、十七
一直保留沿用至今的商标贴纸，艳丽用色完全是战前风味。档案夹里更有硕果仅存的印有宝号字样的手提纸抽袋，设计成霓虹灯管照明的古典亭台摊位是当年工展会里的瞩目热点。承前启后，贪食一众当然期待余家新一代再为经典品牌注入经营管理新思维。

XO情意

大学讲师、摄影师 Theresa Mikuria

还记得十六年前当Theresa还在米兰念意大利语的时候我们跑去探望她，还在菜市场买了洋葱、蒜头、芫荽和鸡，大胆放手地做了一锅还算不错的洋葱鸡，叫那个租来的小房间里香气彻夜不散。现在身处伦敦一家中午未开门营业就排满中外食客的酒楼内，说起这许多当年的贪食事件，我忽然笑说如果当年懂得做XO酱，说不定就会走遍米兰华人聚居地方，买齐材料炒一锅可以够她吃上半年的XO酱。

既是专业摄影师又是大学讲师又是博士生的她，自幼在一个条件很好很开放的家庭中长大，也很早就有机会到处游学，当然跑得多看得多吃得多，练就挑剔刁钻的世界级饮食标准，但每次一回到台北老家，就不折不扣地变回一条“地头蛇”，在大街小巷夜市地摊钻来钻去，誓要吃个够吃回童年真滋味。跟她要好的一个中学同学的父亲最拿手自制XO酱，肯用材料愿花时间精神去炒酱，炒好入瓶存放满满一冰箱。Theresa每次在台北探望老同学，都会被送赠两大瓶私家XO酱，还是劲辣等级。

我忍不住把她从台北带回伦敦的XO酱舀了一勺一尝，果然是真材实料好手艺，绝对值得跨越万水千山自携上机。有见及此，我毛遂自荐下回到台北可以充当送货带货的，不过途经香港时其中部分货物会先被“扣留”。

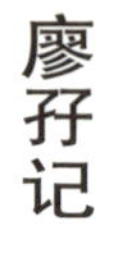

香港九龙佐敦闽街1号地下（官涌街市附近）
电话：2730 2968
营业时间：9:00am － 6:00pm（周一至周六）
12:00pm － 5:00pm（周日）

一向以制作腐乳闻名的老铺也有XO酱新尝试，值得捧捧场给给意见。

— 从一棵一棵绿油油的芥菜"进化"到面前堆叠的香气独特、色泽光亮的梅菜，当中经历的旅程都饱含活脱脱的民间智慧和店家经营诚意。产自惠州梁化及横历的爽甜芥菜，加盐腌约半个月，再在天然日照下晒过，再经盐腌、冲水、糖腌、日晒等繁复程序制成，这种沿用古法制成的优质梅菜在食用前以冷水浸二十分钟，冲洗去表面盐分，入口只觉菜茎脆爽，菜叶软嫩无渣，与坊间次等一比较，立分高下。加上经营梅菜批发零售大半世纪的利昌号店东诚信满分，除了严选来货，更在惠州把梅菜的老叶和硬梗先行除去，到港出售前又再进行第二回择剪。一棵腌好时候五六斤的梅菜经过大刀阔斧择剪只剩下四五两左右，叫最嘴刁的顾客也无法挑剔，心悦诚服。

142 乡土自助

我是一箸梅菜

一大群新朋旧友从四方八面飞来香港，出席一个为期两周的工作坊，创作人一旦碰击，自然火花四溅，谈到各自理念原则，都坚守捍卫毫不闪缩。身为当事人的我一方面热情投入为求淋漓痛快，另一方面也争取冷静旁观，远距离细看这些不同年龄、不同国籍、不同喜恶习惯的朋友怎样拿捏人事轻重，如何进退交流。轻松稍息时候当然大家都嘻嘻哈哈，但严肃讨论起来也可以是针锋相对一室火药味。

一尽地主之谊，我当然负责建议大家早午晚该纵横哪条大街钻进哪条小巷去吃个开心饱满。有个晚上一行十多人神推鬼使地去吃客家菜，面对一桌的客家经典名菜诸如梅菜扣肉、梅菜蒸鲩鱼、盐焗鸡和炸猪大肠，忽然想起该拨个电话急请在学院里研究客家文化的教授老友来向各位客人解释一下梅菜在客家饮食文化中的重要性和象征意义。

不知怎的大家的话题焦点果然落在那咸甜互补得天衣无缝的梅菜身上。有人开始很努力地笑着跟老外朋友解释说梅菜说不定就是霉菜，源自渍腌过

利昌号

香港西营盘东边街 30 号地下
电话：2547 3686
营业时间：7:30am – 5:30pm（星期日休息）

夏天时分利昌号的店堂里有点热，原因是店东坚持不装空调冷气以免梅菜味困在店里跟其他腌菜味互混，这等细心苦心，见微知著。

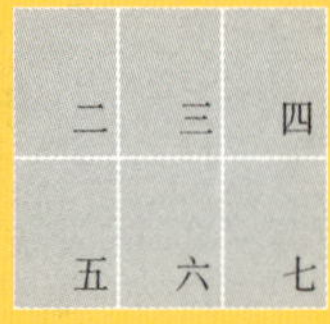

二、三、四、五、六、七
走进利昌号老铺店堂，逐一认识咸梅菜、甜梅菜、天津冬菜、江南大头菜、上海雪菜、台湾榨菜等咸料，细听店东潘先生、潘太太述说这些久经腌晒的传统食材的前世今生。

程中发出的那一股气味，但有人又搬出那个有位叫梅姑的仙女把腌菜秘方传授给救她一命的年轻小伙的民间传奇。我倒是一边听一边继续努力地用梅菜加鱼汁加肉汁拌白饭，连下两碗。大家意犹未尽地谈起各自家乡的腌菜：广东惠州人士自然以用盐腌芥菜再天然生晒而成的梅菜为骄傲，台湾来客多谢大家对榨菜和花瓜的捧场，天津朋友不忘冬菜，美国朋友和英国朋友分别推介腌小青瓜和醋渍小洋葱，上海朋友用家乡话教大家说雪里蕻。转了一圈回到香港，嗯，我因为太忙没什么时间熨恤衫，所以连衫连人都皱得似一箸梅菜，算不算香港土特产？

东宝小馆

香港北角渣华道 99 号渣华道市政大厦 2 楼
电话：2880 5224
营业时间：5:30pm - 12:30am

晚晚热闹喧天的东宝，大菜小菜碟碟创意满分。众多下饭菜中梅菜蒸豆腐和味正气。

八　自知配额不多，但每隔三五个星期总是心痒痒破一破戒。梅菜扣肉在前，单是闻香已经可以吃掉半碗白饭，更何况连汁带肉加上爽甜梅菜——

九、十、十一、十二、十三、十四
梅菜扣肉的制作过程看来并不复杂，因此就更看重如何精挑梅菜和五花腩肉。梅菜洗净浸过后切细，五花腩切方炸好，再放碗中加入豉油、冰糖和梅菜，蒸上大半个小时即成口腹诱惑。

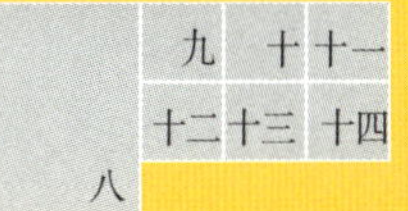

梅菜梅菜我爱你

创作总监　朱伟升

君在街头我在街尾，甚至日间朱伟升（Jim）和我匆匆在路中央都会碰巧遇上，但如果要相约吃一顿正式的饭，我们努力过，但说来说去快半年了，仍还在努力协调当中。

因此我们都想象有这样一个可以放下手头繁重工作的晚上，找一个很安静舒服很雅致的餐厅（其实很热闹嘈杂很街坊的地方也可以）。一口梅菜，半碗白饭，其实这个时候鱼呀肉呀菜心呀豆腐呀都是配角，梅菜才是正印，一如Jim有点不好意思地说，无论在哪里吃到有梅菜做料的饭餐，都觉得是妈妈做的菜。

Jim很清楚地说榨菜太有攻击性，雪菜太年轻，冬菜太招摇……我笑说这样的形容都很感情用事，但也都很贴切，只是说到梅菜（当然要是上好的品种）却是有一种难以形容的毫不嚣张的老练，即使是主角，也会懂得让其他食材有一个舒服得体的位置，互相照应，为求让大家有个美味经历。

一如所有反叛青年，Jim说他也有过一段拒绝梅菜的固执日子，但随着年纪渐长，一回头又重新发觉梅菜的独特滋味——既然我们真的约不到时间，其实也不大愿意在外面吃晚饭，索性就回家自作业，心满意足来一顿全情投入的梅菜宴。

怎样也不明白同伴中总有好端端男生一个会十分热衷地挑那些冰镇木瓜还有李子还有杧果，面不改容地放进口中又咬又吮。

143 酸湿呛鼻

玻璃盅里的绝活

虽然自认嘴馋贪吃，但芸芸几近绝迹的街头小吃当中就是有这么一种，即使重新“解冻”放在我面前，我也再没有胆量去试。这并不是看来惊吓如和味龙等昆虫类别，而是那用人工色素加上醋精、糖精把木瓜染得格外橙红而且腌得劲酸劲甜，再冰镇成硬物后放在塑胶袋中从贮存雪糕冰棒的冰箱中拿出来塞进你手中，那种放入口连牙齿都会酸软冻掉、连眼睛都会眯得不见了的经验，没齿难忘，现在即使想起来也连打三个大冷战。

其实当年在电影院门口入场前可以选择买进黑暗中边看戏边吃的零食多的是，我挑我的香传千里的烤鱿鱼，肥美咸香的盐焗鸡腿，另附纸包淮盐的盐焗蛋，同样染成橙红的生肠、猪肝、鸡肾、鸡脚等卤味加上芥末辣酱，还有那神乎其技般用手削的天津鸭梨和早已削好成串浸在水里的

九龙酱园

香港中环嘉咸街 9 号
电话：2544 3695
营业时间：8:30am － 6:00pm（周日及假期休息）

新鲜蔬果当然是不时不食，腌渍制作也很看重原材料的当造期：端午前后制作荞头，清明前后腌梅，姜是霜降前一个月最爽嫩……坐镇店堂的邓姑娘最乐意为顾客解答疑问。

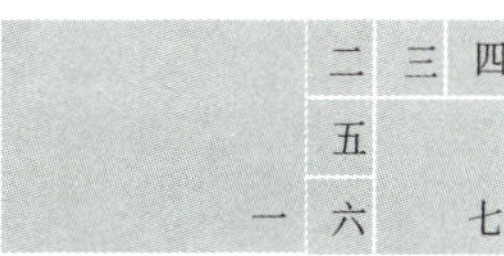

一　说我政治不正确也无妨，常常怀疑这是贪吃爱吃的女性主义者别有用心散播的谣言，目的是企图把这么好吃的荞头酸姜贴上阴性标签，其实纵观身边一众男生，嗜吃酸湿腌渍物的大有人在。

二、三、四、五、六、七
装在干净整洁的高身厚重玻璃缸里，九龙酱园的腌菜渍物是饮食行内公认的极品。从五柳酱菜（荞头、子姜、红姜、瓜英和锦菜）、茶瓜、酸梅、酸姜、荞头，以至咸柠檬、咸柑橘、豉油仁等，都是值得逐一尝试搭配，应用于日常饭菜中，说不定由你推陈出新，把传统食材来一个融合新演绎。

鲜马蹄，还未包括那三扒两拨吃完的碗仔翅和生菜鱼肉，越烫越过瘾的油炸小鱼蛋串蘸豉油和甜酱……所以怎样也不明白同伴中总有好端端男生一个会十分热衷地挑那些冰镇木瓜还有李子还有杧果，面不改容地放进口中又咬又吮，唯一留痕被一众嘲笑的是电影散场重获光明时看到这位同窗的嘴舌都染得又橙又黄的，这恐怕是自小对人工色素厌恶反感的原因。

不吃这些冰镇的木瓜和李子，却不代表完全抗拒其他“口立湿”。印象特别深刻的是总有这么一档摊贩在售卖那些腌放在高身玻璃盅里的芥菜、红萝卜、白萝卜、荞头、椰菜甚至沙葛、莲藕等蔬菜和植物根茎，最喜欢的是那十分有性格的腌得入口就呛鼻掉泪的芥菜，吃时还得撒点炒香的芝麻，简直天下一绝！就那么几毛钱的货色，已足够令人有发明时空穿梭机的冲动。

有利腐乳王

香港湾仔鹅颈桥坚拿道东 1 号 A 地下（即登龙街口）
电话：2891 0211
营业时间：9:30am – 8:00pm

除了腐乳是这里的热卖主打，泡菜腌菜如芥菜、萝卜等也很受街坊欢迎。

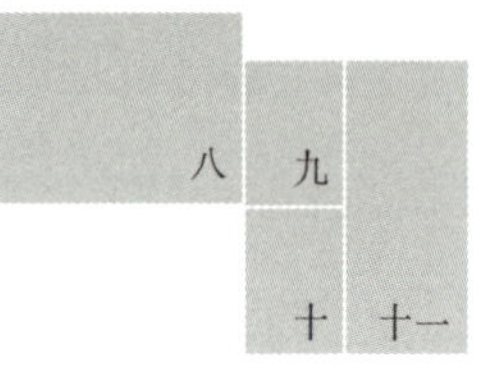

八、九、十、十一
酒庄酱园老铺冠和的腌渍物也为街坊口碑载道。老伙计润叔数十年如一日，把店堂里三十多个装满腌渍物和酱料的玻璃缸打理得利落分明，店里零售包装还是用传统的咸水草，一扎一拉结实方便。

咸酸甜尝透

生态旅游策划 万大伟

如果我是羊，大伟就是那个牧羊人。当年的我应该不是只小肥羊，这位牧羊人也很瘦，几十年来都很瘦。

和他一起吃过太多早午晚餐，但想起来也没有什么印象吃过什么，原因之一可能是他并不太爱吃，他比较爱说话，一说起来就天南地北手舞足蹈翻江倒海，永远扮演一个先知启蒙的角色，叫我们这些其实不很乖的羊也跟着他走，走呀走就走出别人不太愿意、不太敢走的路，路上行雷闪电、翻风落雨，苦乐自知，十分过瘾。

大伟经常飞来飞去，在世界的不同角落都勾留生活过。记得有几年他留在韩国，每趟回来都跟我聊上半天，把他生活在韩国这个极重视保留传统文化的国家里遇上的种种新旧文化的矛盾冲突，绘色绘声地一一阐述。从课室到办公室到澡堂到厨房，每一句交往对答，每一个规矩仪式，每一种烹调方法，都是文化的累积和演绎——有一回他跟我坐在一家韩国料理店内吃烤肉，拿起面前的一碟泡菜就说了半天。

相对于泡菜在韩国生活文化里扮演的甜酸苦辣重要角色，我们日常饮食里的酸姜荞头、茶瓜、酱菜似乎已经退位到一个可有可无的角色，又或者说，其实早已看透世情，不必强争一个台前主角的位置，倒是坦然安分地作为幕后工作人员，起着一个生津开胃、调和提味的作用。放在你面前却毫不起眼，一旦绝迹却好生怀念——我把刚买来的一袋老牌酱园自家腌制的酸姜和荞头交给大伟，报答他多年来教会我辨别好坏，引导我尝透咸酸甜滋味。

冠和酒庄

香港九龙九龙城侯王道 93 号
电话：2382 3993
营业时间：8:00am - 6:00pm

虽然只是十元八块的小买卖，
每回到九龙城都要特意找个借口来这老铺买上一两种腌渍物，
留一点咸咸酸酸甜甜的记忆。

一 店堂外卖绝对方便的今时今日，罐头的应急作用已经几乎等于零，但早已深种味觉记忆里对罐头食物的依恋，还是会趁机跑出来放肆一番。

如果把我们这一代人笼统地称作战后婴儿潮的“产品”，这批婴儿也是吃罐头长大的。

144 全赖有你

罐头的封存滋味

流行说食疗，春夏秋冬四时不同食材不同搭配，一大堆十分正气的中医术语忽然朗朗上口：阴阳、五行、精、气、神、津、液、性、味、归经、脏腑，诸如此类，变成街坊日常对话——

有正道当然也有旁门。我倒一直相信食疗亦有另类，吃起来满足的是心理和口腹需要大于生理和健康需要。比方说，一餐饭已有正经鲜菜鲜肉在面前，还要心念念开一罐豆豉鲮鱼——

在那个还未有严格标签赏味期限的二十世纪六七十年代，罐头是“永恒”的，一直放它十年八年，直至包装纸脱落、罐面生锈、罐身膨胀。相信你我都有这样的在家里神奇角落拣出史前罐头的经验。在那个经济起飞的年代，父母等长辈付出了更多的时间去多挣一点钱，在大鱼大肉捧上家里餐台之前，反而有更多的机会一餐又一餐地吃罐头宴。如果把我们这一代人笼统地称作战后婴儿潮的“产品”，这批婴儿也是吃罐头长大的。

极之好粥面茶餐厅

香港九龙旺角通菜街 154 号地下
电话：2394 8414
营业时间：7:00am - 3:00am

店家刻意标明用来炒“出前一丁”即食面的一定是长城牌火腿午餐肉，香喷喷一人独吃清光一整碟，满足到极点！

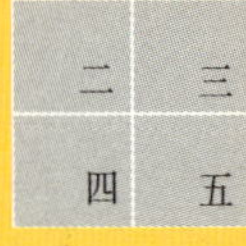

二、三、四、五

既然吃罐头的机会和次数已经大减，嘴馋如你我就应当更珍惜这些配额。火腿午餐肉当然要挑长城牌“白猪仔”，回锅肉还是梅林牌的味道有点保证（但猪肉与笋的比例却不稳定），五香肉丁不同品牌谁优谁劣得更新一下资料，一分为二、自行合体的榨菜猪肉始终有不嫌麻烦的捧场客。

— 还没有机会参观到罐头食物的制作过程，所以对罐头在封存时候或加热排气或机械抽真空的方法还是很好奇，然后还有那据说十分严密的灭菌处理，也很想多知道一点。

— 相对于美国人平均每年每人吃掉九十公斤罐头，香港人实在追不上（也不必追），因为一般罐头用铝合金或镀锌铁皮做罐，始终有金属污染的可能。而罐头中毒事件偶有曝光，如鱼类罐头的组胺中毒和肉类罐头的肉毒杆菌中毒，也叫大家不得不多加警惕。所以食品业界近年再度研制玻璃瓶装罐头，起码增加透明度。其实罐头食物发明之初，法国厨师尼古拉·阿佩尔（Nicolas Appert）也是以玻璃瓶蜡封瓶口方法，解决战时食物的保存问题。

寿星公炼奶，梅林牌午餐肉、回锅肉和红烧扣肉，珠江桥牌豆豉鲮鱼，水仙花牌五香肉丁和香菇肉酱，长城牌火腿猪肉，梅林牌榨菜肉丝、地扪（Del Monte）沙甸鱼，“是蜜味”（Smedley’s）金牌鲜茄汁焗豆，利比（Libby’s）咸牛肉，一一熟悉有如多年老友，一厢情愿天变地变味道不变，总想回味那浸在回锅肉红油中千挑万拣的几片笋，那肥到不能再肥、咸到不能再咸的扣肉，那其实已经与鱼肉质感无关的炸得酥香的鲮鱼和一粒也不能少的豆豉。至于那现在鲜有露面的曾经最爱的罐头油炆笋，那一度惊艳的扁平碟状罐装的炒米粉，那不知罐头也可以这么高档的云腿，哪种该冷吃哪种最好热吃，都是可以说上一整晚的话题。

那些十号风球肆虐的不眠台风夜晚，这边睡房窗缝严重渗水动员兄弟抢滩，那边厨房瑞婆正用九牛二虎之力开一罐午餐肉然后煎出一盘焦香夹白面包做夜宵。还有那秋高气爽、学校大旅行的好日子，出发前一天一众男女同学巡游杂货铺（天啊！那时还未有超市！），一罐两罐地挑自己最爱的罐头，配上千篇一律的生命面包，刁钻的多带几个熟鸡蛋和番茄切片，荒山野岭里幕天席地，在拔河、大风吹掷手巾、跳大绳之前先来祭肚，吃饱别忘了还有罐头菠萝、罐头蜜桃做甜品——

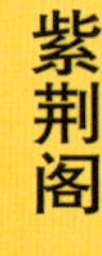

紫荆阁

香港九龙红磡芜湖街 83 号逸酒店 1 楼
电话：3184 0166
营业时间：11:00am - 4:30pm / 5:30pm - 11:00pm

以怀旧经典菜吸引一群长期捧场客的紫荆阁，连一碟简单无难度的豆豉鲮鱼炒油麦菜也做得绝不马虎。

	七	八
	九	十
六	十一	十二

六　如果要进行全民投票评选最受欢迎罐头，午餐肉与豆豉鲮鱼及回锅肉的得票数、受欢迎度应该不相伯仲。咸香酥透的豆豉鲮鱼本来已经是独当一面的美味下饭菜，近年坊间发展出的豆豉鲮鱼炒油麦菜更是热卖新经典。

七、八、九、十、十一、十二　不只街坊大排档乐此不疲，连大酒楼也照顾群众口味地来凑凑热闹。油麦菜洗净切段下锅汆烫捞起，再以原罐豆豉鲮鱼起锅余爆香，加入菜料炒匀便可趁热上碟。

罐装乡愁

产品设计师　利志荣

思乡未必是种病，但如果乡愁及其解药可以装罐贩卖，利志荣（Wing）和我都该有兴趣买来试一试。

在我们的敏感知觉开始迟缓冷漠的今天，是喜是愁都珍贵都有价，举目四望，不懂得笑的人很多，不懂得哭的人更多。

乡愁及其解药又该是怎样一种味道？是淡淡的还是浓浓的？像豆豉鲮鱼一样咸还是像五香肉丁或者回锅肉一般辣？Wing很肯定地跟我说其实他并不喜欢罐头，因为新鲜是他的标准——对食物、对事、对人。但当你独自在万里之外，肚饿的时候几乎连一个鸡蛋也不懂得煎，走进华人聚居的社区杂货店，货架上那一排排熟悉的国产罐头在向你招手：午餐肉、回锅肉、豆豉鲮鱼、凤尾鱼 、五香肉丁、雪菜肉丝……平日在家眼尾不瞄的，当下竟然像宝，而且包装上应该额外大字声明：内附一剂解乡愁灵药。国产罐头就有这样的双重身份：首先负责勾起你对家乡的惦念，又替你暂时解决那因为想得太多太消耗而导致的肚饿——开那么一小罐配白饭或者公仔面、上海面，是Wing当年在巴黎留学初期的午餐、晚餐指定动作。一旦习惯养成，也旁通其他国家地区的罐头食品，而身为产品设计师的他当然也很被罐头的包装造型吸引，开始收集储藏罐头，而开过的罐，也被巧手改成襟章或者上链走动的机械兽。

首选至爱是罐头豆豉鲮鱼的他从巴黎回港之后，虽然回复了种种新鲜选择，但还是念念钟情此味，当他发现坊间餐馆竟然“发明”出豆豉鲮鱼炒油麦菜这个咸苦香甜味觉复杂的组合，Wing开始真正明白乡愁是什么味道。

后记

吃，力

每当我看到厨房里、作坊中、流理台后那一批大厨、师傅或公公婆婆、爸爸妈妈，在认真仔细地，或气定神闲或满头大汗地为你我的食事而忙碌操劳，我无话可说，只心存感激。

从他们专注的眼神，时紧张时放松的面容，我感受到一种生产制作过程中的胆色、自信、疑惑、尝试——当中肯定也有各人分别对过去的种种眷恋，对现状的不满以及对未来的不确定。他们做的，我们吃的，也是一种情绪。

面对眼前这源远流长、变化多端的众多香港地道特色大菜、街头小吃，固然由你放肆狂啖，但更应该谦虚礼貌地聆听每种食物、每道菜背后丰富多彩的故事。你会发觉，吃，原来不只是为了饱。

完成了这一个有点庞大、有点吃力的项目的第一个阶段，究竟体重是增了还是减了还来不及去计算，但先要感谢的是负责遣兵调将、统筹整个项目的M，如果没有这位一直站在身边的既是前锋又是后卫亦兼任守门员的伙伴，我就只会吃个不停而已。还要感谢的是被我折腾得够厉害的摄影师W，希望他休息过后可以恢复好胃口。还有是负责版面设计的我的助手S，很高兴他在这场“马拉松”中快速长大、越跑越勇，至于由J和A领军的设计团队，见义勇为、担当坚强后盾，我答应大家继续去吃好的。

感谢身边一群厉害朋友答应接受我的邀请，同台吃喝并和大家分享他们对食物、对味道、对香港的看法，成为书中最有趣生动的章节，下一回该到我家来吃饭。

当然还要深深感谢一直放手让我肆意发挥、给予出版机会和发行宣传支援的大块文化和三联书店的编辑和市场推广团队，更包括所有为这个系列的拍摄工作和资料内容提供菜式、场地以及宝贵专业建议的茶楼酒家和相关单位。站在最前线的饮食经营者从业员是令香港味道得以承先启后、继往开来的最大动能，他们的灵活进取、承传创新，是香港的骄傲——香港在吃，即使比从前吃力，也得吃，好好地吃，才有力。

谨以此一套两册献给《香港味道》的第一个读者，也是成书付印前最后把关的一位资深校对：比我嘴馋十倍的我的母亲。

应霁

二〇〇七年四月